ハヤカワ文庫 NV

〈NV1411〉

第五の福音書

〔上〕

イアン・コールドウェル

奥村章子訳

早川書房

7982

THE FIFTH GOSPEL
by
Ian Caldwell

Translated by
Akiko Okumura
First published 2017 in Japan by
HAYAKAWA PUBLISHING, INC.
This book is published in Japan by
arrangement with
HARD TIMES, INC.
c/o CURTIS BROWN GROUP LIMITED
through TUTTLE-MORI AGENCY, INC., TOKYO.

メレディスへ　ずいぶん時間がかかった

中庭および地下収蔵庫
ベルヴェデーレ宮殿
(薬局と診療所を含む)
ヴァチカン・
ヴィレッジ
アンノーナ
(スーパーマーケット)
車両部
美術館
美術館
シクストゥス五世宮殿
(教皇公邸)
図書館
教区教会
カシーナ
(教皇庁科学アカデミー)
ベルヴェデーレ
の中庭
スイス衛兵隊
宿舎
旧刑務所
教皇宮殿
聖アンナ門
国務省
主祭壇
システィーナ
礼拝堂
聖ダマスス
の中庭
告解室
サン・ピエトロ
大聖堂
サン・ピエトロ広場
聖遺物を
納めてある柱
聖マルタ
の家

ヴァチカン市国
2004年
北
0
50
100メートル
0
300
600フィート
城壁
庭園
女子修道院
庭園
行政長官
宮殿
裁判所
鉄道の駅
城壁

本書はフィクションで、作中に登場する歴史的な出来事や実在の人物、および地名はかならずしも事実と一致しない。その他の人物の名前、性格、場所、出来事は著者の想像の産物で、実際の出来事や場所、それに故人であれ現存する人物であれ、実在の人物との類似は偶然にすぎない。

第五の福音書

〔上〕

登場人物

アレックス
(アレクサンデル)・アンドレオ……東方カトリック教会の神父
シモン・アンドレオ…………………アレックスの兄。ローマカトリック教会の神父
ルチオ……………………………………アレックスのおじ。枢機卿。ヴァチカン市国政庁長官
モナ………………………………………アレックスの妻
ピーター…………………………………アレックスとモナの息子
ウゴ（ウゴリーノ）・ノガーラ……ヴァチカン美術館の学芸員
ミニャット………………………………法律の専門家。ローマカトリック教会の神父
グイード・カナーリ…………………教皇牧場の作業員。アレックスの幼なじみ
レオ・ケラー……………………………スイス衛兵。アレックスの親友
ソフィア…………………………………レオの妻
ジャンニ・ナルディ…………………送迎車の運転手。アレックスの幼なじみ
サミュエル………………………………聖ヨハネ騎士団の修道士
シスター・ヘレナ……………………ピーターの世話をしている修道女
ディエーゴ………………………………ルチオの秘書。ローマカトリック教会の神父
エウジェニオ・ファルコーネ………ヴァチカン市国警察本部長
マイクル・ブラック…………………ローマカトリック教会の神父
ヨハネ・パウロ二世…………………ローマ教皇
ドメニコ・ボイア……………………枢機卿。ローマ教皇庁国務長官
アントーニ・ノヴァク………………大司教。教皇の側近

歴史的背景

いまから二千年前。ふたりの兄弟がイエスの教えを広めるためにエルサレムをあとにした。そのうちのひとりのペトロはローマへ行って、西方キリスト教会の象徴的な創設者になった。もうひとりのアンデレはギリシャへ行って、東方キリスト教会の象徴的な創設者になった。彼らが創設に関わった東西ふたつの教会は、その後数世紀にわたってひとつにまとまっていたが、千年前に分裂した。その結果、西方キリスト教会は、ペトロの後継者であるローマ教皇に導かれるカトリック教会となった。一方、東方キリスト教会は、アンデレや他の使徒の後継者である総主教に導かれる正教会となった。このふたつの教派は、現在も世界各地に多くの信者を擁している。それとはべつに、正教会で用いられる典礼を使用しながらローマ教皇に従う、規模の小さい東方カトリック教会も生まれた。

本書は、ローマ教皇ヨハネ・パウロ二世の悲願だったカトリック教会と正教会の再統一が実現しようとしていた二〇〇四年に舞台を据えた、ふたりの兄弟の――ローマカトリック教会の聖職者と東方カトリック教会の聖職者の——物語である。

プロローグ

息子のピーターはまだ幼すぎて、赦《ゆる》しの意味を理解できずにいる。ヴァチカンで育ったピーターは、いつのまにか赦しは簡単に得られるものだと思うようになった。サン・ピエトロ大聖堂の告解室の前では、いつも人々が長い列をつくって自分の順番が来るのを待っている。告解室の上には赤いランプが灯っていて、神父は罪を犯した信者の告解を聞き終えると、ランプを消してつぎの信者をなかへうながす。告解はすぐに終わるので、たとえ罪を犯しても、乱れたベッドを整えたり汚れた皿を洗ったりするよりはるかに簡単に消し去ることができるとピーターは思っている。だから、蛇口を閉め忘れてバスルームの湯船から湯をあふれさせても、おもちゃを床に置きっぱなしにしていても、ズボンを泥だらけにして学校から帰ってきても、すぐに赦しを請う。教皇聖下が信者に祝福を与えるのと同じくらい、頻繁に。だが、息子はまだ五歳で、告解の義務が課せられるのは二年先だ。それにはもっともな理由がある。

幼い子供が罪とはなにかを理解するのは無理だからだ。なにが宗教上の罪で、なにが道徳的な罪で、そして赦しとはなにかを理解するのは。神父はあっというまに初対面の信者の罪を赦すので、子供は、いずれ自分にも敵を赦すことの――あるいは愛する者を赦すことの――むずかしさを身をもって知る日が来るなどとは思っていない。善良な人間でさえ自分自身を赦せないときがあるのを子供は知らない。神はどんなに邪悪な過ちでも赦してくださるものの、犯した過ちを消し去ることはできない。私は、息子が私や兄と同様に、いや、それ以上に邪悪な罪とは関わりなく生きていくことを願っている。

私は聖職者になるべくして生まれてきた。おじも聖職者で、兄のシモンも聖職者だ。そして、息子のピーターにも聖職者になってほしいと願っている。私は生まれてこのかた、ずっとヴァチカンで暮らしてきた。それはピーターも同じだ。

世間の人たちの意識のなかにはふたつのヴァチカンが存在する。ひとつは、大聖堂や数々の美術品を有する地上でもっとも美しい場所としてのヴァチカンで、もうひとつは、年老いた聖職者らが支配している、秘密のヴェールに包まれたカトリックの総本山としてのヴァチカンだ。どちらも、子供にとってはあまり居心地のいい場所ではない。けれども、ヴァチカンには子供が大勢いる。みな子供を育てているからだ。専属の庭師も、作業員も、スイス衛兵も。私が子供のころは教皇ヨハネ・パウロ二世が生活給を推奨《すいしょう》していたので、家族がひとり増えるたびにヴァチカンで働く者たちの給料が増えた。

私たちはヴァチカン内の庭園で隠れんぼをしたり、ミサの侍者《じしゃ》を務める少年たちとサッカーをしたり、サン・ピエトロ大聖堂の聖具室から屋上のテラスに上ってボール遊びをしたりした。無理やり母親に連れられてヴァチカン内にあるスーパーやデパートへ行ったり、父親に連れられてガソリンスタンドや銀行に行ったりもした。ヴァチカン市国はゴルフ場ほどの広さしかないが、ほかの国の子供がしていることはすべて市国内でできた。兄のシモンも私も幸せで、ごく普通の暮らしをしていた。ヴァチカンに住んでいるほかの子供たちとなにも変わりはなかった。ただひとつ、父親が聖職者だという点を除いては。

　私の父は、ローマカトリック教会ではなく東方カトリック教会の聖職者だった。それゆえ、父は長いひげをたくわえて風変わりなカソックを身にまとい、ミサではなく聖体礼儀という儀式を執《と》り行なっていた。妻帯を許されていたのは、聖職につく前に結婚していたからだ。

　われわれ東方カトリック教会の人間は神の遣いとしてカトリック教会と正教会の橋渡しができると、父はいつも言っていた。しかし実際は、敵対するふたつの強大な勢力のはざまに立ちつくす難民のような心境を味わっている。けれども、父はみずからに課された重荷をひた隠しにしていた。ローマカトリック教会の信者は世界中に十億人以上いるのに対し、東方カトリック教会の信者は二千万人に満たず、独身の聖職者たちが治めているこの国で結婚している聖職者は父ひとりだけだった。ヴァチカンのほかの聖職者は、三十年間ひたすら彼らに仕えてきた父を見下していた。父は晩年に一度だけ昇進したが、それは温情によるものだった。

　母は父のあとを追うようにして死んだ。癌《がん》だということだったが、医者はなにもわかっていなかった。両親は自由な空気に満ちあふれた六〇年代に知り合って、すぐに結婚した。私が小さいころは、よくアパートで踊っていた。父が不遇に耐えていたときも、いつも一緒に心をこめて祈っていた。母は、百年以上にわたってヴァチカンの高官を輩出《はいしゅつ》しつづけてきたローマカトリック教徒の家の娘だったのに、ひげを生やした東方カトリック教会の神父と結婚したせいで勘当された。母は父が死んだあとで、抱きしめる人がいなくなったのにいまだに両手があるのはおかしな気がすると私に言った。

兄と私は、母の亡骸《なきがら》をヴァチカン内の教区教会の裏にある父の墓の隣りに埋葬した。当時のことはほとんど覚えていない。覚えているのは、何日も学校を休んで墓地へ行き、膝をかかえて座って泣いていたことだけだ。ふと気がつくと、なぜかいつも兄がそこにいて、私を家に連れて帰ってくれた。

兄も私もまだ十代だったので、私たちはヴァチカンに住んでいるおじのところに預けられた。おじのルチオのことを説明するには、少年の心を持ちながら、それを入れ歯のケースの横の瓶のなかにしまっているような枢機卿だと言うのがいちばんだ。おじは、市国政庁の長官として長いあいだ予算をやりくりしたり、ヴァチカンの職員が組合をつくるのを阻止したりしてきた。財政上の理由から、子供の数に応じて手当を増やすというヨハネ・パウロ二世の方針には反対していたので、妹の遺児をふたり育てることになっても手当は受け取らなかったはずだ。兄と私が、多忙をきわめるおじのもとから以前のアパートに戻ってふたりだけで暮らすことに決めたときも、反対はしなかった。

私はまだ働くことができなかったので、兄が大学を一年休学して働いた。料理や繕《つくろ》い物はしたことがなかったたし、トイレの故障を直すこともできなかったが、兄はすべて我流で学んだ。兄は、学校に遅刻しないように毎朝私を起こして、昼食代をくれた。私に温かい食事を食べさせて、服も買ってくれた。侍者の仕事の要領も、すべて兄に教わった。カトリック信者の少年ならみな、神は自分のようなつまらない人間をお造りになる必要があったのだろうかと思いながら床に入ることが一生のうちに何度かあるはずだ。けれども、神は私の闇を照らすために兄のシモンを遣わしてくださった。私たちは一緒に苦難を乗り越えたのではない。兄が私を背負って乗り越えたのだ。兄にはいまだに、どんなに感謝してもしきれないほどの恩義を感じている。だから私は、兄のためになにかできることがあれば、どんなことでもするつもりでいた。

どんなことでも。

1

「シモンおじさんは遅くなるの？」と、ピーターが訊く。

私たちの面倒を見てくれているシスター・ヘレナも同じことを心配しているようで、すでに焼きあがっているフライパンのなかのメルルーサにちらっと目をやる。約束の時間を十分過ぎても、兄はまだ来ない。

「気にするな」と、私が言う。「テーブルに食器を並べるのを手伝ってくれ」

ピーターは言うことを聞かず、椅子の上に膝《ひざ》をつく。「今日はシモンおじさんと映画を観に行くんだ。それから動物園へ行って、おじさんにゾウを見せてやって、そのあと、おじさんがマルセイユターンを教えてくれることになってるのに」

シスター・ヘレナがフライパンの前で小さなステップを踏む。マルセイユターンと聞いて、ダンスのステップと勘違いしているのだろう。ピーターはあきれたような表情を浮かべ、呪文を唱える魔法使いを真似て片手を上げる。「違う！　サッカーのドリブルだよ。ロナウドがやってるみたいな」

シモンは、われわれ兄弟の共通の友人であるウゴリーノ・ノガーラが企画した展覧会のために、今日トルコから戻ってくることになっている。展覧会の開幕は一週間先で、前夜にはオープニングセレモニーが開催される。私もウゴの仕事を手伝ったので、招待されているが、夜に外出するのはまれで、たいていはここで五歳の息子の相手をしている。シモンもときどき訪ねてきて、ピーターにサッカーを教えてくれる。

「世の中にはサッカーより大事なことがあるんですよ」と、シスター・ヘレナは言う。

女性の考えを述べるのも自分の役目のひとつだと考えているらしい。ピーターが生後十一カ月のときに妻のモナが家を出ていって以来、ひとりで子育てをしている私をこの年老いたすばらしい修道女が支えてくれている。おじのルチオのもとには修道女が大勢いて、シスター・ヘレナもルチオがよこしてくれたのだが、しっかりしたティーンエイジャーをさがしてベビーシッターを頼むだけの経済的な余裕はないので、彼女が来てくれなければ途方に暮れていたはずだ。幸い、シスター・ヘレナがピーターを置いてとつぜん姿を消すおそれはない。

モナから率直な性格を受け継いだピーターは、自分の部屋からデジタル式の目覚まし時計を取ってくると、それを私の目の前に置いて指さす。

「シモン神父のお乗りになった列車が遅れているのでしょう」と、シスター・ヘレナがピーターをなだめてくれる。

遅れているのは列車で、大好きなおじではないと思わせようとしているのだ。シモンにはときどき、列車の切符を買おうとして財布を忘れてきたことに気づいたり、見知らぬ乗客と話し込んで乗り過ごしてしまうことがあると言っても、ピーターは信じないはずだ。シモンにいささかルーズなところがあることにはモナも気づいていて、息子にシモンと名付けるのには反対した。兄は、全世界のカトリック教会を統率する教皇庁の外交官という、若い司祭としては最高の地位に就いているのだが、ほかにすることがないので忙しく働いているというのがほんとうのところだ。

わが家の母方の男性がみなそうであるように、兄もローマカトリック教会の神父なので、結婚することも子供を持つことも許されていない。それに、デスクワークに明け暮れて腹に贅肉《ぜいにく》をたくわえたヴァチカンのほかの聖職者と違って、机の前にじっと座っているのは性に合わないのだ。モナは息子に、慎重で常識的で、妙な野心のない夫のような人間になってほしいと望んでいたので、私たちはたがいに妥協して息子をピーターと名付けた。イエスはシモンという漁師と出会ってペトロという名前を与えたと、聖書に書いてあるからだ。

私はピーターがフライパンのなかを覗《のぞ》いているあいだに携帯電話を取り出して、「もうすぐ着くのか?」と、メールを打つ。

「メルルーサは魚だ」と、ピーターが唐突に叫ぶ。近ごろは、なんでも分類したがるのだ。それに、ピーターは魚が嫌いだ。

「シモンおじさんはこの魚が大好きなんだ」と、私が教える。「子供のころは、父さんも一緒によく食べたよ」

シモンとよく食べたのはタラで、メルルーサではなかったが、タラは高くて、私ひとりの給料ではなかなか買えない。それにモナも、シモンを食事に招くときはいつも――彼はヴァチカンにいるどの聖職者より頭ひとつ分ほど背が高いのだが――あなたのお兄さんは普通の人の二倍は召し上がるからとこぼしていた。

最近はちょくちょくモナのことを思い出す。シモンが来ると、なぜかモナの姿がよみがえるのだ。私にとってシモンとモナは磁極のようなもので、たとえ目には見えなくても、つねに同時に存在している。私とモナは幼なじみで、ふたりともヴァチカンで育ち、成人してからローマで再会したときは神の思《おぼ》し召しだと思った。

しかし、私たちには作用と反作用の問題が待ち構えていた。東方カトリック教会の聖職者は叙階前に結婚している場合を除いて妻帯できないことになっているので結婚を急いだのだが、モナには心の準備をする時間がもう少し必要だったのかもしれない。結婚してヴァチカンで暮らすのは、けっしてたやすいことではない。ましてや、聖職者の妻となるとなおさらだ。モナは出産の直前までフルタイムで働いていて、生まれてきた青い目をした赤ん坊はサメのように大食いで、おまけになかなか寝ないので、しょっちゅう授乳しなければならず、わが家の冷蔵庫がいつも空っぽなのは、母乳の出がよくなるようにモナもよく食べているからだろうと思っていた。

真相に気づいたのは、ずいぶん経ってからだった。冷蔵庫が空《から》っぽだったのは、モナが買い物に行っていなかったからだ。モナは決まった時間に食事をしなくなっていたので、私も気づくのが遅れた。彼女はほとんどお祈りをしなくなり、ピーターに子守唄をうたって聞かせる回数も減った。そして、ピーターが一歳の誕生日を迎える三週間前にとつぜん姿を消した。私が、食器棚の奥のマグカップのなかに薬の瓶が隠してあるのを見つけると、診療所の医者はモナがうつ病を克服しようと努力していたことを明かして、望みを捨ててはいけないと言った。だから、ピーターと私はモナが戻ってくるのを待った。何年も待ちつづけた。

ピーターは母親の顔を覚えていると言う。だが、アパートのあちこちに飾ってある写真を見て、それにテレビ番組や雑誌の広告で見たきれいな女性の顔を重ねているだけだ。彼は、東方カトリック教会の女性信徒が口紅も香水もつけないことを知らない。残念ながら、まだローマカトリック教会のことしか知らず、私のことも、禁欲を守る独身の孤独な神父だと思っているのだろう。いずれはみずからの存在の矛盾に悩むことになるだろうが、いまはしょっちゅう母親のために祈りを捧げている。幼いころに母親を亡くしたヨハネ・パウロ二世もそうしていたといろんな人に言われると、私もほっとする。

ようやく携帯電話が鳴る。あわてて電話に出る私を見て、シスター・ヘレナが笑みを浮かべる。

「もしもし？」

ピーターはもどかしそうに私を見ている。

私は、地下鉄の駅か、最悪の場合は空港の雑音が聞こえてくるものだとばかり思って耳をすますが、聞こえるのは弱々しい小さな声だけだ。

「もしもし？　兄さん？」

相手には聞こえていないようだ。相手の声もよく聞こえない。もしかすると、近くにいるのかもしれない。ヴァチカンはきわめて電波状態が悪いのだ。

「アレックス」兄の声だ。

「もしもし？」

また兄の声が聞こえるが、雑音がひどい。兄は、大事な展覧会の準備で忙しくしているウゴの様子を見に美術館へ寄ったのかもしれないという思いが、ふと脳裏をかすめる。けれども、ピーターに話すつもりはない。兄のように、まわりの人間を巻き込みたくはない。

「美術館か？」

キッチンのテーブルではピーターが好奇心に目を輝かせて、「シモンおじさんはノガーラ博士と一緒にいるの？」と、シスター・ヘレナに訊いている。

そのとき、急に電話の向こうの様子が変わる。激しい風の音が聞こえる。兄は屋外にいるらしい。ヴァチカンも外は嵐だ。

一瞬、雑音が消える。

「迎えに来てほしいんだ、アレックス」

それを聞くなり背筋に悪寒が走る。

「なにかあったのか？」

「ガンドルフォ城の庭園にいる」

「どうしたんだ？　なぜそんなところに？」

　さらに風が強まって、それとはべつに妙な音が聞こえる。兄がうめいているような声が。

「頼む、アレックス。急いで来てくれ。おれは……宮殿の下の東門の近くにいる。警察より先に来てほしいんだ」

　ピーターはじっと私を見つめている。教皇がかぶっている小さな白い帽子が風に飛ばされるように、ピーターが膝の上にのせていた紙ナプキンがふわふわと舞い落ちる。シスター・ヘレナも私を見つめている。

「わかった。待っててくれ」私はシモンにそう言うと、自分がどんな目をしているか想像してピーターから顔をそむける。シモンのあのような声を耳にするのは、はじめてだ。恐怖に満ちた兄の声を耳にするのは。

2

私は、南風に逆らいながらガンドルフォ城めざして車を駆る。激しい雨は道路に敷かれた玉石を勢いよく跳ね上げ、高速に入ると、雨粒が車の窓をドラムのようにたたきはじめる。両車線とも、ほとんどの車は速度を落として路肩を走っている。行き交う車の赤いライトが見えなくなると、兄の思い出がよみがえる。

シモンは、木に登ったまま下りてこられなくなった猫がいれば、雷雨のなかでも助けに行くような子供だった。カンパーニア州のビーチへ行ったときに、クラゲの光る夜の海に飛び込んで波にさらわれた少女を助けたこともあった。シモンが十五歳で私が十一歳だったその年の冬、私たちはシモンが侍者を務めていたサン・ピエトロ大聖堂の聖具室で待ち合わせをした。シモンが床屋へ連れていってくれることになっていたからだが、私たちが外に出ようとすると、一羽の鳥が地上六十メートルほどのところにあるドームの窓から飛び出してバルコニーにとまるバサッという音が聞こえた。シモンはどうしてもその鳥を見たいと思ったようで、私を連れて五百五十一段の階段を駆け上った。主祭壇の真上のドームを取り囲む大理石のバルコニーには細い柵がついているだけだった。そこにいたのはハトで、血を吐きながら飛びはねていた。シモンはそばに寄ってハトを抱き上げた。「止まれ！　こっちへ来るな！」と叫ぶ声が聞こえたのはそのときだった。

バルコニーの反対側の柵に男がもたれかかっているのが見えた。その男は血走った目で私たちをにらみつけている。シモンはとつぜんその男のほうへ駆けだした。

「いけません、シニョール！　やめてください！」と叫びながら。

男は柵に片脚をかけた。

「シニョール！」

神がシモンに翼を与えてくださっていたとしても間に合いはしなかった。男は柵から身を乗り出して飛び降りた。私たちは、サン・ピエトロ大聖堂のドームの上からまっさかさまに落ちていく男を見つめた。「サン・ピエトロ大聖堂をつくる際には、パンテオンの天井に敷きつめられていた青銅をはがして持ってきたのです」と観光客に説明するガイドの声が下から聞こえてくる。落ちていく男はもはや、針よりも小さい、まつ毛ぐらいの大きさにしか見えない。やがて悲鳴が聞こえ、血が飛び散るのが見えた。私はその場にしゃがみ込んだ。足に力が入らず、シモンにかかえ上げてもらわなければ立つこともできなかった。

神がなぜあのとき鳥をお飛ばしになったのかはいまだにわからない。もしかすると、世の中には思いどおりにいかないこともあると、シモンに教えるためだったのかもしれない。その翌年に父が死んだので、早く教えておかなければならないと思われたのかもしれない。けれども、その日の私の最後の記憶は、鳥を空へ放とうとするかのように両手を伸ばしてバルコニーに立ちつくすシモンの姿だった。その姿は、動かした花瓶をもとの棚の上に戻そうとしているようにも見えた。

　司祭たちはその日のうちに大聖堂を清めて、あらたに聖別した。巡礼者が飛び降りたときは、いつもそうするのだ。しかし、子供を清め直すことはできない。二週間後、聖歌隊の指揮者が音程をはずしたひとりの隊員を殴り、それを見たシモンは、列から飛び出して指揮者を殴った。聖歌隊の練習は三日間中止になり、両親は指揮者に謝りに行くようシモンを説得した。シモンはそれまで一度も親に口答えをしたことがなかったのに、謝るつもりはないので聖歌隊をやめると言い張った。われわれ兄弟の人生は、そこに原点があるような気がする。私の知るかぎり、いまの兄はそのときの兄と少しも変わっていない。

　シモンが大学に進学してから教皇庁の外交官になるまでの十年ほどは、イタリアにとって非常に厳しい時代だった。子供のころには日常茶飯事だった爆破や誘拐事件は鳴りをひそめていたが、ローマ市内では、腐敗が原因で財政危機におちいった政府に対する激しいデモが繰り広げられていた。シモンも、大学時代は仲間の学生と、神学校に入ってからは労働者とともにデモに参加していたが、ヴァチカンの外交官にならないかと誘いを受けたころには、そういうこともしなくなっていた。それから数年の月日が流れ、ちょうど三年前の二〇〇一年五月にヨハネ・パウロ二世がギリシャ訪問を決意した。

　その大半が正教会の信者であるギリシャ国民は、千三百年ぶりの教皇の訪問を歓迎しなかった。ヨハネ・パウロ二世の訪問の目的は、ローマカトリック教会と正教会の対立に終止符を打つためで、シモンはそれを見届けるためにギリシャへ行った。しかし、ギリシャ国民の憎しみは彼の想像を超えていた。父の影響もあって、シモンは双方の長年にわたる対立をプロテスタントと同様にとらえていたのだ。正教会は、十字軍の遠征から第二次世界大戦にいたるまで、すべての戦いにおいてカトリック教会に虐《しいた》げられつづけてきたと主張している。自分たちを、古来の伝統を受け継ぐ正統な教会から新しい教派のひとつに格下げしたのもカトリック教会だと。正教会には、東方カトリック教会の存在さえ快く思っていない者もいるのだが、それでもシモンは、東方カトリック教会の神父である弟が自分と一緒にアテネへ来ない理由を理解できずにいた。

騒ぎは、シモンがギリシャに着く前から起きていた。ヨハネ・パウロ二世がギリシャを訪問するというニュースが流れると、ギリシャ正教会の修道院で弔鐘《ちょうしょう》が鳴らされ、数百人の信者が〝異端者の総帥〟とか〝ローマの二角獣〟などと書いたプラカードを掲げてデモ行進をした。新聞には血を流しだした聖像がいくつもあるという記事が載り、国を挙げて喪に服そうという呼びかけも行なわれた。シモンは、父がかつて司祭を務めていた東方カトリック教会の司祭館に泊まることになっていたものの、そこへ行くと、正教会の保守派がドアにスプレーペンキで落書きをしていた。警察に訴えても、まったく取り合ってくれなかったという。シモンはそのときついに、虐げられてきた正教徒のために働くことこそ自分の使命だと気がついた。

その夜、正教会の強硬派数人が礼拝中の教会に乱入してミサを行なっていた司祭からカソックをはぎ取り、テーブルの上に敷けば祭壇の代わりになることから代案《アンティミンス》と呼ばれている神聖な布を踏みつけるという大きな過ちを犯した。

シモンは身長が一メートル九十八センチある。弱い人や困っている人を助けなければならないという彼の使命感は、自分が誰よりも体が大きくて力も強いという自覚によってますます高まった。東方カトリック教会の司祭を守るために、乱入者のひとりを教会の外へ押し出したことはシモンもおぼろげに覚えていた。けれども、その男はシモンに放り投げられた際に腕の骨が折れたと訴え、ギリシャの警察もその男の言い分を認めてシモンを逮捕した。ヴァチカンの国務省は、問題を起こした若い省員をただちにローマへ帰すという条件で釈放の同意を取りつけた。だからシモンは、ヨハネ・パウロ二世がギリシャ国民の反感をもっと上手に受け止めたのを目にすることができなかった。

ギリシャ正教会の主教らはヨハネ・パウロ二世をあからさまに無視したが、ヨハネ・パウロ二世は文句を言わなかった。非難されても弁解はしなかった。ギリシャ側が、何百年も前にカトリック教会が犯した罪の謝罪を求めると、ヨハネ・パウロ二世は、十億人を超える現存のカトリック信者と、すでにこの世を去った数知れぬ信者に代わって謝罪した。カトリック側が拒みつづけていた、教皇と並んで祈るという正教会の要求も、直前になって受け入れてギリシャ側を驚かせた。

ヨハネ・パウロ二世のアテネでのふるまいがシモンの手本になればと、私はつねづね願っていた。それが、もうひとつの天啓になればと。以来、シモンは変わった。私は何度も自分にそう言い聞かせながら、嵐のなかを南に向かって車を駆る。

■ ■ ■

やがて、遠くにガンドルフォ城が姿をあらわす。ガンドルフォ城はローマの郊外の南に広がるなだらかな丘の上に建っていて、丘の中腹には、木《き》を伐り倒してつくったゴルフコースや中古車販売店がある。二千年前、ここは皇帝の避暑地だった。ここに離宮を建てて教皇が夏を過ごすようになったのはほんの数世紀前だが、ヴァチカン市国のれっきとした領土だ。

丘の反対側にまわると、崖の下に憲兵隊のパトカーが一台駐《と》まっている。教皇領のすぐそばにある分署から来た憲兵隊員たちが嵐のなかで一本の煙草《たばこ》をまわし吸いしているのも見える。だが、教皇領ではイタリアの警察権が行使できないのだ。激しい雨のなかに目をこらしてもヴァチカンの市国警察の車は見えず、胃の痛みがほんの少しやわらぐ。

私はアルバーノ湖を見下ろす場所に自家用車のフィアットを駐めると、外へ飛び出す前に電話をかける。五度目の呼び出し音が鳴ったところで、ぶっきらぼうな声が聞こえてくる。

「もしもし」

「リトル・グイードか？」

相手が鼻を鳴らす。「誰だ？」

「アレックス・アンドレオだ」

グイード・カナーリはボイラー技師としてヴァチカンで働いていた男の息子で、私の幼なじみだ。どんな仕事に就くにせよ、すでになんらかの職を得ている親族か知人の口利きが唯一の資格となるヴァチカンでは満足のいく仕事が見つからなかったのか、グイードは毎日この教皇牧場で牛の糞《ふん》をシャベルですくいながら、たえずちょっとしたアルバイトをさがしている。たがいに違う道を歩んではいるものの、私も彼のちょっとした助けを必要としている。

「おれはもうリトル・グイードじゃない。去年、親父が死んだんだ」

「残念だったな」

「いや、それほどでも。で、なんの用だ？」

「近くまで来てるんだが、門を開けてくれないか？」

グイードがびっくりしているような声を出すのは、シモンがここへ来ていることを知らないからだ。ありがたい。謝礼は、近々開かれる展覧会の招待券二枚で話がつく。グイードも、おじのルチオに頼めば簡単に招待券が手に入るのを知っているのだ。わが国でいちばん怠惰《たいだ》な男でも、私の友人のウゴが企画した展覧会は観に行きたいらしい。電話を切って暗い坂道を上り、ようやく待ち合わせの場所に着くと、シモンの電話から聞こえてきたのと同じくらい大きな音をたてて風が吹き荒れている。

とりたてて問題はなさそうで、驚くのと同時にほっと胸を撫《な》で下ろす。シモンはしょっちゅうデモに参加して警察に連行されて、私はそのたびに迎えに行っていた。だが、ここの村人が広場でピケを張ったり、教皇領の作業員が給料を上げろとデモ行進している気配はない。

村の北の端にある宮殿もひっそりとしている。ピーターがテレビで見ているアニメキャラクターの頭のこぶを思い出させるヴァチカン天文台のドームがふたつ、屋根の上に突き出しているが、あたりに不穏な気配はない。人がいる気配もない。

宮殿からは庭園に向かう小径《こみち》が延びていて、庭園の門の前には男が立ち、黒い手袋をはめた指に火のついた煙草をはさんでいる。

「グイードか？」

「こんな時間に訪ねてくるとは」男は、煙草を水たまりに落として火を消す。

目が暗がりに慣れると、グイードが親父さんにそっくりなのがわかる。パグ犬のような顔も、カブトムシのように広い背中も。力仕事が彼を一人前の男にしたのだ。ヴァチカン市国の電話帳にはシモンや私が子供のころから知っている名前がいくつも載っているが、そのなかで聖職についているのはシモンと私だけだ。われわれの国にはいまだにカースト制度が存在し、祖父や父親が床磨きや家具の修理をしていた者は、誇りを持ってその仕事を受け継いでいる。子供のころの遊び仲間が出世していくのを見るのは悔《くや》しいはずだが、鉄製の門を開けて、トラックを指さしながら「乗ってくれ、神父」と言うグイードの声は昔と変わらない。

門を設けてあるのは一般市民が勝手に入ってくるのを防ぐためで、なかの様子が見えないように生け垣もめぐらせてある。教皇領の両側に村があるからだが、そのことはつい忘れてしまう。丘の尾根沿いに八百メートル近くにわたって広がるこの教皇領は、ヴァチカンの秘密のワンダーランドだ。ただし、面積はヴァチカン市国よりも広いこの教皇領には誰も住んでいない。数人の庭師と作業員と、昼間は寝ている、イエズス会所属の年老いた天文学者が常駐しているだけだ。ここの真の住人だと言えるのは、鉢に植えられた果実の木と松並木と、広い花壇と、避暑に訪れたヨハネ・パウロ二世が庭を散歩するときにほほ笑みかける、ローマ皇帝の避暑地だった時代の遺物の大理石の彫像ぐらいのものだ。丘の上なので、もちろん湖から海まで見渡すことはできる。グイードは門のなかの舗装されていない道に車を乗り入れるが、人の姿は見当たらない。

「どこへ行きたいんだ?」と、グイードが訊く。

「庭園で降ろしてくれ」

グイードが片眉を上げる。「この嵐のなかで?」

風も雨もますます激しくなっている。おかしなことを言うと思ったのか、グイードは無線で嵐の見通しを探ろうとするが、なにも聞こえてこない。

「おれのガールフレンドがここで働いてるんだ」グイードはハンドルから手を離して車の外を指さす。「そこのオリーブ園で」

私はなにも言わない。神学校で学んでいたときに新入生を何度かここへ連れてきたことがあるので、昼間ならどこになにがあるかわかるはずだが、暗いし、土砂降《どしゃぶ》りの雨のなかでは、車のヘッドライトに照らされた目の前の道しか見えない。ようやく庭園に着くが、トラックもパトカーも駐《と》まっていないし、雨のなかを懐中電灯を手に見まわりをしている庭師の姿もない。

「なかなか思いどおりにならないんだよな」グイードがかぶりを振る。「けど、いい女なんだよ、アレックス」そう言って、口笛を吹く。

暗い庭園のなかに入ると、なにかおかしいという思いがますます強くなる。シモンはこの嵐のなかにひとりでいるのだ。もしかすると怪我《けが》をしているのかもしれないという不安がはじめて頭をよぎる。なんらかの事故に巻き込まれた可能性もある。しかし、電話では〝警察より先に来てほしい〟と言っていたが、救急車を呼んでくれとは言わなかった。そのときのやりとりを思い出して、なにか誤解していることはないかとさがす。

グイードのトラックが花壇のあいだを縫《ぬ》うようにして庭園の奥へ進んでいくと、なにも植わっていない一角があらわれる。

「もういい。ここで降りる」

グイードがあたりを見まわす。「ここで？」

私はすでに車を降りようとしている。

「忘れるなよ、アレックス」と、グイードが叫ぶ。「オープニングセレモニーの招待券二枚だぞ」

考えごとをしていて返事をしないでいると、グイードはそのまま行ってしまう。携帯電話を取り出してシモンを呼び出そうとするが、丘の上は電波状態が悪くてつながらない。だが、一瞬、べつの携帯の着信音が聞こえる。

懐中電灯で遠くを照らしながら、音のしたほうへ歩きだす。海側の斜面には土を削ってつくった広い階段が設けてあって、その途中に、一枚岩を敷いたテラスが三面、段々に並んでいる。周囲の花壇は四角い区画を八角形に区切って、そのなかに、きれいな同心円を描いて花が植えてある。庭園ははてしなく広い。それが不安をかき立てる。

風に向かってシモンの名前を呼ぼうとしていると、なにかが視界に入る。いちばん上のテラスに立って目をこらすと、フェンスだとわかる。教皇領の東側の境界だ。懐中電灯の光が、その先の門の手前の黒い影を照らし出す。全身黒ずくめの人影を。

私は、風にカソックの裾《すそ》をあおられながら人影に向かって走りだす。地面はでこぼこで、おまけにぬかるんでいて、草の根がクモの脚のように地面を這《は》っている。

「兄さん！」大声で呼びかける。「大丈夫か？」

シモンは返事をしない。動きもしない。

泥に足を取られながらも、なんとかバランスを保って走りつづける。シモンとの距離は縮まるが、向こうは無言のままだ。

ようやく彼の前に立つ。兄の前に。両手をつかんで「大丈夫か？」と訊く。「大丈夫だと言ってくれ」

シモンは全身ずぶ濡れで、青白い顔をしている。濡れた髪が、人形の髪ように額に張りついている。競走馬のたてがみが首に張りつくように、カソックもシモンのたくましい筋肉に張りついている。最近は黒いスーツを着る者が多いが、カソックはカトリックの聖職者の伝統的な平服だ。しかし、背の高いシモンがカソックを着て暗闇のなかに立っていると、不気味な感じがする。

「どうしたんだ？」シモンがなにも言わないので、もう一度訊く。

シモンは、遠くを見るような、ぼんやりとした目をしている。しかし、その視線は地面に向けられている。

シモンの視線の先のぬかるんだ地面の上には、丈の長い黒いコートが広げてある。ローマカトリック教会の聖職者が着るコートだが、ギリシャ正教会のカソックと似ているのでグレーカと呼ばれている。そして、その下は盛り上がっている。

そんなものを目にすることになるとは夢にも思っていなかったが、コートの端から靴がのぞいている。

思わず、「なんてことだ」とつぶやく。「これは誰だ？」

シモンの声がうわずってかすれる。

「助けてやれなかったんだ」

「どういうことだ？　なにがあったんだ？」

私の目は、その靴に釘づけになる。よく見ると、片方は底に穴があいている。頭のなかを爪で引っかかれているような思いがするほどひどく気になることがあるのだが、それがなにかはわからない。どこかから風に飛ばされてきたものを雨が張りつけたのか、教皇領と外の道路を隔てる高いフェンスに数枚の紙がへばりついている。

「電話がかかってきたんだ」と、シモンがつぶやく。「なにかあったのだと思ったので、おれはすぐにここに来た」

「誰が電話をかけてきたんだ？」

　おぼろげながらも、ようやく事情が見えてくる。なにが気になっているのかもわかる。その靴の靴底の穴には見覚えがある。

　私は一歩うしろに下がる。胃が引きつり、思わず両手を拳《こぶし》に握りかためる。

「どうして……？」言葉が続かない。

　とつぜん、庭園内の道路の向こうから車のライトが近づいてくる。車は二台で、それほど大きくはない。そばまで来ると、パトカーだとわかる。

　市国警察だ。

　私は両手を震わせながらひざまずく。地面に横たわる男の横には開いたブリーフケースが転がっていて、風がなかの書類を吹き飛ばしている。

　警官が車から降りて、「離れてください」と叫びながらこっちに走ってくる。だが、私は本能に従って手を伸ばす。どうしても確かめておかなければならないと思う。

　シモンのコートをめくり上げると、見開いた目があらわれる。舌が片方に寄っているせいで、口はゆがんでいる。私の友人はうっすらと苦笑いを浮かべているようにも見えるが、こめかみには穴があき、ピンク色の肉が飛び出している。

　しだいに靄《もや》がたちこめてくる。シモンは私を引き離そうとしながら、「立て」と言う。けれども、私は目をそらすことができない。私の友人のスーツのポケットは裏返っていて、手首に腕時計はなく、白い肌が見えている。

「離れてください、神父」と、警官が言う。

振り向くと、革手袋のような色をした警官の顔が目に入る。細い目と白い髪を見て、市国警察のファルコーネ本部長だとわかる。いつもヨハネ・パウロ二世の車の横を走っている男だ。

「どちらがアンドレオ神父ですか？」と、ファルコーネが訊く。

シモンが一歩歩み出て、「ふたりともだが、あなたを呼んだのは私だ」と答える。

私は兄を見つめて、その言葉の意味を考える。

ファルコーネが部下のひとりを指さす。「ブラッコ捜査官と一緒に行って、見たことをすべて話してください」

シモンは無言でうなずき、死体の上にかけた自分のコートのポケットから財布と携帯とパスポートを取り出すと、コートはそのままにしてブラッコ捜査官のあとをついていこうとする。が、立ち去る前に言う。「この男には身よりがないので、きちんと弔《とむら》われるようにしてやりたいと思っています」

ファルコーネが細い目をさらに細くする。妙なことを言うと思いながらも、相手が神父なので、それほど気にしているようでもない。

「この男をご存じなのですか？」

シモンは小さな声で答える。「彼は私の友人でした。名前は、ウゴリーノ・ノガーラです」

3

ブラッコ捜査官が、話を聞くためにシモンを少し離れたところへ連れていくと、私はほかの警官が周囲に規制線を張る様子を見守る。部外者がどうやって庭園内に入ってきたのか突き止めようと、公道に面した高さ二・五メートルほどのフェンスを調べている者もいれば、頭上の監視カメラを見上げている者もいる。ヴァチカンの市国警察の警官は、大半が元市警の警官だ。ローマ市警の。だから、ウゴの腕時計が持ち去られているのも、財布がなくなっているのも、ブリーフケースがこじ開けられているのもわかるはずだ。なのにみな、腑《ふ》に落ちないような顔をしてどうでもいいことに目を向けている。

近くの村の住民は教皇を深く愛している。教皇が家々を訪ねて貧しい者に鶏《にわとり》をおめぐみくださったという話もよく耳にする。年配の男性のなかには、第二次世界大戦中に村を戦火から守ったピウス十二世と同じ名前を持つ者も少なくない。ここは、城壁ではなく村人によって守られているのだ。だから、物盗りの犯行のはずはない。

「凶器だ！」と、警官のひとりが叫ぶ。

その警官は、皇帝が食後の運動をするためにつくった、トンネル状の広い散歩道の入口に立っている。さらにふたり、それぞれ庭師に案内されてトンネルの入口に走っていく。ざわめきが聞こえる。なにか見つかったのだ。だが、見つかったのは、警官が期待していた拳銃ではない。

「勘違いだ」と、警官がうめく。

私は体を震わせながら目を閉じる。感情の波が全身を襲う。これまでにも死人を見たことはあった。以前、モナの働いていた病院で病人に塗油《とゆ》をほどこしたり、臨終の祈りを捧げたりしていたからだ。それでも冷静でいるのはむずかしい。

べつの警官が、泥のなかに残された足跡を写真に撮りながら通りすぎていく。もはや、庭園は警官だらけだ。だが、私はウゴに視線を戻す。

なぜこんなに心をかき乱されるのだろう？　ウゴの企画した展覧会が彼を時の人にするのは間違いなく――それは死んでも変わらないはずだが――私も協力したと自慢することができる。けれども、協力しようと思ったのは、ウゴが身を削るようにして展覧会の準備に没頭していたからだ。眼鏡《めがね》が壊れても、靴の底に穴があいても、修理したり新しいのを買ったりする時間さえ惜しかったのだろう。彼は、その〝偉大なプロジェクト〟の話をはじめると別人のようになった。酒の量も、アルコール依存症だと言ってもいいぐらいにまで増えた。ウゴにとってほかのことはどうでもよくて、たえず展覧会のことを考えていた。彼は、展覧会を成功させることが自分の使命だと思っていたのだ。私が動揺しているのはそれでだと気づく。ウゴが、展覧会にわが子同然の愛情を注いでいたからだ。

やがて、事情聴取を担当した警官と一緒にシモンが戻ってくる。シモンの目はうつろで、潤《うる》んでいる。私はシモンがなにか言うのを待つ。が、代わりに警官が口を開く。

「おふたりとも、もう帰っていただいて結構です」

ところが、そこへ遺体袋が運ばれてくる。私もシモンも動かない。警官がふたりがかりでウゴを遺体袋の上にのせて、袋の両端を引き寄せる。ファスナーを閉めるときには、布を裂くような音がする。警官が遺体袋を運び去ろうとすると、シモンが「待て」と声をかける。

警官が振り向く。

シモンが片手を上げる。

「主よ、耳をかたむけたまえ」

警官が遺体袋を地面に下ろす。そこにいた者は全員——警官も庭師も——帽子を取る。

「願わくは、この世を去って安らぎと光の世界へ行くようお命じになった汝《なんじ》の僕《しもべ》、ウゴリーノ・ノガーラの魂を憐《あわ》れみ、汝の聖徒に加えたまわんことを。主なるキリストの名において、アーメン」

私は、キリスト教の祈りのなかでもっとも簡明で、しかも、どのような場面でも使えるギリシャ語を、そっと心のなかで唱える。

主よ、憐れみたまえ《キリエ・エレイソン》。

みんなが帽子をかぶり直し、ふたたび遺体袋が持ち上げられる。そして、どこかへ運び去られる。

私の胸には静かな痛みが残る。

ウゴリーノ・ノガーラが死んだのだ。

■
■
■

フィアットに乗り込むと、シモンはグローブボックスを開けて手を入れて、弱々しい声で訊く。「おれの煙草《たばこ》はどこだ?」

「捨てたよ」

携帯電話を見ると、シスター・ヘレナが二回電話をかけてきたのがわかる。ピーターが心細い思いをしているのだろう。だが、ここからは電話がつながらない。

シモンは落ち着きなく首を掻《か》いている。

「戻ったら買うから」と、私がなだめる。「いったいなにがあったんだ?」

シモンは目に見えない煙草を吸っているかのように、口の端から息を吐き出す。右手は、右の太腿《ふともも》をぎゅっとつかんでいる。

「痛むのか?」

シモンはかぶりを振るが、楽なように脚の向きを変える。左手をカソックの右の袖口《そでぐち》に伸ばして、司祭がポケット代わりにしている折り返しのなかをまさぐっている。また煙草をさがしているのだ。

私は車にキーを差し込み、エンジンがかかると、身を乗り出してモナがルームミラーに吊るしたロザリオにキスをする。「すぐに家に着くから」と、シモンに声をかける。「話す気になったら話してくれ」

シモンは無言でうなずき、唇に指をあててドラムをたたくように動かしながら、ウゴが倒れていた庭園のはずれに視線を向ける。

ゾウに乗ってアルプス越えをしたほうが、早くローマに着きそうな気がする。父から譲り受けた年代物のフィアットは片方のシリンダーがだめになってしまって、いまは一気筒エンジンだ。最近は、芝刈り機でもこれよりはるかに馬力がある。カーラジオのつまみも、ヴァチカンラジオのＦＭ１０５の位置で錆《さ》びついてしまって動かない。ちょうどロザリオの祈りが流れているので、シモンは、ルームミラーに吊るしてあるロザリオを手に取ってつまぐる。ラジオからは、〝ピラトは群衆を満足させようと思って、バルバラを釈放した。そして、イエスを鞭打ってから、十字架につけるために引き渡した〟という聖書の一節が聞こえてくる。それを合図にいつもの祈りがはじまると――主の祈りを一回とアヴェ・マリアの祈りを十回、詠唱《えいしょう》を一回唱えるのだが――シモンは内にこもって考えにふける。

「誰が金品目当てにウゴを襲うんだ？」私は、耐えきれずに沈黙を破る。

ウゴから盗むものなどなにもない。腕時計は安物だし、財布のなかにも、ローマへ戻る汽車賃程度しか入っていなかったはずだ。

「さあ、それはわからない」とシモンが言う。

ウゴが金を手にしているのを見たのは、出張から帰って空港で両替をしていたときだけだ。

「同じ飛行機で帰ってきたのか？」

シモンとウゴは仕事でトルコへ行っていたのだ。

「いや」シモンが上《うわ》の空で返事をする。「ウゴは二日前に戻ってたんだ」

「ウゴはここでなにをしてたんだ？」

シモンは、ありきたりの質問の裏の意味を見いだそうとしているような顔をして、ちらっと私を見る。

「展覧会の準備だ」

「じゃあ、なぜ庭園にいたんだ？」

「わからない」

教皇領のまわりの丘陵地帯にも美術館や古代の遺跡がいくつかある。だから、ウゴは調べものをするためか、どこかの美術館の学芸員《キュレーター》に会うためにここへ来たのかもしれない。けれども、嵐のせいで遺跡が閉鎖されていたので、雨宿りできる場所をさがしていた可能性もある。

「庭園内の東屋《あずまや》だ」と、私が言う。「ウゴは東屋へ行こうとしてたんだよ」

シモンがうなずく。ラジオからは、また聖書の一節が流れてくる。〝茨《いばら》で冠を編んでイエスの頭に載せ、また、右手に葦《あし》の棒を持たせて、その前にひざまずき、「ユダヤ人の王、万歳」と言って、侮辱した〟。ふたたび祈りがはじまると、シモンは泥のついた手でロザリオをつまぐりながら、ともに祈りを唱える。とくにきれい好きだというわけではないが、シモンはつねに身だしなみを整えて清潔を心がけている。なのにいまは、乾いてクモの巣状の細かいひび割れができた手のひらの泥と、ロザリオから落ちる土埃《つちぼこり》をじっと見つめている。

ピーターが生まれて間もないころに、はじめて海外の任地へ赴くシモンを、こんなふうにふたりで車に乗って空港まで送っていったときの記憶がよみがえる。私たちはラジオを聞きながら、天使が地上に降りてくるときにあらわれるという光の筋のような細い線状の雲をたなびかせて飛んでいく飛行機を眺めていた。シモンは、外交は神の救いの御業《みわざ》で、たがいに交渉のテーブルにつけば宗教的な憎しみは消えてなくなると信じていた。

カトリック教徒が百人にひとりいるかいないかのブルガリアへの赴任をシモンが受け入れると、おじのルチオは手を揉《も》みしだきながら、イスラエルへ豚肉を売りに行くようなものだと嘆いた。だが、ブルガリア人の四人に三人は正教徒で、シモンもアテネを訪ねて以来、地上最大のふたつの教会の再統一のために力を尽くそうとしていた。その理想主義は彼の欠点でもあった。ヴァチカンの国務省に入った者は、十年で司教に、二十年で大司教にというように、経験年数に従って昇格する。それを知っていれば、世界に百五十人いる枢機卿の多くが国務省の省員だったこともうなずける。

しかし、人のいい者は昇格が遅れるのだ。おじのルチオは、領主《マハラジャ》は、領民を統治するかゾウの糞の始末をするか、どちらかを選ばなければならないのだとシモンを諭《さと》した。おじの言うゾウとは、私とモナとピーターのことで、私たちのそばにいてやりたいなどと思っていると出世ができないと言いたかったのだろう。

ところが、シモンがつぎにトルコに赴任すると、神は彼にウゴリーノ・ノガーラという迷える羊を託された。一世一代の大仕事に挑んで悩みもがいていた、か弱き者を。だから、シモンの気持ちはよくわかる。万が一、ピーターになにかあったら私が感じるのと、そう大きくは変わらない苦悩にさいなまれているのは。

「ウゴはいいところへ行ったんだから」と、私はシモンを慰める。

両親を亡くした私たち兄弟がなんとか生きてこられたのも、同じように思っていたからだ。死のあとにはあらたな命が、苦しみのあとには安らぎが訪れると。けれども、あまりに衝撃が強すぎて、シモンはウゴの死を受け入れられずにいる。ロザリオも、つまぐるのをやめて、ぎゅっと握りしめている。

「警官になにを尋ねられたんだ?」と、私が訊く。

シモンの目の下にはしわが刻まれている。目を細めて遠くを見つめているからか、国務省で数年働くと三十代前半の男にもしわが寄るのか、私にはわからない。

「電話のことだ」

「なぜ?」

「ウゴが何時ごろ電話をかけてきたのか知りたかったらしい」

「それだけか?」

シモンは手のなかの携帯電話を見つめる。「庭園でほかに誰か見かけなかったかどうか訊かれた」

「見かけたのか？」

シモンはまだ混乱しているようで、ぼんやりと「いいや」と答える。

頭のなかでさまざまな思いが交錯する。秋になるとガンドルフォ城は静まり返る。あそこで夏を過ごした教皇はヴァチカンに戻り、スイス衛兵も市国警察の警官も駐在の任を解かれる。ローマ行きの最終列車は五時前に駅を出るので、夕方には観光客も姿を消し、ここにいるスリがローマのスリと同じなら、カモが少なくなるにつれて手荒になる。雨の降る人気《ひとけ》のない村の広場でスリに襲われるウゴの姿が目に浮かぶ。

「通りの反対側には憲兵隊の詰め所があったんだぞ」と、私が言う。「ウゴはなぜ彼らを呼ばなかったんだ？」

「わからない」

もしかすると、呼んだのに憲兵隊が教皇領内に入るのを拒んだのかもしれない。それに、ウゴが一一二番に電話をかけて市国警察を呼んだとしても、つながったかどうかは怪しい。

「ウゴはなんと言って電話をかけてきたんだ？」

シモンが片手を上げる。「頼むよ、アレックス。しばらくそっとしておいてくれ」

電話のことを思い出すとますますつらくなるのか、シモンは自分のなかに引きこもる。ウゴから電話がかかってきたのは空港からの帰り道だったはずだ。運転手に言ってすぐさまガンドルフォ城へ向かったが、間に合わなかったのだろう。

モナが家を出ていったと言って私が電話をかけたときも、シモンはすぐさま飛行機に飛び乗って帰ってきて、落ち着くまでそばにいると言ってくれた。そして、六週間私のそばにいた。おじのルチオは早くブルガリアに戻れと諭《さと》したが、シモンは私がモナとの思い出の場所をふらふらと歩きまわっているあいだに、情報を求めるチラシをローマの街なかまで配りにいったり、親戚や友人に電話をかけたり、ピーターの面倒を見たりしてくれた。

ブルガリアに戻ったあとも、しょっちゅうピーター宛てに分厚い封筒が届いた。封筒のなかには、シモンが首都のソフィアで撮った写真が入っていた。シモンが送ってきてくれた、封筒のなかには、風にかつらを飛ばされた男や、猿を連れたアコーデオン弾きや、山のような栗《くり》のなかに埋もれてしまったリスの写真はすべて、ピーターの部屋の壁に貼った。手紙は私が毎回ピーターに読んで聞かせて、それがふたりであらたな一歩を踏み出すきっかけになった。それと同時に、私はおじのルチオの言葉の意味を理解した。シモンが写真を撮っているあいだに、彼の後輩が先に出世の階段を上っていったのだ。ついに私は、もう大丈夫だとシモンに告げた。だから、もう写真は送らないでくれと。

街に明かりが灯ると、車のなかもほんのり明るくなる。シモンはフロントガラスの向こうに広がる景色を眺めている。彼がローマのスカイラインを眺めるのもローマの空気を吸うのも、ひと月ぶりだ。こんなことにならなければ、いまごろはみんなで食事をしているはずだった。

「庭園の門がどこか開いていたのか?」と、私は静かに訊く。

だが、私の声は届いていないようだ。

■
■
■

私とシモンが子供時代を過ごして、いまも私とピーターが住んでいるヴァチカンのアパートはベルヴェデーレ宮殿と呼ばれている。イタリアでは、どんな建物でも宮殿と呼ぶのだ。れんが造りのその細長い建物は百年前に建てられた。自分の住居がある建物の階段で職員の妻や子供の姿を見かけるのにうんざりした当時の教皇が建てたらしい。〝ベルヴェデーレ〟とは美しい眺めという意味だが、私たちの部屋から美しい眺めを楽しむことはできず、片側にはスーパーマーケットが、もう片側には車両部の建物が見えるだけだ。職員の住まいなのだから、当然と言えば当然なのだが。

私たちの部屋は最上階にあって、廊下の反対側には、同じ建物の一階にある薬局を運営している聖ヨハネ騎士団の修道士たちが住んでいる。いくつかの窓からは、ヨハネ・パウロ二世が暮らしている教皇宮殿の——誰の目にも宮殿だと映る立派な建物の——裏側もちらっと見える。私たちのアパートの裏手にある狭い駐車場では、警官が神から与えられた仕事に精を出している。出入りする車が駐車許可証を持っているかどうか調べる仕事に。とにかく、ようやく家にたどり着く。

「サミュエル修道士に煙草をひと箱もらってこようか?」私は、階段を上りながらシモンに訊く。

シモンの手は震えている。「いや、寝ているところを起こしては気の毒だ。どこかに隠してあるはずだから」

階段ですれちがった警官は、シモンがびしょ濡れなのに気づく。だが、じろじろ見ては失礼だと思ったのか、目をそらす。

私はとつぜん足を止める。

「すみません」くるりと振り向いて、声をかける。「ここでなにをしてるんですか？」

警官が、階段の下から私を見上げる。少年のような目をした新米の警官だ。

「神父……」警官が手に持った帽子をこねくりまわす。「事件があったんです」

シモンが眉をひそめる。「どんな事件が？」

私は、警官の返事を待たずに階段を駆け上る。


アパートのドアは開いていて、居間に男が三人立っている。キッチンの椅子はひっくり返っていて、皿が床に落ちてこなごなに割れている。

「ピーターはどこだ？」と、私が叫ぶ。「息子はどこだ？」

男たちが振り向く。ひとりは警官で、あとのふたりは向かいの部屋に住んでいる聖ヨハネ騎士団の修道士だ。彼らは昼間、一階の薬局で仕事をしているので、黒い修道服の上に白衣を着ている。そのうちのひとりが、無言のまま廊下の奥を指さす。

私は状況を把握できずにいる。玄関に置いてあったサイドボードは倒れて、硬木の床に書類が散乱している。父から譲り受けた、イエスのあどけない幼少時代の肖像画が私を見上げているが、粘土でできた赤い額縁は、落ちたときの衝撃でこなごなに割れている。ピーターの部屋から、すすり泣く女性の声が聞こえてくる。

シスター・ヘレナの声が。

ドアを押し開けると、ふたりがベッドの上で身を寄せ合っている。ピーターは、シスター・ヘレナの両腕に抱かれて膝の上に座っている。昔、シモンが使っていたもうひとつのベッドには、べつの警官が腰かけてメモをとっている。

「……もっと高かったと思います」と、シスター・ヘレナが話している。「でも、よく見てないので」

警官が急に目を上げて、いつのまにか私のうしろに立っている、ずぶ濡れになった長身のシモンを見る。

「なにがあったんだ?」私はそう言って部屋に駆け込む。「怪我《けが》はしてないか?」

「パッポ!」ピーターがシスター・ヘレナの腕のなかから飛び出してくる。

抱き寄せると、ピーターはふっくらとしたピンク色の顔を私の胸にうずめて泣きだす。

「ああ、神様」シスター・ヘレナは叫ぶように言って、私を迎えるために立ち上がる。

ピーターが震えているので、私は背中をさすりながら怪我をしていないかどうかチェックする。

「怪我はしていません」と、シスター・ヘレナが小声で言う。

「いったい、なにがあったんですか？」

シスター・ヘレナは口に手をあてて、目の下のたるんだ皮膚をさらにゆるめる。「男の人が入ってきたんです」

「えっ？　いつ？」

「私たちがキッチンで食事をしていたときに」

「そんなばかな。その男はどうやってなかに入ってきたんですか？」

「わかりません。玄関で物音がして、気がついたときには、もうなかに入ってきてたんです」

私は警官に向き直る。「捕まえたんですか？」

「いいえ。でも、ヴァチカンから出ていこうとする者はみな止めて調べてますので」

思わずピーターを抱きしめる。駐車場にいた警官は許可証をチェックしていたわけではなかったのだ。

「目的はなんです？」と、警官に訊く。

「それもいま調べているところです」と、警官が答える。

「被害を受けたアパートはほかにもあるんですか？」

「いいえ、ないようです」

この建物に泥棒が入ったという話は一度も聞いたことがない。そもそも、ヴァチカンに泥棒などいない。

ピーターが、私の首に鼻を押しつけて小さな声で言う。「クローゼットのなかに隠れてたんだ」

私は、ピーターの背中を撫《な》でながらシスター・ヘレナに訊く。「男の顔に見覚えは？」

ヴァチカンは狭い。シスター・ヘレナは女子修道院で暮らしているが、ピーターと私はヴァチカンの住人のほとんどの顔を知っている。

「顔はよく見てないんです」と、シスター・ヘレナが言う。「誰かが乱暴にドアをたたくので、ピーターを抱いてここへ来たんです」

私は一瞬考える。「その男はドアをたたいたんですか？」

「ええ、大きな声で呼んで、ノブをガチャガチャまわして。私がピーターを抱き上げようとしているときにドアを開けて入ってきたので、寝室に駆け込むことができたのは奇跡のようなものでした」

胸騒ぎを覚えて警官に向き直る。「じゃあ、泥棒ではなかったんですね？」

「それはまだわかりません」

「男は暴力をふるおうとしなかったんですか？」と、シスター・ヘレナに訊く。

「私たちは、部屋のドアをロックしてクローゼットに隠れてましたから」

ふと視線を落とすと、泥のついたカソックを着て血の気の失せた顔をしたシモンをピーターが見つめている。ふたりとも、驚愕の色を浮かべている。

「ピーター」私は、息子のこわばった背中をさする。「大丈夫だ。怖がらなくてもいい。もうなにも起きないから」

だが、ピーターとシモンは、青い目で怯《おび》えたように見つめ合っている。シモンの視線には動物的な鋭さがあって、ピーターはそれを真似ようとしているものの、所詮《しょせん》、無理な話だ。

「シスター・ヘレナ」私は、もう一度小声で訊く。「その男は危害を加えようとしなかったんですね？」

「ええ。私たちをさがそうともせずに廊下をうろうろしてました」

「なにをしてたんですか？」

「あなたの部屋へ行ったようです。あなたがたの名前を呼んでましたから」

私はピーターの顔を自分の肩に押しつける。「誰と誰の名前を？」

「あなたとシモン神父の名前です」

肌が粟《あわ》立つ。警官は私を見て反応を探っている。

「なにか心当たりはありませんか、神父？」と、警官が訊く。

「いや、まったくない」私はそう答えてシモンを見る。「兄さんは？」

シモンはうつろな目をして、「何時ごろだった？」と訊く。

シモンの声に不安な響きがこもっているのに気づいたとたん、ある考えが頭をよぎる。そんなことはありえないと思いながらも、インクの染みのように頭のなかに広がっていく。もしかして、これはウゴの身に起きたことと関係があるのだろうか？　ウゴを殺した人間が、そのあとここに来たのだろうか？

「アレックス神父が出ていかれたすぐあとでした」と、シスター・ヘレナが言う。

ガンドルフォ城とここは三十キロ以上離れていて、車で四十五分はかかる。同じ人物がウゴを殺してここへ押し入るのは、おそらく不可能だ。それに、動機も思い浮かばない。ウゴとの接点は、彼が企画した展覧会の準備に私とシモンが協力したことだけだ。

シモンがクローゼットを指さす。「どのくらい隠れてたんだ？」

「すっごく長いあいだ隠れてたんだ」と、ピーターが得意げに言う。心配してもらえて、うれしいらしい。

けれども、シモンは窓に視線を向ける。

「五分以上か？」シモンがなにを知りたがっているのか察して、私が訊く。

「もっとだよ」

となると、警察はあてにならない。ここから城壁まで、走れば一分で行ける。夜通し調べたところで、誰かが門で捕まる可能性はない。

警官が手帳を閉じて立ち上がる。「下に車を待たせてあるので、お乗りください、シスター。暗いなかを歩いて帰るのは危険なので」

「ありがとう」と、シスター・ヘレナが礼を言う。「でも、今日は坊やのためにここに泊まります」

警官が大きくドアを開ける。「修道院長が待ってらっしゃると思います。運転手が廊下まで迎えに来てるんです」

シスター・ヘレナは、歳のせいか頑固なところがあるものの、警官と言い合っているところを子供に見せたくなかったのだろう。ピーターにおやすみのキスをして頬を両手で包み込む。だが、染みだらけの彼女の手は震えている。

「あとで電話します」と、私が声をかける。「まだ訊きたいことがあるので」

シスター・ヘレナは黙ってうなずく。彼女が帰っていくと、ピーターは私に体を押しつけてくる。両手は丸めて、お気に入りの赤いサッカーウェアの裾《すそ》を握りしめている。よく見ると、胸のあたりに涙のあとがついている。ピーターをあやしながらふと目をやると、クローゼットの扉の前にスーツケースが置いてあるのが見える。シスター・ヘレナは、警察に通報するために先にクローゼットを出たのだろう――ピーターには、念のために隠れているように言って。だから、ピーターはひとりで暗いクローゼットのなかに隠れていたのだ。

首筋にピーターの鼻息を感じて、すでにいつもの就寝時間を三十分過ぎていることに気づく。彼の体を重く感じるのは、疲れて、ぐったりともたれかかってきているからだ。「なにか飲むか?」と、耳元で訊く。

一緒にキッチンへ行くと、ピーターが床に落ちている皿を指さす。「ぼくが割ってしまったんだ」

私は、ひっくり返った椅子をもとに戻す。シスター・ヘレナは、十八キロのピーターをこの椅子から一気にかかえ上げたのだろう。特別なときのために買ってあったファンタオレンジを棚の上から取る。ラッツィンガー枢機卿がローマ市内のカフェレストランでファンタオレンジを飲んでいるのを見て以来、ピーターの大好物になったのだ。ピーターがプラスチックのカップに注いだファンタオレンジをごくごくと飲んでいるあいだに、私は彼の肩越しに玄関の惨状を眺める。男が荒らしていったのは玄関と私の部屋だけで、なぜかピーターの部屋の前は素通りしたようだ。部屋の状態はシスター・ヘレナの話と合致する。

「外はすごい嵐だね」ピーターが大きなカップから顔を上げる。

私は上《うわ》の空でうなずく。もしかすると、ピーターはまだ捕まっていない犯人のことを考えているのかもしれない。ようやく警官が私の部屋から出てきてピーターの部屋の前を通りすぎると、シモンが行く手をさえぎる。警官がシモンになにか尋ねると、「だめだ。甥《おい》はまだショックから立ち直っていないので」と、シモンが答える。

「バッボ？」

視線を戻すと、ピーターが私を見つめている。

「どうした？」

「雨のせいで車が故障したのって訊いたんだけど」

理解するのに数秒かかる。ピーターは、私とシモンの帰りが遅くなった理由を自分なりに考えているのだ。男が押し入ってきたときに、自分がシスター・ヘレナとふたりきりだった理由を。

「ああ……タイヤがパンクしたんだ」

私のフィアットはしょっちゅう故障しているので、ピーターもオイル漏れやジェネレーターの不具合には詳しい。つぎからつぎへと災難に見舞われる星の下に生まれてきたのだろうかと、ときどき息子を不憫《ふびん》に思うこともある。

「オーケー」ピーターは、シモンが警官を見送ってドアを閉めるのを見てそう言う。

アパートは私たち三人だけになる。シモンが隣りに座ると、その大きさが安心感を与えてくれるのか、ピーターは小枝にとまる蝶《ちょう》のようにシモンの椅子の端にちょこんと座る。

「また明日来るそうだ」と、シモンが言う。

私は無言でうなずく。シモンと話し合いたいことがあるものの、ピーターの前では話せない。

シモンはピーターの頭に大きな手をのせて髪をくしゃくしゃにする。シモンのカソックは、乾いた泥をあちこちに撒《ま》き散らしている。

「車を持ち上げないといけなかったの?」と、ピーターが訊く。

「えっ?」

「パンクしたタイヤを交換したときのことだよ」

私はシモンと目を見交わす。

シモンが話をはぐらかそうとする。「じつは……」そう言って、パチンと指を鳴らす。

「ジャッキを使ったの?」と、ピーターが訊く。

シモンはうなずいて、いきなり立ち上がる。「ピーター、おじさんはシャワーを浴びてくるよ」そう言って、ちらっと私を見る。「ウービ、ドルミエムス?」

ピーターに聞かれると困るので、シモンはわざとラテン語を使う。〝どこで寝る？〟という意味だ。

シモンも私と同様に、ここは危険だと思っているらしい。

「スイス衛兵隊の宿舎は？」と提案する。ヴァチカンで、ヨハネ・パウロ二世のアパートのつぎに安全な場所だ。

シモンはうなずき、脚を引きずっているのを気取《けど》られないように、ゆっくりとバスルームへ歩いていく。


シモンの姿が見えなくなると、お気に入りのパジャマを取ってこいとピーターに言う。それからコンピュータを立ち上げて、古いCPUがウゴの名前を含んだメールをさがし出すのを、じりじりしながら待つ。私は不安にさいなまれ、外の物音に耳をすます。

二十通以上のメールが画面に表示される。どれも、今年の夏にやりとりしたものだ。いちばん新しいのは二週間前のメールで、本文を読み直していると、自分の目を疑いたくなる。しかし、いまの自分の判断力も疑わしい。パイプに水が詰まるいつもの音を耳にしながら、とにかくそのメールをプリントアウトしてカソックのなかに忍ばせ、シモンのあとを追って、かつてモナと私が使っていた寝室へ行く。

シモンは、〝神は光と闇を分けた〟という創世記の一章四節の言葉を母が刺繍《ししゅう》してくれたランドリーバッグの上で汚れたカソックをたたんでいる。先ほどより動揺しているように見えるが、それは私も同じだ。ピーターの身が危険にさらされたのだという思いが頭を離れない。シスター・ヘレナがいなければどうなっていたかわからないのだから。

「いったい誰がこんなことを?」と、私はひとりごとのようにつぶやく。

シモンはドレッサーの引き出しを抜き、奥に手を突っ込んで、こういうときのために隠しておいた煙草をさがしている。父はこのドレッサーの上に灰皿をふたつ置いていた。ひとつでは足りなかったのだ。ヨハネ・パウロ二世が喫煙を禁止するまで、この国ではみんな煙草を吸っていた。しかし、煙草を見つけてもシモンの表情は晴れない。引き出しをうまくもとに戻せないので、シモンが無理やり押し込もうとすると、ドレッサーがかたむく。

「なぜおれたちが狙われるんだ?」と、私が訊く。

シモンはタオルを投げ捨てて下着を身につける。彼が脚を引きずっていた理由がようやくわかる。肌が紫色になっているのだ。なにかをきつく巻きつけていた跡だ。

「なにも言うな」私が見つめているのに気づいて、シモンが釘を刺す。

国務省の人間がカクテルパーティーやディナーパーティーに出席しなければならないようになると、聖職者の精神を汚《けが》しているような罪悪感にさいなまれることがある。そこで、彼らは古典的な手法で罪を贖《あがな》おうとする。みずからを鞭《むち》打つ者もいれば、体に鎖を巻きつけたり、硬い獣《けもの》の毛で編んだ肌着を身につけたり、シモンのように、その布で太腿《ふともも》を縛ったりする者もいる。それらは、国務省の仕事を通して犯した罪を消し去る即効薬だ。しかし、そんなことで罪が消えるわけなどなく、それはシモンもわかっているはずだ。東方カトリック教会の司祭だった父は粗食に努めて祈りを欠かさず、冷たい床の上で寝るように息子たちに教えてきたのだから。

「兄さんは、いつ――」

「黙ってろ」と、シモンが制す。「早く服を着させてくれ」

たしかに、のんびりしているわけにはいかない。一刻も早くここを出たほうがいい。

ピーターが、恐竜のイラストのついたパジャマを何着も持って部屋の入口にあらわれる。

「これだけあればいい？」

シモンはすばやくクローゼットのなかに隠れる。

「おいで」私はピーターをキッチンへ連れていく。「ここでシモンおじさんを待とう」

4

スイス衛兵隊の宿舎は私たちのアパートと同じ通りにある。部外者はなかに入れないことになっているが、シモンと私は両親が死んだあと幾晩かここで過ごした。衛兵が私たちを持久走の訓練に参加させてくれたり、ジムでウエイトトレーニングの機械を使わせてくれたり、フォンデュパーティーに招《よ》んでくれたりしたからだ。はじめて酒を飲んで二日酔いに苦しんだのもここだった。当時の衛兵のほとんどはあらたな刺激を求めてスイスに帰っていったが、残って将校になった者もいる。当時、シモンと私がこの宿舎を追い出されたのは、指導係の衛兵が上官からお叱りを受けたからのようだった。

私は、衛兵たちが若いことに、いまさらながら驚く。スイスでの兵役経験がなければヴァチカンの衛兵にはなれないのだが、みな、高校を卒業したばかりのように見える。かつての私にとって、衛兵はこの国でいちばんのあこがれの的だった。なのにいまここにいるのは、私より十歳ほど若い、まだ幼さの残る青年にすぎない。

宿舎は三棟あって、各棟のあいだには、路地とさして変わらない狭い中庭が設けてある。若い衛兵はローマとヴァチカンを隔てる城壁側の建物で共同生活をしているが、私たちが向かっているのは、三棟のなかではいちばん奥の、教皇宮殿の裏側に建つ将校用の宿舎だ。エレベーターを降りて親友のレオ・ケラーのアパートのドアをノックすると、妻のソフィアが出てくる。

「まあ、アレックス。たいへんだったわね」と、ソフィアが言う。「あんなことが起きるなんて、信じられないわ。さあ、なかに入って」

衛兵隊の宿舎では、すぐに噂が広まるのだ。

「赤ちゃんに触《さわ》ってもいい？」ピーターは挨拶《あいさつ》もせずにそう訊いて、ソフィアが返事をする前に、大きくなった彼女のお腹に両手をあてる。

私が引き離そうとすると、ソフィアはにっこり笑ってピーターの手に自分の手を重ねる。

「いま、赤ちゃんがしゃっくりをしたわ。わかる？」

ソフィアは美人で、昔のモナと同じように痩《や》せていて、体つきもよく似ている。焦《こ》げ茶色の髪がローマの強烈な太陽のせいで赤茶けてしまって、いまにもスチールウールが燃えだすように、ときおり顔が赤い光の輪に包まれるのも同じだ。レオがソフィアと結婚してもう一年になるが、私はいまでもソフィアのなかにモナの面影《おもかげ》をさがしてしまう。ソフィアに会ってモナのことを思い出したり、自分の妻に抱くような気持ちが湧き上がってくると、私はいつも赤面する。それに、ふだんはなんとか抑え込んでいる孤独も頭をもたげる。

「さあ、三人ともなかへ」と、ソフィアがうながす。「なにか食べるものをつくるわね」そう言ったあとで、気が変わったらしい。「ううん、それはやめておくわ」彼女は私の肩越しにシモンを見つめている。「私はピーターとここにいるので、おふたりは下でお酒を飲んできたらどう？」

シモンの目を見て、なにかに気づいたのだろう。

「ありがとう、ソフィア」私は礼を言って、ピーターの前に膝をつく。「すぐに戻ってきて寝かしつけてやるから、お利口《りこう》さんにしてるんだぞ」

「さあ」シモンが小声でささやいて、私のカソックを引っぱる。「行こう」

将校宿舎の地下にはワインバーがある。地下牢のように陰気で、いくつかあるシャンデリアのほのかな光が店じゅうにたちこめる靄《もや》を切り裂いている。壁に飾ってある、五百年前に結成されたスイス衛兵隊のいにしえの姿を等身大で再現した絵は、ヨハネ・パウロ二世が教皇になってから描かれたものだ。ずいぶんデフォルメされた絵だが、薄暗いシスティーナ礼拝堂でこの絵を描いた画家は煉獄《れんごく》の存在を信じたくなるほど苦労したにちがいない。

シモンと私は、ワインより強い酒を飲みたくて隅のテーブルへ歩いていく。シモンは体が大きいので、そうとう飲まなければ酔えない。けれども、そこにはワインしかなく、私が、「なぜおれたちが狙われるんだ？」と繰り返しながら目をやると、すでに一杯目の小さなグラスが空《から》になっている。

シモンは、手榴弾のように表面に深い切れ込みの入った脚付きの分厚いグラスの縁に親指を這《は》わせながら口を開くが、声は沈んでいる。「ピーターに怖い思いをさせたのが誰なのかわかったら……」

「ウゴの身に起きたことと関係があるかもしれないと思ってるのか？」

シモンが感情を昂《たかぶ》らせる。「それはわからない」

私はプリントアウトしたメールを取り出して、テーブルの上にすべらせる。「ウゴは兄さんにも同じようなことを言ってたか？」

シモンはわずか数秒で読み終えると、顔をしかめて私のほうへ突き返す。「いや」

「これにはなにか特別な意味があると思うか？」

シモンは椅子の背にもたれて、またグラスにワインを注ぐ。「いや、ないと思う」そう言うと、大きな手でプリントアウトを押さえてメールの日付を指さす。二週間前の日付を。

私はもう一度メールを読む。

親愛なるウゴ
それは気の毒に。だが、今後はほかの誰かに協力をあおいでほしい。あなたの質問に答えてくれそうな聖書学者を推薦してもいい。コンタクトを取る気があるのなら知らせてくれ。展覧会の成功を祈る。

アレックス

その下にはウゴのメールが残っている。私が返事を書いたメールが。ウゴから最後に届いたそのメールにはこう書いてある。

アレックス神父——問題が起きたんです。重大な問題が。何度も電話をかけたが通じないので、早急に連絡がほしい。ぐずぐずしていると噂が広まる。

ウゴ

「兄さんにはなにも言ってなかったのか？」

シモンは悲しげにかぶりを振る。「まかせておけ。なにが起きたのか、かならず突き止めてみせるから」

シモンの声には国務省の省員としての誇りがにじんでいる。われわれが世界を救うのを見ていろと言わんばかりだ。

「兄さんが今晩うちに泊まるのを知っていた人物はいるのか？」

「大使館の人間はみな、おれが展覧会のためにヴァチカンに戻るつもりでいたのを知っている」大使館とは、教皇庁の大使館のことだ。「だが、どこに泊まるのかは話してない」

シモンもそのことを気にしているのは、声でわかる。ヴァチカンの薄っぺらい電話帳には、ほとんどの職員の職場と自宅の電話番号が載っている。もちろん、私の電話番号も載っているが、住所は書かれていない。

「それに、ガンドルフォ城からそんなに早く戻ってこられるか？」と、私が訊く。

シモンはしばらく両手のなかでグラスを転がしてから、ようやく返事をする。「おまえの言うとおりだ。たぶん無理だ」

だが、私の不安をやわらげようとしているだけなのか、シモンの声に安堵《あんど》の響きはない。

遠くから、十時を告げる教会の鐘が聞こえてくる。衛兵の交代時間だ。私たちは、夜警の制服を着た衛兵が任務を終えてやって来て、潮が満ちるようにバーが混み合ってくるのを眺める。そこでワインを飲んでもその夜の出来事を忘れることができないのは、すぐにわかる。衛兵たちはみな、ガンドルフォ城から伝わってきたニュースを任務中に耳にしているようだ。シモンと私は、予期せぬ形で注目を浴びることになる。

まずは、旧友のレオが隣りに座りにくる。レオとは、神学校の三年生の春に、今回の事件を除けば私の知るかぎりヴァチカンで起きた唯一の殺人事件の被害者の葬儀ではじめて会った。この宿舎でスイス衛兵のひとりが支給されていた銃で隊長を殺して、そのあと自殺したのだが、その夜、真っ先に現場に駆けつけたのはレオだった。私とモナはレオがショックから立ち直るのを一年近く見守って、ダブルデートのお膳立てまでした。だが、相手の女性はふたりとも、悩みをかかえているだけでなく、その原因を話すことを誓いによって禁じられている安月給の外国人には興味を示さなかった。

その後、モナがいなくなったときは、レオがシモンと一緒に私を慰めてくれた。レオが今年の春にソフィアと結婚したときは、ラッツィンガー枢機卿がみずからふたりを祝福すると申し出てくれるまで私が式の司祭を務めることになっていた。そんなレオもつらい時期を乗り越えて、もうすぐ私と同様に父親になろうとしている。今夜、ここでレオに会えたのはうれしい。私たちは戦友のようなものだ。

シモンは、レオを見て挨拶代わりにグラスを上げる。若い衛兵も何人か、上官のあとについて私たちのテーブルにやって来ると、それぞれビールやワインを注文してグラスを触れ合わせる。何時間も直立不動の姿勢で立っていたからか、みな、さかんに腕や口を動かしている。いつもはドイツ語で話をしているのにイタリア語に切り替えているのは、私たちも話に加われるようにするためだ。彼らは私たちが上官の友人だということしか知らず、いかにも軍人らしい質問をする。

「口径は?」

「撃たれたのは額ですか、それともこめかみですか?」

「一発で行動不能になったのですか?」

ところが、レオが私たちが誰なのか明かすと、すべてが変わる。

「泥棒が入ったというのは、あなたのアパートだったんですか?」と、衛兵のひとりが興奮した様子で尋ねる。

なるほど、噂はこんなふうにしてヴァチカンじゅうに広まるのだ。シモンにとっては具合が悪いのではないかと、すぐに気づく。国務省の人間がスキャンダルの種になってはまずい。

「犯人はもう逮捕されたのか?」と、私が訊く。

衛兵たちは、私がどちらの事件の犯人のことを言っているのかわからないようで、レオが

「どちらもまだだ」と言う。

「近所の住人のなかに目撃者はいないのか？」

レオがかぶりを振る。

しかし、衛兵たちはウゴの殺害のほうに興味を惹《ひ》かれているようだ。

「誰にも死体を見せなかったそうですね」と、衛兵のひとりが言う。

「なにかおかしかったようですよ、殺された男の手か足が」と、もうひとりが言う。

そんなことはない。私はウゴの死体をこの目で見たのだ。が、私が反論するより先に、ほかの衛兵たちが磔《はりつけ》にされたイエスの聖痕《せいこん》のことを冗談めかして話題にする。シモンは、拳《こぶし》をテーブルに打ちつけて「やめろ！」とわめく。

衛兵たちはただちに話をやめる。彼らにとって、シモンはけっして逆らえない相手だ。長身で、威厳があって、おまけに司祭なのだから。それに、三十三歳でも、彼らにはずいぶん歳上に見えるのだろう。

「犯人がどうやってガンドルフォ城の庭園に入ったのか、わかっているのだろうか？」と、私が訊く。

衛兵たちは、電線にとまった鳥がさえずるように小さな声で言葉を交わす。どうやら、まだわかっていないようだ。

「じゃあ、誰もなにも見てないんだな？」と、私が確認する。

ついにレオが口を開く。「おれは見た」

テーブルが沈黙に包まれる。

「先週、聖アンナで第三シフトについていたときに、トラックが通してくれと言ってきたんだ」と、レオが言う。

聖アンナというのはこの宿舎の隣りにある門で、衛兵が二十四時間配置されて、ローマ市内から入ってくる車両をチェックしている。ただし、第三シフト時には門が閉まっている。夜間は誰もヴァチカン内に入ることができないのだ。

「〇三〇〇時で、そのトラックはおれにライトを当てた」と、レオが続ける。「手を振って追い返そうとすると、運転手が降りてきたんだ」

衛兵たちが眉をひそめる。ルール違反だからだ。運転手は窓を開けて通行許可証を見せることになっている。

「おれは、補佐役のフレイ兵長と一緒にそばへ行った。運転手はイタリアの免許証を持ってたんだ。驚いたことに、車両の通行許可証も。誰がその許可証にサインしてたと思う？」

レオはいったん言葉を切る。若い衛兵たちは興味津々《しんしん》の体《てい》で話の続きを待っている。

「ノヴァク大司教だ」

何人かが口笛を吹く。アントーニ・ノヴァクは教皇庁の高官で、ヨハネ・パウロ二世の側近だ。

「おれは、本部に電話をかけてサインが本物かどうか確認してくれとフレイ兵長に頼み、待っているあいだにトラックの荷台を調べたんだ」レオはそう言って身を乗り出す。「なんと、荷台には棺が積んであった。棺には布が掛けてあって、その布にはラテン語が刺繡《ししゅう》されていた。なんと書いてあったかはわからない。だが、棺は金属製で、大きかった。とてつもなく大きかった」

全員があわてて十字を切る。ここにいる者はみな、金属製の棺と聞くと同じことを思い浮かべるのだ。教皇が逝去《せいきょ》すると、亡骸《なきがら》は三重の棺に納められる。まずは糸杉の棺に、そして最後はオークの棺で、二番目が鉛の棺だ。

ヨハネ・パウロ二世の健康状態は焦眉《しょうび》の関心事だ。かなり弱っていて、歩くこともままならず、顔は苦痛に満ちている。教皇庁でナンバーツーの地位にあたる国務省の長官を務めている枢機卿は、沈黙の掟を破って生前退位も選択肢のひとつだと述べた。教皇が体調不良で充分にその役目を果たせないのであれば、退位するのが望ましいと。記者はハゲワシのごとく強引に情報をあさり、なかには、どんなささいなことでも教えてくれたら謝礼を払うと、ヴァチカンの住人に持ちかけている者もいる。レオが若い隊員の前でなぜそんな話をするのか、理解に苦しむ。

だが、レオは私の疑問にみずから答える。「その棺の横に誰が座ってたと思う？　その人物の身分証明書には〝ウゴリーノ・ノガーラ〟と書いてあったんだ」レオは指の関節で軽くテーブルをたたく。「一分後には本部から折り返しの電話がかかってきて、通行許可証は本物だとわかった。だから、トラックはなかに入っていった。それ以来、おれは棺もノガーラも見ていない。さあ、それがなにを意味するかわかる者がいたら言ってくれ」

まるで幽霊話だ。深夜のシフト中に夢でも見たのだろうか？　もともと衛兵には迷信深いところがある。

誰も返事をしないでいると、いきなりシモンが立ち上がって、〝もう行く〟なのか〝もういい〟なのか、とにかく小声でなにやらつぶやいて、中座することを詫《わ》びることも〝おやすみ〟と声をかけることもなくバーを出ていく。

私も席を立ち、ふらふらとあとを追う。レオの話は、ウゴの死の真相を解明する重大な証拠になる。衛兵たちは気づかなかったらしい。教養のあるローマカトリック教徒なら誰しもラテン語を読めたのは、はるか昔の話だ。だが、父は私たちにギリシャ語とラテン語を学ばせたので、レオが見た棺の掛け布になにが書いてあったのか知っている。祈りの言葉だ。

〝トゥアム・シンドーネム・ヴェネラームル、ドミネ、エ・トゥアム・レコリムス・パッショーネム〟

暗かったので、レオも、たんに大きいというだけではっきりとした寸法は覚えていないようだが、教皇の棺にしてはいささか大きすぎるはずだ。私は一度だけ見たことがあるので、すぐにわかる。

ウゴが棺のなかになにを隠していたかは。

5

いまから七百年近く前に、フランスの小さな村で西洋史上はじめてキリストの聖遺物が発見された。それがどこからどのようにしてそこへ来たのかは誰も知らなかったが、すべての聖遺物がそうであるように、それも長いあいだに何人かの有力者の手を経て、ついには、のちに王家となるその地方の貴族の持ち物になった。そして、その後、アルプスの麓《ふもと》にあるその王国の都へ移された。

トリノへ。

トリノの聖骸布《せいがいふ》とは、磔《はりつけ》にされたイエスの遺骸《いがい》を包んで埋葬した布のことで、その表面には、イエスの姿にそっくりな謎めいた模様が写っている。その布は五百年ものあいだトリノ大聖堂の脇にある小さな礼拝堂に厳重に保管されていて、公開されるのは百年に一、二回だけだった。ただし、五百年のあいだに二度だけトリノを離れたことがある。一度目は、ナポレオンが攻めてきたときで、王族は聖骸布とともに避難した。二度目は第二次世界大戦中で、戦火を避けてトリノを離れた聖骸布はナポリ近郊の山のなかにある修道院にたどり着き、以後、そこにひっそりと保管されていた。聖骸布とヴァチカンとの接点は、トリノからその修道院へ運ばれる途中でローマの街のどこかを通ったというだけだ。

長い歴史のなかで、それだけだった。

ほとんどの聖遺物は、聖遺物箱と呼ばれる特別な箱に納められている。七年前の一九九七年にトリノ大聖堂で火災が起きたときも、聖骸布は銀の箱に納められていたために消失をまぬがれた。その後、なにがあろうと聖なる布が損傷を受けないように、航空機用の合金であらたな聖遺物箱がつくられた。奇しくも、その箱は大きな棺のような形をしている。

しかも、箱の上には金色の布が掛けられ、布にはラテン語の祈りの言葉が刺繡《ししゅう》されている。

〝トゥアム・シンドーネム・ヴェネラームル、ドミネ、エ・トゥアム・レコリムス・パッシヨーネム〟と。

〝主よ、私たちはあなたの聖骸布を敬い、あなたの受難に思いを馳《は》せます〟という意味だ。

レオがトラックの荷台に積んであるのを見たのは、キリスト教のもっとも有名なイコンにちがいないと、私は強く確信する。ウゴリーノ・ノガーラが展覧会の呼び物にしようとしていた聖骸布にちがいないと。

■ ■ ■

ウゴに会ったのは、シモンの友人とはできるだけ会うようにしていたからだ。ほとんどの聖職者は人を見る目を持っているが、シモンは昔からホームレスを食事に招いたり、うちに来て銀器を盗んでいくようなガールフレンドと付き合ったりしていた。いつだったか、シモンが炊《た》き出しをしているヴァチカンのシスターを手伝っていたときに酔っぱらった男ふたりが喧嘩《けんか》をして、ひとりがナイフを取り出したことがあった。シモンはふたりのあいだに割って入って片手でナイフの刃をつかみ、警官が来るまで手を離さなかったらしい。

翌朝、母はついに医者に診《み》てもらう決心をした。シモンを診察した精神科医は年老いたイエズス会員で、診察室は湿った本のにおいとクローブ煙草《たばこ》のにおいがした。机の上には、ヘビースモーカーだったフロイトを背教者呼ばわりして修道士の喫煙を禁止した教皇ピウス十二世のサイン入りの写真が飾ってあった。母は私を外で待たせておいたほうがいいかどうか医者に訊いたが、医者は正式な精神鑑定を行なうわけではないし、もしなんらかの処置をほどこす必要がある場合は母にも外に出てもらうと言った。母は意を決して、シモンの問題行動には医学的な呼び名があるのだろうかと涙ながらに尋ねた。いろんな雑誌で〝希死念慮《きしねんりょ》〟という言葉を目にしていたからだ。

医者はシモンにいくつか質問をしてから、親指の付け根と手のひらの縫合痕を見せてくれと言った。そして最後に、「マキシミリアノ・コルベのことはご存じですか？」と、母に訊いた。

「有名なお医者さまなんですか？」

「いいえ、アウシュビッツで死んだ神父です。ナチスは十六日ものあいだ彼に食料も水も与えず、最後は毒殺しました。コルベ神父は、見も知らぬ男の身代わりとなって、みずから申し出てその刑を受けたのです。あなたはそういった行為のことをおっしゃってるんですか？」

「ええ、そうです。専門家は、そのコルベ神父のような人をなんと呼んでらっしゃるんですか？」

医者がうなずくのを見て、母は顔をほころばせた。呼び名があれば治療法もあるはずだと思ったからだ。

「殉教者です」と、医者は言った。「なかでも、マキシミリアノ・コルベのことは二十世紀の聖人と呼んでいます。希死念慮と殉教はまったく別物です。心配する必要はありません。息子さんは、まれに見る立派なクリスチャンだというだけですから」

母はその一年後に、息子に先立たれるのではないかという恐怖から解放された。息を引き取る直前に母が私に言ったのは、〝愛している〟ではなく〝シモンを見守ってね、アレックス〟だった。

シモンが神学校を卒業するころには、もう見守る必要はないように思えた。世界中に四十万人いるカトリックの聖職者のなかで毎年十人しか採用されない国務省の外務局で働かないかと誘われたのだ。そのために、ローマ市内にある、選ばれた一部の人間しか入れない教皇庁聖職者アカデミーで学ばないかと。ヨハネ・パウロ二世の直近の八人の教皇のうち六人は国務省外務局の出身で、そのうちの四人はそのアカデミーで学んでいる。だから、教皇選挙《コンクラーヴェ》期間中のシスティーナ礼拝堂はべつにして、アカデミーは未来の教皇に会える確立がもっとも高い場所なわけだ。もしシモンが教皇庁の外交官になれば、限りない未来が開ける。わが家の銀器を盗むような者たちと付き合わないようにさえすればいいだけのことだった。

しかし、シモンは自分がそのような道を歩むことになるとは思ってもいなかった。教皇庁には二十以上の部局があり、もしシモンがほかの部局に入っていれば家にとどまることもできた。父と同様にキリスト教一致推進評議会に入るか、東方カトリック教徒の人権を守るのもその仕事のひとつである東方教会省に入って出世をすれば、まわりの人間もおおいに喜んだだろう。ヴァチカンの大半の枢機卿と同様に、いくつかの部局の仕事を掛け持ちしているおじのルチオは、ほかの人たちとは違って聖職者省か列聖省に入るようにすすめた。そこならシモンの出世をあと押しできるからだ。シモンが国務省で働くことに二の足を踏んだ理由はいくつもあるが、最大の理由は、教皇につぐ権限を持つ国務省長官のドメニコ・ボイア枢機卿とわれわれ一家との長年にわたる確執だった。

ボイア枢機卿が国務省の長官に就任したのは、ちょうど東ヨーロッパで共産主義が崩壊しようとしているときだった。ヨハネ・パウロ二世は、無神論を掲げる政府の弾圧を受けながらも長いあいだひそかに信仰を守りつづけてきた鉄のカーテンの向こうの正教会にオリーブの枝を送ろうとした。だが、ボイア枢機卿はそれに反対した。千年前にカトリック教会から分裂した正教会に不信感を抱いていたからだ。分裂の原因のひとつは教皇の権力に対する考え方の違いだった。正教会は、教皇も自分たちの教会を監督する九人の総主教と同様に高位の聖職者のひとりだと――聖職者の代表にすぎないと――とらえていて、誤謬《ごびゅう》のない絶対的な存在だとは考えていない。ボイア枢機卿はそれを危険視した。かくして、教皇の善意が相手に誤解されないように、ヴァチカンで二番目の力を持つボイア枢機卿がひそかな闘いをはじめた。

ボイア枢機卿は正教会を貶《おとし》める外交を展開し、それが両者の関係回復を遅らせることになった。ボイア枢機卿を全面的に支えたのは、かつて私の父に仕えていたアメリカ人のマイクル・ブラック神父だった。シモンも父の理想の実現を阻《はば》もうとしたのは国務省だと思っていたものの、入省の誘いを断わらなかったのは神の意志だと考えたからのようだった。自分が国務省に入省して、正教会との再統一を図ろうとしていた父の仕事を引き継ぐのを神も望んでおられると。

聖職者アカデミーではほとんどの者がスペイン語か英語かポルトガル語を学んでいたが、シモンは正教会の信者が多いスラブ諸国の言葉を学んだ。卒業後の任地も、ワシントンは断わって正教会国ブルガリアの首都、ソフィアへ行った。そして、マイクル・ブラックが自分と同じ教皇庁の大使として派遣されているトルコのアンカラでなにか動きがあるのを待った。

シモンが父の形見のカンテラをソフィアへ持っていったのは私も知っていたが、それをどこでどのように使うのかということまでは、シモン自身も考えていなかったはずだ。私がウゴにはじめて会ったのは、その一週間前におじのルチオが電話をかけてきたからだった。

「おまえはシモンが仕事をさぼっているのを知ってたのか、アレクサンデル？」

私はまったく知らなかった。

ルチオは舌打ちをした。「あいつは、無断で行方をくらましたのを理由に懲戒《ちょうかい》処分を受けたんだ。私にはなにも言わないと思うので、おまえが理由を聞き出してくれるとありがたいのだが」

シモンが処分を受けたのには政治的な思惑があったようで、密告したのはマイクル・ブラックだった。ところが、シモンはその一週間後にひょっこりローマに戻ってきた。

「友人と一緒なんだ」と、シモンは言った。

「友人？」

「ウゴという名の男で、トルコで知り合ったんだよ。今晩、彼の部屋で一緒に食事をしよう。彼もおまえに会いたがってるから」

そこを訪ねたのははじめてだった。教皇庁で働いている既婚者の大半は、教会が所有しているローマ市内の賃貸アパートで暮らしている。もっとも、私の両親はルチオのおかげで市国内の〝ヴァチカン・ヴィレッジ〟にある職員用のアパートに入ることができた。だが、教皇宮殿内のアパートに住んでいる者もいるのだ。ウゴのアパートは、教皇宮殿内の一部をなす美術館の長いギャラリーと図書館が接する角にあった。シモンがドアを開けると、ピーターはシモンの腕のなかに飛び込んだが、私の視線はシモンのうしろの広い空間に吸い寄せられた。壁にフレスコ画は見当たらず、天井にも金箔《きんぱく》はほどこされていなかったが、コンクラーヴェのときの枢機卿らの控え室のように、その広いアパートは衝立《ついたて》でいくつもの部屋に区切られていた。西側の窓からは、図書館から出てきた学者たちが片隅にあるカフェでなにかを飲んでいる中庭が見えて、南側の窓からは、サン・ピエトロ大聖堂のドームまで連なる建物の屋根が木の梢越《こずえ》しに見えた。

やがて、アパートの奥から陽気な声が聞こえてきた。

「やあ！　アレックス神父とピーターだな！　さあ、なかへ！」

その男は両腕を広げて走ってきた。が、ピーターは、男をひと目見るなり私のうしろに隠れた。

ウゴリーノ・ノガーラはクマのような大男で、陽に焼けた肌は黒々と光っていた。壊れたのか、眼鏡《めがね》には何重にもテープが巻きつけてある。手にはワインをなみなみと注いだグラスを持っていて、私と抱擁《ほうよう》を交わすとすぐに、「一緒に飲みましょう」と言った。

ほんとうは自分が飲みたいのだ。

シモンはピーターをそっと私から引き離してトルコ土産《みやげ》を渡した。私はノガーラとふたりだけになった。

「大使館で兄と一緒に仕事をしてらっしゃるんですか、ノガーラ博士？」私は、彼がグラスにワインを注ぐのを眺めながら訊いた。

「いやいや」ウゴは、笑いながら中庭の向こうの建物を指さした。「私は美術館の学芸員で、展覧会の準備のためにトルコに行ってたんです」

「展覧会？」

「八月に開く展覧会です」

シモンから聞いていると思ったのか、ウゴは私にウインクした。けれども、そのときはまだ展覧会のことは誰も知らなかった。システィーナ礼拝堂で盛大なオープニングセレモニーが開かれるという噂も流れていなかった。

「じゃあ、兄とはどこで知り合ったんですか?」

ウゴがネクタイをゆるめた。「数人のトルコ人が、日射病にかかって砂漠に倒れている男を見つけたんです」ウゴは、テープをぐるぐる巻きにした眼鏡をはずして私に見せた。「気を失って」

「彼らは、ウゴがヴァチカンのパスポートを持っているのに気づいたんだ」シモンがそう言いながら私たちのそばに戻ってきた。「それで、大使館に電話をかけてきたんだよ。おれは六百四十キロも車をとばして、ウルファという街にいるこいつを見つけた」

ピーターは私たちが大人どうしの話をはじめたのに気づいて部屋の隅に座り込み、シモンがアンカラで買ってきた『フン族のアッティラ王』の漫画を、言葉もわからないまま食い入るように見つめていた。

急にウゴの顔が明るくなった。「考えてもみてくださいよ、アレックス神父。回教徒の国の砂漠のど真ん中にある病院にいた私を、あなたのお兄さんはカトリックのカソックを着て食事とバローロ産のワインを持って見舞いに来てくれたんですよ」

私はシモンが笑っていないのに気づいた。「日射病にかかったときにアルコールを飲むのはよくないのを知らなかったんだよ。誰かさんは知っていたようだが」

「私は教えてやることができなかったんです」と、ウゴがにやりとしながら言った。「二、三杯飲んだだけで気を失ってしまったので」

シモンはにこりともせずにグラスの縁に指を這《は》わせた。私はあることが気になりはじめた。シモンとウゴの関係だ。ウゴがヴァチカン美術館の学芸員だということは、彼にはシモンと親しくなる特別な動機があるわけだ。ウゴの上司である美術館の館長は、おじのルチオの部下だ。ウゴがルチオに取り入っているのだとしたら、教皇宮殿内のアパートに住んでいるのも、それほど驚くことではない。

「こんな立派なアパートに住んでいるのに、砂漠でなにをしてたんですか？」と探りを入れた。「私も息子も、こんなところに住めたらいいんですが」

しかし、よく見るとそのアパートはかなり奇妙だった。キッチンには小型の冷蔵庫とホットプレートがふたつと、ミネラルウォーターのペットボトルが一本置いてあるだけだ。洗濯物を干すロープは張り渡してあるものの、洗濯機やシンクは見当たらない。引っ越してきたばかりなのかもしれないと、ふと思った。シモンと仲よくなったことで、狙っていたものが予想より早く手に入ったのかもしれない。

「種明かしをしましょう」と、ウゴが言った。「展覧会を企画したら、ここに住まわせてもらえることになったんです。弟さんをここに招《よ》んでくれとシモン神父に頼んだのも、その展覧会のためです」

ブザーが鳴ったので、ウゴはホットプレートで調理していた料理の出来具合を確かめに行った。ちらっとシモンを見たが、彼は目を合わせるのを避けた。

「さて」ウゴは意味ありげな表情を浮かべ、「ちょっと前置きが長くなるが」と言いながら、指揮者気取りで木のスプーンを手に取った。「世界でいちばん有名な展覧会を想像してください。昨年、もっとも人気を集めたのはニューヨークで開かれたレオナルド・ダ・ヴィンチ展でした。連日、平均七千人が訪れたんです。七千人ですから、毎日、小さな村の住人がこぞって美術館を訪れた計算になります」ウゴはわざと間を置いた。「さあ、神父、もっと大きな展覧会を想像してください。それよりはるかに大きな展覧会を。私が企画している展覧会は、その倍の来館者を集めようとしてるんです」

「どうやって?」

「世界でもっとも有名な肖像を展示するんです。ダ・ヴィンチとミケランジェロの作品を合わせて展示しても、それだけの来館者は集まらないはずです。いや、世界中の美術館の作品を集めても。私はトリノの聖骸布《せいがいふ》を展示しようとしてるんですから」

ピーターが私の顔を見ていなかったので助かった。

「あなたがいまどう思っているかはわかります」と、ウゴが続けた。「トリノの聖骸布は、放射性炭素を用いた年代測定で偽物であることが判明したはずだと思っているでしょう?」

私も、トリノの聖骸布に関してはウゴが想像している以上に詳しく知っていた。

「それでも、聖骸布を展示すればいまだに何百万人もの巡礼者が見に来るんです。前回は、八週間で二百万人が訪れました。たった八週間のうちにですよ。みな、偽物だと判定された聖遺物を見に来たんです。そのことを頭に入れたうえで、よく考えてください。偽物の聖骸布が世界でいちばん有名な美術館の五倍の来館者を集めたんですよ。その年代測定が間違っていたと私が証明したら、いったいどれだけの人が見に来ると思いますか？」

私はしどろもどろになる。「からかわないでください」

「からかってなどいません。私は今度の展覧会で、トリノの聖骸布はイエスの遺骸《いがい》を包んだ本物の布だと証明しようとしてるんです」

私はシモンを見て、彼がなにか言うのを待った。だが、シモンが沈黙を決め込んでいるときに私まで黙ってしまうわけにはいかない。トリノの聖骸布が偽物だと判明したときは、教会も私たちの父も大きな衝撃を受けた。父は、聖骸布が本物だと科学的に証明されれば、カトリック教会と正教会の和解のきっかけになると思っていたのだ。生涯をかけて正教会に人脈を築いてきた父は、部下のマイクル・ブラックとともにイタリアじゅうの正教会の司祭にトリノで開く予定の記者会見に同席してほしいと、頼み込んだり説得したり懇願《こんがん》したりしていたので、主教の機嫌を損ねるのを覚悟で会見場に足を運んでくれた司祭もいた。本物だと証明されれば大反響を巻き起こしていたはずだが、実際は悲惨な結果に終わった。問題の亜《あ》麻布《まぬの》は中世のものだと判明したのだ。

「博士」と、私はウゴに言った。「十六年前に多くの人の期待が裏切られたんです。ふたたびみんなを落胆させるようなことはしないでほしいんですが」

それでもウゴは顔色ひとつ変えず、無言で私たちの前に食事を並べてボトル入りの水で手を洗った。「さあ、食べてください。私はすぐに戻ります。自分の目で確かめてほしいんです」

ウゴが衝立の向こうになにかを取りに行ったので、私は小声でシモンに尋ねた。「おれをここに連れてきたのはこのためだったのか？ 彼のほら話を聞かせるためだったのか？」

「そうだ」

「彼は酔っぱらってる」

シモンがうなずいた。「ウゴが砂漠で倒れたのは日射病のせいではなかったんだ」

「じゃあ、なぜおれをここへ？」

「ウゴがおまえの助けを必要としているからだ」

私はひげをしごいた。「トラステーヴェレ地区で断酒会を主催している神父を知ってるんだ」

が、シモンは頭をたたいた。「ウゴの問題はここだ。展覧会の準備が間に合わないんじゃないかと思うと、正気を失いそうになるらしい」

「どうして関わり合うんだ？ 父さんと同じ目にあいたいのか？」

聖骸布の年代測定結果が発表されたときは、どのテレビ局も番組を中断して記者会見の中継を流した。あの夜、ヴァチカンは静まり返り、聞こえてくるのは外で遊ぶ子供たちの声だけで、両親は部屋に引きこもった。父は立ち直れないほど深い心の傷を負った。マイクル・ブラックは父のもとを去り、正教会の古い友人からの電話もぷつりと途絶えた。そして、父は二カ月後に心臓発作を起こした。

「悪いことは言わない」と、私はシモンに小声で忠告した。「兄さんは関わらないほうがいい」

シモンは目を細めた。「おれは四時間後の飛行機でアンカラに戻らなきゃならないんだ。ウゴがウルファに戻るのは来週だ。それまで彼を監視してくれ」

私は続きを待った。シモンがまだなにか言いたそうな顔をしていたからだ。

「ウゴはおまえに頼みごとをするはずだ。やつを助ける義理などないと思っても、おれのために引き受けてやってほしい」

戻ってきたウゴの影が衝立《ついたて》の向こうに見えたが、すぐには姿をあらわさず、舞台へ出ていく前の俳優のように、いったん足を止めて十字を切った。もう片方の手には、なにか、長くて薄っぺらいものを持っていた。

「信じろ」と、シモンが耳打ちした。「なにを発見したかウゴから聞けば、おまえもきっと彼の話を信じるようになるはずだ」

巻いた布を持って姿をあらわしたウゴは、それを部屋に張り渡した物干用のロープに掛けると、重々しい口調で言った。「説明は不要だと思います」

私は凍りついた。目の前にあったのは、長いあいだ記憶のなかに刻み込まれてきた、赤茶けたふたつの全身像だったのだ。ふたつの全身像の頭はつながっていて、片方には男性の体の前側が、もう片方にはうしろ側が写っている。しかも、布には血痕がついている――いばらの冠をかぶせられた頭と鞭《むち》で打たれた背中と、槍で突かれた脇腹のあたりに。

「これは、本物の聖骸布の複製です」ウゴは布を指さしたが、触れようとはしなかった。

「長さは約四メートル四十センチ、幅は一メートル十センチあります」

それは私の心のなかに不思議な興奮をもたらした。東方のキリスト教会では、カトリックであれ正教会であれ、古くから聖人や使徒の聖像や聖画の精密な複製がつくられて、複製からもさらに複製がつくられてきた。そのなかでも聖骸布は、われわれの信仰の核をなす、もっとも重要なものだ。

しかも、もっとも重要な聖遺物でもある。聖書には、ヘブライの預言者エリシャの墓に投げ込まれた死人が生き返り、イエスの服に触れた病人の病いが治ったと書いてあり、カトリック教会の祭壇にも正教会の代案《アンティミンス》と呼ぶ祭壇にも聖遺物が納められている。それらの聖遺物のほとんどは主が直接手を触れたものではないが、聖骸布は主がみずから描いた聖像だと言うことができる。それほど大事な聖遺物が人々の注目を浴びないわけがない。

だが、年代測定で聖骸布が偽物だと判明したあとも、トリノの大聖堂はどこかの美術館に保管を託そうともしなければ、人目につかないところに隠そうともしなかった。トリノの枢機卿は、それを聖遺物と呼ぶのは間違いだと認めながらも取りはずせと命じることはなかった。ヨハネ・パウロ二世がトリノを再訪したのはその年代測定の十年後だったが、ヨハネ・パウロ二世はトリノの聖骸布を神からの贈り物だと言い、研究を続けるように科学者をうながした。以来、私たちも心のなかであれは神からの贈り物だと思いつづけていた。年代測定の結果に反論するすべは見当たらなかったが、結果は最終的なものではなく、はっきり偽物だと結論づけられるまであきらめるつもりはなかった。神に見捨てられたイエスを私たちはけっして見捨てなかった。

私の内なる興奮は、ピーターまでもが問題の聖骸布に興味を示しているのを見てますます高まった。それまでピーターに聖骸布の話をしたことはなかった。聖骸布に対する私の複雑な気持ちを子供に話すのはよくないと思っていたからだ。

「まずは、この布がイエスの遺体をどのように包んでいたのか知るべきです」と、ウゴが言った。「シートのように遺体の上に掛けてあったわけではありません。この上に遺体を置き、上からもかぶせて紐《ひも》で縛ってあったのです。だから、前から見た姿もうしろから見た姿も写ってるんです」

ウゴは布にあいた、ひょうたん形の穴を指さした。どれも、布の折り目を軸に対称形をなしている。「でも、これをよく見てください。この穴は焼けた跡です」

「誰が燃やしたの？」と、ピーターが訊いた。

「一五三二年に火災が起きたんです」と、ウゴが説明した。「当時、聖骸布は銀の箱のなかに納められてたんですが、箱の一部が焼けて、溶けた銀が聖骸布の上に落ちて、折りたたんであった布に穴をあけてしまったんです。穴のあいた部分は、クララ会の修道女たちが繕《つくろ》いました。注目してほしいのはそこです」

ウゴは、本棚から雑誌を一冊引き抜いて差し出した。《テルモキミカ・アクタ》という名前の学術雑誌だ。

「来年の一月に発売されるこの雑誌に、ロスアラモスにある国立研究所のアメリカ人化学者が論文を載せてるんです。教皇庁科学アカデミーにいる友人が見本を送ってくれたので、読んでください」

私は雑誌のページをめくった。〝グリシンの希釈熱量〟とか〝中国産のシリコン系およびゲルマニウム系ポリエステルの熱特性〟といった、中国語かと思うような難解なタイトルが並んでいる。

「いちばん最後です」と、ウゴが言った。「索引の手前の最後の論文です」

「トリノの聖骸布の放射性炭素分析サンプルについての考察」というタイトルの論文だ。

ミミズのような形をした影が写った顕微鏡スライドの写真も図表も、なにを示しているのかさっぱりわからなかったが、簡潔にまとめてある論文の概要はだいたい理解できた。


熱分解質量分析と顕微鏡観察および微量化学分析を行なった結果、放射性炭素分析に使用されたサンプルはトリノの聖骸布の一部ではないことが証明された。したがって、放射性炭素分析の結果をもとにトリノの聖骸布の年代を推定することはできない。

「検査したのは聖骸布ではなかったんですか？　そんなばかな」

ウゴがため息をもらした。「われわれは、クララ会の修道女が長い時間を費やして念入りに聖骸布を修復したのを知らなかったのです。彼女たちが継ぎ布をあてて穴をふさいだのは知っていました。でも、作業の工程を見たわけではないので、布を補強するために糸を縫《ぬ》い込んでいたのを知らなかったのです。顕微鏡で見なければわかりませんから。それで、補強された聖骸布をなにも知らないまま検査したんです。最初に気づいたのは、このアメリカ人化学者でした。私は彼の同僚から、サンプルの一部は亜麻ではないと聞かされたんです。修道女らは綿糸《めんし》で補強してたんです」

部屋に冷たい熱気が広がった。ウゴは目がくらくらするふりをしたいのを懸命にこらえているようだった。

「そういうことだよ、アレックス」と、シモンがつぶやくように言った。

私は雑誌の上に手を置いた。「展覧会ではこの検査の結果にスポットを当ててるんですか？」

ウゴはうっすらと笑みを浮かべた。「検査結果は序章にすぎません。もしトリノの聖骸布がほんとうに西暦三三年のものなら、それから千年以上ものあいだどうなっていたんでしょう？　私は何カ月もかけてトリノの聖骸布の歴史を調べて、その最大の謎を解き明かそうとしたんです。とつぜんフランスで見つかるまで、十三世紀ものあいだどこに隠されていたのかを。それともうひとつ、いい知らせがあります」ウゴは一瞬ためらった。「食事の途中ですが、一緒に来てほしい場所があるんです」

ウゴは、教皇宮殿の入口の厳重な錠や鎖をはずす鍵がいくつもついたキーホルダーを引き出しから取り出し、冷蔵庫から出したビニール袋をポケットに押し込んだ。

「どこへ行くの？」と、ピーターが訊いた。

ウゴはウインクをして、「おもしろいところに行くんだ」と答えた。

■
■
■

暗闇の迫るなか、私たちはウゴと一緒に教皇宮殿の廊下を抜けてサン・ピエトロ大聖堂の裏口をめざした。サン・ピエトロ大聖堂では清掃人が観光客を追い出しにかかっていたが、ウゴの姿を見ると、黙って私たち四人をなかに入れてくれた。

何度足を運んでも、サン・ピエトロ大聖堂に入ると体が震える。私はふと、子供のころに父が、聖ペトロは三頭のクジラを縦に並べたくらい――あるいは、コロシアムを冠代わりにかぶったサーカス団員三人がそれぞれ肩の上に立って一輪車に乗ったくらい――背が高かったと話していたのを思い出した。巨大な海獣レヴィヤタンの胃のなかに魚の墓があるように、サン・ピエトロ大聖堂の床にはほかの有名な教会の名前と身廊の長さが金字で記されている。ここをつくったのは人間だが、そのスケールは超人的だ。

ウゴは、ミケランジェロが設計したドームの下にある主祭壇の前へ行って四隅を指さした。主祭壇の四隅には大理石の柱が立っている。

「この柱のなかになにが入っているか知ってますか？」と、ウゴが訊いた。

私は黙ってうなずいた。パリの凱旋門のように大きいその柱は、巨大なドームを支えるためにコンクリートと石でつくられているが、どれも内側に狭い階段があって、階段の上に部屋がある。サン・ピエトロ大聖堂では、特別な機会にのみ、その部屋に納められた大事なものを公開している。

つまり、聖遺物を。

五百年前のルネサンス期に史上最大の教会を建てようとした教皇たちは、キリスト教におけるもっとも神聖な遺物四点をサン・ピエトロ大聖堂の柱のなかに納めた。それと同時に、そこに納められている聖遺物を象徴する高さ九メートルの彫像を四体つくらせた。

「聖アンデレは」ウゴがひとつ目の彫像を指さした。「イエスの最初の弟子である聖ペトロの兄弟です。この柱のなかには彼の頭蓋骨《ずがいこつ》が納められています」

ウゴはくるりと体の向きを変えて、大きな十字架を持った女性の像を指さした。

「聖女ヘレナは、キリスト教を公認して晩年にみずからも洗礼を受けたローマ皇帝、コンスタンティヌス一世の母親です。彼女は、エルサレムに巡礼に行って、イエスが磔《はりつけ》になった十字架を持ち帰りました。この柱には、その聖十字架の断片が納められています」

三つ目は、両腕を広げて走っている女性の彫像で、手に持っているのは、サン・ピエトロ大聖堂のなかでもっとも謎めいた聖遺物だ。

「聖ヴェロニカは、ゴルゴタの丘へ十字架を運んでいたイエスに、汗を拭くよう布を差し出しました。イエスが汗を拭いて彼女に返したその布には、不思議なことにイエスの顔が写っていたのです。この柱にはその聖顔布が納められています」

そして、四つ目の彫像のほうを向いた。「聖ロンギヌスは、磔にされたイエスの脇腹に槍を突き刺したローマの軍人で、この柱にはその槍が納められています」

ウゴはようやく私たちのほうを向いた。「ご存じかもしれませんが、いまここにあるのは三つだけです。聖アンデレの頭蓋骨は、友好のしるしとして正教会に譲り渡しました。そもそも、聖アンデレの頭蓋骨はここに納めるのにふさわしいものではなかったのです。ここにある聖遺物は、キリスト教においてもっとも大切な出来事を物語るものでなくてはならないのですから」ウゴの声が震えだした。「聖十字架と聖顔布とロンギヌスの槍はイエスの受難にまつわる遺物なので、ここにはイエスの復活にまつわる遺物を納めるべきなんです。ヨハネ・パウロ二世は、自分が受け継いだ聖骸布をここへ持ってこようとなさったんですが、年代測定でその真偽に疑いが生じたので、できなくなったんです。私は今度の展覧会でその疑いを晴らして、聖骸布をあるべき場所へ移そうとしてるんです」

ウゴが声を落としたので、私とシモンは身を乗り出した。

「私は、フランスで聖骸布が発見される何世紀も前からエデッサという町に保管されていたイエスの聖像のことを記した古い文献を見つけたんです。エデッサはトルコの町で、現在はウルファと呼ばれています。あなたのお兄さんが、入院している私を迎えに来てくれたのもその町です。私は、トリノの聖骸布が四〇〇年ごろにはすでにエデッサにあったことを突き止めました。だから、それ以前のことも調べて、今度の展覧会のフィナーレを飾る展示として、当時は〝エデッサの聖像〟と呼ばれていた聖骸布が使徒たちの手でエルサレムから運ばれてきたことを証明したいのです。そのために、力を貸してもらえればと思ってるんです、アレックス神父」

ウゴはポケットに手を入れて、自分のアパートから持ってきたビニール袋を取り出すと、そのなかから奇妙なものをつまみ出した。太鼓のバチに似たプラスチックのスプーンで、それを手に腰をかがめた。「ピーター。少しのあいだ、お父さんとふたりだけで話をしたいので、きみのためにこれを持ってきたんだ」

スプーンのくぼみは白いかたまりに覆《おお》われている。

「それはなに？」と、ピーターが訊いた。

「脂身《あぶらみ》だ。ここではこれが不思議な力を持つんだぞ」ウゴは主祭壇の手前の広々としたところへピーターを連れていった。「これをこんなふうに持って彫像のふりをするんだ。ぴくりともしちゃだめだぞ」

すると、一羽のハトがドームの上のほうから降りてきてスプーンにとまり、脂身をつつきはじめた。ピーターはスプーンを落としそうになるほど驚いていた。

ウゴがピーターに耳打ちした。「どこへでも好きなところへ行っていいぞ。ハトを散歩に連れていってやればいい。ここのハトはとっても人なつっこいんだ」

ピーターは喜んで、ハトがとまったスプーンを蠟燭《ろうそく》のように目の前にかざしながらがらんとした身廊を歩きはじめた。私たちはしばらく静かにピーターを見つめていた。

やがて、ウゴが私に向き直った。「いま話したように、私は使徒が聖骸布をエルサレムからエデッサへ運んだことを証明しようとしてるんです。もちろん、まだ証拠はつかんでいませんが、かならず見つけることができると信じています。エデッサはかつてキリスト教の中心地だった町で、二世紀の後半にエデッサで一篇の福音書が書かれたと伝えられています。その福音書がディアテッサロンと呼ばれるようになったのは――ご存じのように、ディアテッサロンというのはギリシャ語で〝四つからなる〟という意味で――四つの福音書をひとつにまとめたものだからです。ディアテッサロンが書かれたときに聖骸布がエデッサにあったのは間違いなく、きっと聖骸布のことにも触れていると思うんです」

私が口をはさもうとすると、ウゴが手を上げて止めた。

「それを突き止めるうえで最大の問題は、もちろんディアテッサロンの写本がきわめて少ないことです。現存するのは、何世紀もあとに他の言語に翻訳されたものだけです。もとの写本はすべて、独立した四つの福音書を尊重することに決めたエデッサの司教たちが焼き捨てました。少なくとも、そう言われています。けれども、私はつい最近、そうではないことを突き止めたのです」

私は思わず訊き返した。「ディアテッサロンの写本を見つけたんですか？　何語で書かれたものですか？」

「二カ国語で書かれています。片側はシリア語で、もう片側は古代ギリシャ語で」

心が沸き立った。「それなら、もとの写本にちがいない」

ディアテッサロンはそのふたつの言語のどちらかで書かれて、その後すぐに翻訳されたので、現在ではもう、もともとどちらで書かれたのかわからなくなっているのだ。

「残念ながら、私はどちらの言語も満足に読めません」と、ウゴが先を続けた。「でも、シモン神父が、あなたなら読めるだろうと教えてくれたんです。ですから、私を助けて――」

「お安いご用です。写真はありますか？」

「いえ、それが……写真を撮るのは無理でした。見つけたのは出入りしてはいけない場所だったので、持ち出すこともできなくて。それで、あなたをそこへお連れするしかないんです」

「どういうことか、よくわからないんですが」

ウゴが当惑しているような表情を浮かべた。「このことはシモン神父にしか話してないんです。ほかの人に知れたら、私は職を失います。あなたは秘密を守ってくれると、シモン神父が保証してくれたので」

ちらっとでも実物を見ることができるのなら、ウゴにどんな約束でもしたはずだ。神学校を卒業して以来、多くの生徒に福音書を教えてきた私がいちばん大事にしているのは、わずかな冊数の古い写本のごく一部から四つの福音書がつくられて、それが世界中の人たちに読まれていることを伝えることだ。現代のキリスト教徒の多くが知っているイエス・キリストの生涯は、複数の写本に書かれていたことをまぜ合わせたものだ。気が遠くなるほど古くて少しずつ微妙に違ういくつもの写本をひとつにまとめあげたのは聖書学者で、彼らはいまだにあらたな発見にもとづいて変更を加えている。古い写本を統合するという、それとまったく同じ手法で編纂《へんさん》されたディアテッサロンは、正典と呼ばれている四つの福音書が一般の人たちに読まれるようになる以前の西暦一〇〇年代にすでに福音書が完成していたことを示している。これは、われわれの知っているイエスの生涯にあらたな事実を付け加え、これまで史実だと思っていたことに疑念を投げかける可能性もある。

「来週ならトルコへ行けます」と、私は言った。「行くのであれば、早いほうがいいと思うので」

私は冷静さを取り戻しつつあった。六月だったので、九月まで授業はないし、ふたり分の航空券を買うだけの貯金はあった。ピーターと一緒にシモンのところに泊まれば、宿代はかからない。

ところが、ウゴが顔をしかめた。「誤解してらっしゃるようですね、神父。私はトルコへ行ってくれと頼んでいるわけではありません。ディアテッサロンはここにあるんです」

6

シモンのあとについてバーを出てレオのアパートへ向かう階段を上りはじめた私の頭のなかは、聖骸布《せいがいふ》に占領される。聖骸布はここにあるのだ。キリストの遺骸《いがい》を包んだ布が、このヴァチカンにあるのだ。もしかして、すでにサン・ピエトロ大聖堂の柱のなかに納められたのだろうか？　いずれにしても、そのうち正式に発表されるはずだ。

聖骸布がヴァチカンにあるのなら、ウゴが企画していた展覧会はますます重要性を帯びることになる。トラックの通行許可証にノヴァク大司教がサインしていたのなら、聖骸布をヴァチカンへ運べと命令したのはヨハネ・パウロ二世にちがいない。放射性炭素分析が行なわれてからの十六年間、ヴァチカンは聖骸布についていっさい声明を発表していない。とつぜん、その沈黙が破られることになるのは確実だ。ウゴの死や私のアパートへの不法侵入について考えていたことが変わりはじめる。ウゴがメールで伝えようとしたのは、このことかもしれない。聖骸布を首尾よくヴァチカンに運んだものの、なんらかの問題に直面したのだ。

「問題が起きたんです。重大な問題が」

聖遺物は抑えつけていた感情を刺激する。私は去年のクリスマスに、イエスが生まれた場所に建てられたベツレヘムの降誕教会で誰がどちら側の側廊の通行を許されているかというくだらないことで司祭と修道士が口論しているのをピーターと一緒にテレビで見た。今年の初頭に開かれた聖骸布に関する国際学会では、会場に武装した警備員を配置しなければならなかったし、聖骸布の表面を軽く洗浄するという決定に激しい抗議がなされたために、聖骸布を管理している司祭は逃げるように会場をあとにした。だから、聖骸布をヴァチカンへ移したことが公《おおやけ》になったら、トリノのキリスト教徒の大半はウゴがどのようにして聖骸布の真正を証明しようとしているのか興味を抱くだろうが、なかには違った反応を示す者もいるはずだ。

たしか、私が十歳のときだったと思うが、宗教的な妄想にとらわれた男がガンドルフォ城内の庭園でヨハネ・パウロ二世を襲おうとする事件があった。その後、男はパトカーを従えて高速でローマまで戻ったあとで斧で警官を襲ったのだが、ポケットからは自分を神だと思い込んでいることを書きつらねたメモが見つかった。だから今回も、聖骸布がトリノからヴァチカンへ移されたことが引き金となって深刻な事件が起きていた可能性もある。いずれにせよ、私はピーターとシスター・ヘレナが無事だったことを神に感謝する。

シモンはなにを考えているのだろうと思いながら走ってあとを追うが、シモンの姿はすでになく、レオのアパートに入ると、ソフィアが子供部屋から出てきて、「お兄さまは上よ」と言う。

ソフィアは屋上を指さしている。ひとりになるにはもってこいの場所だ。

私も屋上に向かおうとすると、ソフィアが腕に手を置いて、「ピーターのそばにいてあげたほうがいいかも」と耳打ちする。

子供部屋を覗《のぞ》くと、ピーターが簡易ベッドに座っているのが見える。部屋のなかは薄暗く、床には、本やそばのベビーベッドのなかから取り出したぬいぐるみが散乱している。おまけに、ピーターは走ったあとのように荒い息をしている。

「どうしたんだ?」

湿り気のある暖かい空気を漂わせながら、ピーターが腕を差し出す。

「怖い夢を見たのか?」

ちょうど、怖い夢を見たり夢遊症を経験したりする年齢だ。ピーターはその両方に悩まされている。私は、ひょろっとしたピーターを膝の上に座らせて髪を撫《な》でる。

「またトッティの本を読んでくれる?」と、ピーターがうわごとのようにつぶやく。

トッティは、ASローマに所属している、歴代通算得点ランキング二位の先発ストライカーだ。

「いいとも」

ピーターは身を乗り出して、暗い床の上の本に手を伸ばす。だが、私の膝《ひざ》の上から離れようとはしない。先ほど置いてけぼりをくらったからだ。

「もう大丈夫だ」私は、汗で濡れたピーターの後頭部にキスをする。「怖がることはない。ここにいれば安全だ」

ピーターがふたたび眠りに落ちても、私は念のためにしばらくそばにいる。ようやく子供部屋を出てキッチンに戻ると、レオが帰ってきていて、ソフィアが夕食を温め直している。レオはソフィアにキスをしながらお腹を撫でている。私は、一緒に食事をとうながされる前に、シモンをさがしてくると言って屋上へ向かう。

■ ■ ■

風に吹かれて髪を乱したシモンは、顔をゆがめてローマの街の灯りを眺めている。船乗りの未亡人も、海を眺めるときはあんな顔をするのかもしれない。

「どうかしたのか？」と、私が訊く。

こういうときのために隠してあった煙草《たばこ》の箱をたたくシモンの手は震えている。

「どうすればいいのか、わからないんだ」私のほうは見ずに、シモンが小さな声で言う。

「おれもだ」

「やつは死んだ」

「ああ」

「おれは今日の昼間に電話をかけたんだ。ふたりで展覧会の話をした。なのに、死んでしまうなんて」

「気持ちはわかるよ」

シモンの声がますます小さくなる。「おれは、そばにひざまずいて目を覚まさせようとしたんだ」

　私の胸に鈍い痛みが走る。

「ウゴは今度の展覧会にかけてたんだ。彼のすべてを」シモンはそう言って煙草に火をつける。やるせない思いが顔をよぎる。「なのに、どうしてオープニングの一週間前に死なせてしまうんだ？　あと一歩というところで」

「彼は誰かに殺されたんだ」私は、怒りの矛先《ほこさき》をどこに向けるべきかシモンに思い出させる。

「それに、なぜおれをその場に呼ぶんだ？」シモンは私の話を聞かずに先を続ける。

「やめろ。兄さんのせいじゃない」

　シモンは暗闇のなかに長い煙を吐く。「おれのせいだ。おれは彼を助けてやれなかった」

「兄さんが一緒じゃなくてよかったよ。一緒だったら、兄さんも殺されてたかもしれないんだから」

　シモンはにがにがしげに空を見上げてから、子供のころ、よく一緒に遊んだ人気《ひとけ》のない中庭に目をやる。ときどき衛兵の家族が中庭にビニールのプールを置いて子供を遊ばせているが、いまは水の跡がついているだけだ。

　私が声をひそめて訊く。「もしかして、聖骸布と関係があるんだろうか？　聖骸布をトリノからここへ移したことと？」

　シモンの鼻から細い煙が立ちのぼる。真剣に考えているのかどうか、よくわからない。

「ここへ移したことは誰も知らないはずだ」と、シモンはきっぱり否定する。

「きっともうどこかから洩れているはずだ。噂はいろんなところから洩れてくる。レオもアパートが荒らされたことを知ってたじゃないか」

聖骸布用にあらたにつくった聖遺物箱をトラックに積み込むには人手が必要だったはずだ。大聖堂の扉は司祭が開けたのだろう。トラックから降ろすのにもまた何人かの職員や司祭が関わっている。もし、そのうちのひとりが妻か友人か隣人に話せば……

「あの晩、ウゴはトラックに乗ってたんだ」と、私が言う。「聖骸布を運び入れるのに関わった人物は彼を見ているはずだ。だから襲われたんだよ」

「でも、おれやおまえの姿は誰も見ていない。なのになぜおれたちまで？」

「じゃあ、兄さんはなにが原因だと思ってるんだ？」

シモンは煙草の先から灰を落として、それが暗闇のなかを転がっていくのを見つめる。

「ウゴは強盗に襲われたんだ。おまえのアパートが荒らされたのとは関係ない」

そう言い切ったものの、シモンの声はかすかに震えている。

私の携帯が鳴る。すぐに画面をチェックする。

「おじさんだ。出たほうがいいだろうか？」

シモンがうなずく。

受信ボタンを押すと、落ち着いた低い声が聞こえてくる。「アレクサンデルか？」

おじのルチオは、相手が自分で電話に出ると、とまどうようだ。普通の司祭には秘書などいないことが理解できないらしい。

「はい」

「いまどこにいる？　シモンもピーターも無事か？」

おじは、アパートが荒らされたことをもう知っているのだ。「無事です。ご心配をおかけして申しわけありません」

「おまえたちはふたりとも今日の夕方ガンドルフォ城にいたと聞いたのだが」

「はい、そうです」

「さぞかし動揺していることだろう。今夜は三人ともここに泊まったほうがいいと思ってゲストルームを整えさせたので、どこにいるか教えてくれ。車を迎えにやるから」

私は返事をためらう。シモンはすでにかぶりを振って、「断われ。おじきのところへは行かない」とささやく。

「ありがとうございます」と、私は言う。「でも、衛兵宿舎の友人のアパートに泊めてもらいますので」

おじはなにも言わない。機嫌が悪くなったら、いつも黙り込むのだ。「じゃあ、明日、ここへ来てくれ」と、ようやく告げる。「朝いちばんにだ。状況を話し合おう」

「何時に伺《うかが》えばいいですか？」

「八時だ。シモンにもそう伝えろ。彼にも会いたいので」

「かならず伺います」

「それを聞いて安心した。おやすみ、アレクサンデル」

とつぜん、ぷつんと電話が切れる。

私はシモンのほうを向く。「八時に来いと言われたよ」

シモンの表情は変わらない。

「そういうことなら、もう戻って寝たほうがいいな」と、私が言う。

ところが、シモンは、「おまえは戻れ。おれはここで寝る」と言う。

〝ここで〟とはつまり、屋根の上で——教皇宮殿を見下ろす屋根の上で——ということだ。

「なにを言ってるんだ。さあ、行こう」

しかし、シモンは動こうとしない。聖職者がベッドで寝るのを拒むのはよく行なわれる自己懲罰《ちょうばつ》のひとつで、少なくとも太腿《ふともも》にロープを巻きつけるより害は少ない。私はついにあきらめて、朝になったら呼びに来ると伝える。シモンはひとりになりたいのだ。私は兄のために祈ることにする。

■
■
■

私が戻ると、レオとソフィアはすでにベッドに入っている。私にアパートを自由に使わせようとしてくれているのだ。私とシモンが引き揚げてからバーでどのような噂を耳にしたのか、レオに尋ねたかったが、明日まで待つしかない。酔いつぶれて何度そこで寝たかしれない大きなソファにはシーツが敷いてある。かつては地図のような染みがついていたが、女性は魔法をかけることができるのか、きれいに消えている。奥の寝室のドアの下からかすかな物音が聞こえてくるが、レオたちが愛を交わしているわけではなさそうだ。彼らはそれほど無神経ではない。だが、聖職者の多くがそうであるように、私も人の心の機微はよくわからない。

子供部屋を覗くと、ピーターはシーツを体に巻きつけて寝ている。なぜか首からはずしたギリシャ十字は、手からこぼれて床に落ちている。私はそれを拾い、持ってきた旅行鞄《かばん》の上に置いて窓辺にひざまずく。鞄のなかには、なんとか字が読めるようになったピーターと一緒に使っている聖書が入っている。私はそれを両手ではさんで、感情を胸の奥に封じ込めようとする。ピーターが自分の家で恐ろしい思いをしたことを考えると怒りが燃え上がるが、この暗闇のなかに潜む恐怖とともに抑え込もうとする。ギリシャ人は胸に怒りを秘めている。怒りはギリシャ文学の原型だ。しかし、私はモナのために何百回としたことをこれからしようとしている。

主よ、私の罪を赦《ゆる》したまえ。そして彼らの罪も赦したまえ。私は汝《なんじ》の赦しを請うて彼らを赦《ソン》す。なぜなら、彼らも罪人なら私も罪人だからだ。主よ《キリエ》、憐れみたまえ《エレイソン》。主よ《キリエ》、憐れみたまえ《エレイソン》。

心に刻み込むように、二度繰り返す。けれども、私の心は乱れている。この宿舎のまわりにいつもより多くの衛兵が配置されていた理由はわかっている。ルチオが車を迎えにやると言った理由と同じだ。ピーターに〝ここにいれば安全だ〟と言ったときも、安全だとはこれっぽっちも思っていなかった。私は息子に嘘をついたのだ。

日が暗がりに慣れると、私はソフィアが子供部屋の壁に描いた動物を見つめる。ドアのフックに掛けたハンガーには、ソフィアが自分で縫《ぬ》ったベビー服が吊るしてある。私は、いつも以上にモナがいないさびしさにさいなまれる。モナの家族はいまでもヴァチカンに住んでいる。彼女のいとこやおじも何人かヴァチカンにいる。ほとんどが配管工なので、モナが気に入らないボーイフレンドと付き合っていると、仕事で使う長い管を振りまわして追い払っていた。頼めば、シフトを組んでピーターと私を守ってくれるはずだ。けれども、彼らに頼むくらいなら、ピーターを連れてさっさと城壁の外へ出たほうがいい。

私は暗がりのなかでカソックを脱いできちんとたたむと、ピーターの横に体を横たえて、明日はどうやって彼の気をまぎらわせようかと考える。どうすれば今夜のことを忘れさせることができるかと。手探りでピーターの肩に手を伸ばし、私の慰めを必要としていることを願いながら、そっとさすって眠っているかどうか確かめる。モナが出ていって以来、私はいまだに孤独な夜を過ごしている。悲しみは薄らいだものの、けっして消えることはない。モナが恋しい。

とにかく、睡魔が訪れるのを待つ。ひたすら待つ。待つことが自分の人生のような気もする。

イエスはみずからを婚宴のために家を離れた主人にたとえて、弟子たちに再臨に備えさせたと福音書に書いてある。われわれイエスの弟子は主人がいつ戻ってくるのか知らないので、ランプの火を絶やさぬようにして戸口のそばで待っていなければならないのだ。〝主人が帰ってきたときに目を覚ましている僕《しもべ》は幸いだ〟。たとえ妻の帰りを一生待たなければならないのだとしても、キリスト教徒がイエスの再臨を二千年間待ちつづけてきたことを思えば短いものだと、あらためて自分に言い聞かせる。

しかし、こんなふうに夜中にモナのことを考えると、空《から》っぽの心のなかで痛みが暴れまわっているような気になる。モナは内気で引っ込み思案で、沈みがちだった。自分は何者で、すでにシモンがいたのになぜ生まれてくる必要があったのかわからずにいた私の内なる不安の一部がモナに乗り移ったのだ。

私たちは幼なじみだが、私のほうが二歳上なので、子供のころはあまり彼女に興味がなかった。それに、彼女はおとなしくて、目立つ存在ではなかった。ヴァチカンで育つと、女の子はみな彼女のようになるのかもしれない。けれども、彼女の両親のアパートには、毎年可愛《かわい》くなっていく潑剌《はつらつ》とした丸顔の少女の写真が何枚も飾ってあった。十歳のときの彼女は、淡い緑色の目と厚ぼったい頰と黒いぼさぼさの髪をした、ごく平凡な少女だった。それが、十三歳のときにはもう平凡ではなくなって、いずれ美人になるのは誰の目にも明らかだった。

そして、十五歳のときには――私はそのころヴァチカンを離れて大学へ進学しようとしていたのだが――すでに変態がはじまっていた。彼女もそれに気づいていたようで、それから三年ほどは何度もヘアスタイルを変えていたし、化粧もするようになった。まるで、ヴァチカンの城壁越しにこっそりローマの街を覗いて流行を探っているかのようだった。モナの両親は当時の写真を飾っていなかったが、大きく胸の開いた服を着た写真もミニスカートをはいた写真もあると、モナはかつて私に言った。親に内緒でローマの街へハイヒールやアクセサリーを買いに行ったときに、男たちが口笛を吹いたり声をかけたりしてきたと打ち明けたこともあった。

もしかすると、打ち明けることのできなかった悩みがあったのかもしれないと、私は何度も考えた。看護学校時代の写真は一枚しかないが、そのときの彼女はひどく痩《や》せていて、目もくぼんでいる。高校時代はのんびりしていたが、急に勉強がたいへんになったからだと彼女は言った。詮索《せんさく》されたくなかったのだろう。私は長いあいだそう思っていた。

彼女は処女ではなかったが、それでも新婚初夜はうまくいかなかった。司祭の卵と愛を交わすことが相手にそれほど大きな葛藤《かっとう》をもたらすとは思っていなかった。私はそれまで男ばかりのなかで暮らしてきたので、全裸になったり上半身裸で部屋のなかを歩きまわったりすることにまったく抵抗がなかった。カソックを脱げば私も普通の男と同じなのだとわかるとモナが幻滅するかもしれないとは思ったものの、結局、私たちがはじめてひとつになったのは結婚の一週間後だった。幾晩も思いを遂げられずにいるうちに、私たちのセックスは味気ない機械的なものになるのではないかという不安も頭をもたげた。

ところが、それは杞憂《きゆう》に終わった。拒むのに疲れたのか、モナは急に積極的になったのだ。モナが私の唇を血が出るほど強く噛《か》むこともあった。アパートの住人のなかに目を合わせるのを避ける人がいるのは、私たちが近所迷惑になるほど大きな物音をたてているからのようだった。私もモナも、毎晩セックスをするのを楽しみにしていた。それは、律法に則《のっと》った生活のなかで自由と喜びを味わえる唯一の時間だった。

律法に則った生活。おそらく、最大の原因はそれだ。近所の住人のなかには、私たちがベッドでなにをしているかということよりも、司祭が妻を娶《めと》っていること自体に疑問を抱いている人たちもいて、モナはその人たちから非難に満ちた視線を浴びせられていたのだ。

さまざまな行事もさらなる問題を生んだ。聖職者の集まりは独身の男の集まりとして企画されていて、一緒に食べたり飲んだり、葉巻を吸ったりするのが常だ。サッカーをしたり、美術館や遺跡を訪れたりすることもある。そのような集まりに魅力的な女性を連れていくのは重大なタブーだ。しかし、妻がいるからと言って誘いをすべて断われば、二度と誘ってもらえなくなる。交友関係を保つために、たまには会合にも顔を出したほうがいいということで、モナも納得していた。会合のある日は、ローマ市内に住んでいる友人やヴァチカンの主婦仲間を訪ねたらいいと、私はモナにすすめた。けれども、しばらくすると、彼女がひとりで夜を過ごしているのを知った。

ヴァチカンの文化を責めるのはお門《かど》違いだ。望めば、教会が所有しているローマ市内のアパートに住むこともできたのだから。ふたりともヴァチカンでの暮らしに幻想を抱いていたわけではなかったが、私は結婚してからモナとのあいだに大きな違いがあることに気づいた。それは、私の両親はすでに死んでいて、モナの両親はいわゆる仮面夫婦だったことだ。

モナの両親のファルチェーリ夫妻は、隣りの通りにある警官の宿舎の近くのアパートに住んでいた。ふたりとも私たちの結婚に賛成で、モナがローマカトリックから東方カトリックに改宗したときも反対しなかった。けれども私は、結婚してたがいに取りつくろう必要がなくなるまで、モナの母親がひどくみじめな思いをしていることに気づかなかった。モナの父親はヴァチカンラジオ局の技師で、尊敬できない女性と結婚するという過ちを犯していた。一方、母親はそこそこ料理が上手でそれなりにユーモアのセンスも持ち合わせていて、彼女のどこが悪いのか、私にはなかなかわからなかった。

父親は大家族の出で子供を大勢ほしがっていたとモナから聞いたのは、結婚してしばらく経ってからだった。モナの母親はモナを産んだときに命を落としかけて、医者にも、もうひとり産むのは無理だと言われていたらしい。ふたりはうちに来るときもべつべつに来たが、モナは父親が来ても少しも喜ばなかった。けれども、モナの心をくたくたにしたのは彼女の大好きな母親が訪ねてきたときだった。

ギリシャ人なら、家族の悲劇は繰り返されるのを知っている。私は、モナが母親のようになるのをひどく恐れているのも知っていた。ピーターを身ごもって六カ月ごろまではモナの体調に変わりはなく、私たちはそれを呪いが解けた証拠だと受け止めた。

ところが、最後の三カ月のあいだに二度流産しそうになった。胎児の状態はきわめて良好だと医者は言ったが、まるでモナの体が拒絶反応を起こしたようだった。実際にはへその緒が胎児の首に巻きついてしまったらしいが、このままでは胎児が窒息するとわかって、モナは緊急入院することになった。それでも無事に産まれてきたピーターを、医者はヘラクレスと呼んだ。ヘラクレスは、揺りかごに放たれた二匹の蛇を素手で絞め殺したからだ。モナは、自分がお腹のなかの息子を殺そうとしたのだと言って何度も泣いた。

その後、モナは別人のようになってしまった。私がいまでも覚えているのは、ピーターに母乳を与えるモナの姿ではなく、哺乳瓶でミルクを飲ませている義理の母親の姿だ。シニョーラ・ファルチェーリは、私が仕事で家にいないあいだにしょっちゅう訪ねてきていた。いまでも彼女の顔が目に浮かぶと、彼女がモナを苦しめていたことを思い出さずにはいられない。

ソファに座って、混乱した頭のなかになんとか幸せを見いだそうとしているモナに、彼女の母親は親身にアドバイスをするふりをして、いまがどんなにたいへんでも、この先の苦労に比べたらどうということはないと吹き込んでいたのだ。いずれ楽になるなどと思うのは大間違いだ、悲しみは心に咲く花だと。私はその〝悲しみは心に咲く花だ〟という言葉の出処《でどころ》を調べたが、いまだにわからない。シニョーラ・ファルチェーリはおそらく、ふさぎ込むモナは美しく、自分たちもそんな彼女を受け入れなければならないと言いたかったのだろう。それに、悲しみはますます大きくなると。

あのふたりがソファに座ってテレビを見ているのを、なんの疑問も抱かずに許していたことを思うと――自分の娘が日に日にふさぎ込んでいくのを目の当たりにしながら、さらに苦しませるようなことを言うひどい母親がうちに来るのを許していたことを思うと――やるせない気分になる。ピーターはもうモナの両親に会っていない。彼はその理由を尋ねるが、いまのところは嘘をついている。だが、いずれほんとうの理由を話すつもりだ。

モナがいなくなったという噂が広まると、教会の信者があれこれと世話をやいてくれた。食事を持ってきたり、私が仕事に戻れるように交代でピーターの面倒を見たりしてくれた。やがて、そういったことはシスター・ヘレナがしてくれることになったが、いまだにうちの教会で私より多くのクリスマスプレゼントをもらう神父はいないし、ピーターが自分と同じ名の聖ペトロの記念日にもらうプレゼントの量を見たら凄腕《すごうで》の海賊も仰天するはずだ。

まわりの人たちがそんなふうに気を遣ってくれるのはありがたいが、彼らの親切の裏には、あわれみと同時に自業自得だと思う気持ちが隠れているのを私はつねに感じてきた。東方カトリック教会の若者がローマカトリックの娘と結婚するからにはある程度の苦労は覚悟していたはずで、当然の報いだと思っているのだろう。彼らに他意がないのはわかっている。キリスト教徒はみな、人は過去の罪を償《つぐな》うために生きるのだという教えを信じている。善良な彼らは、私が自分で罪を背負えるようになるまでなにかと助けてくれた。

かつて私は夢を見て、それをつねに心のなかにとどめて生きていこうと決めた。私が見たのは、モナが戻ってくる夢だった。モナが戻ってくれば、私は彼女にまた病院で働くようにすすめたかった。モナが成長した息子を抵抗なく受け入れられるようになるまで、私が二十四時間ピーターの世話をするつもりでいた。

そのうちモナも、息子が不吉なわけでも、彼女のいたらなさを示す象徴でもないことに気づくはずだと思った。自分たちの息子は可愛くて、思いやりのあるやさしい男の子だということに。学校の教師は彼をほめ、多くの友だちが彼を誕生日パーティーに招いてくれる。鼻は私に、目はシモンに似ているが、ふさふさとした黒い髪はモナ譲りだ。それに、丸顔も、ほがらかな笑顔も。いずれは父親似ではなく母親にそっくりな好青年になるはずだ。夢のなかのモナは、そんなピーターを見て、自分はすべてを捨てたわけではないと気づくことになっていた。かつて私と一緒に築いた土台はいまも残っていて、これからさらに積み重ねていけばいいことに。

けれども、私は古い皮を脱ぎ捨てるようにその夢を捨てた。夢を捨てても自分を見失わずにすんだのは驚きだった。ただし、夢の一部はいまだに心の片隅に残っている。ピーターには、母親が彼を愛しているというのは私の創作ではないとわかってほしいと願っている。ピーターが、自分の体のなかにはモナの血も流れていることを理解するように望んでいる。ピーターはモナから不都合な真実に気づく目と、ジョークやなぞなぞが好きなところと、動物に対する深い愛情を受け継いでいる。モナに会えば、ピーターもきっと彼女が大好きになるはずだ。私は、モナもピーターも独り占めするつもりはない。

いまどこにいるのかわからないが、モナは私と結婚したことを後悔しているか、そうでなければ、私との暮らしに終止符を打ったことを後悔しているような気がする。私とて後悔の念にさいなまれても不思議はないが、そういうことは一度もなかった。うしろを振り向くたびに、ピーターが前を指さしたからだ。私はまだ妻とともに歩みだした旅の途中にいて、その道連れとして息子をお与えくださった神に毎晩かかさず感謝している。

7

床の上で目を覚ますと、隣りに誰もいない。ピーターがいない。

あわてて廊下に飛び出すと、キッチンのテーブルで朝食を食べていたレオとソフィアが目を上げる。レオがベランダを指さすので、窓の外に目をやると、ピーターがコオロギの真似をしているかのように膝《ひざ》を立て、小さな体を乗り出してクレヨンで絵を描いている。

「シモンにカードを渡すつもりなんだ」と、レオが教えてくれる。

私は笑みを浮かべる。「じゃあ、屋上へ連れていくよ」

ソフィアがささやくように言う。「屋上にシモン神父はいないわ」

なにも訊かなくても、レオの顔を見ればわかる。レオたちも、シモンがどこへ行ったのか知らないようだ。

携帯に電話をかけると、四度目の呼び出し音が鳴るのと同時にシモンが出る。

「どこにいる？」と、私が訊く。

「アパートだ」

「大丈夫か？」

「眠れなかったんだよ。これから戻るので、一緒に朝食を食べに行こう」

レオもソフィアも私を見ている。ソフィアは、ピーターが起きてからずっと相手をしてくれていたらしい。気の毒に、まだバスローブを着ている。

「いや」と、私は兄に言う。「そこにいてくれ。おれたちがそっちへ行くから」


アパートはなにも変わっていないのに、陽光のなかで見るとぞっとする。夜に見たときとは違って、荒らされた痕跡がはっきりとわかるからだ。ピーターは私の手を握りしめてなかに入り、毒キノコをよけるようにおもちゃの上をまたいで歩いていく。キッチンだけは割れた皿を片づけて、床にぶちまけられた夕食も拭き取ってある。窓はすべて開いている。シモンは、煙草《たばこ》を吸っていたのがばれないように涼しい顔をしてテーブルの前に座っている。

ピーターは私の手を離し、シモンに駆け寄って手づくりのカードを渡す。カードには、四人が手をつないでいる絵が描いてある。丸と線で描かれた四人は、モナと私とピーターとシモンだ。けれども、よく見るとモナは修道服を着ている。がっかりだ。ピーターは、モナではなくシスター・ヘレナを描いたのだ。

シモンはピーターを膝の上にのせて抱きしめて、カードの絵をほめてからピーターのぼさぼさの髪にキスをする。「愛してるよ」とささやくシモンの声が聞こえる。「バッボとおじさんがついてるから、おまえはなにも心配しなくていい」

キッチンのシンクは空《から》っぽだ。食器はきれいに洗ってある。スポンジは、機械で絞ったのかと思うほど完璧に水気が切れている。シモンが途中で思いとどまって、ほかの部屋をそのままにしておいてくれたのは意外な気がする。

「シスター・ヘレナが洗濯物を届けにくるのは何時だ？」

私はべつのことに気を取られていて、返事をしない。キッチンが片づいているので、片づいていないものがやけに目立つ。

「なにをぼんやりしてるんだ」と、シモンが言う。

「朝ご飯を食べる前に手を洗ってこないか、ピーター？」と、私がうながす。

ピーターは面倒くさそうに廊下を歩いていく。

「どうかしたのか？」と、シモンが訊く。

当然、彼も気づいているはずだ。私は被害がもっとも深刻な場所を指さす。玄関のサイドボードと本棚と、電話を置いている小さなテーブルを。

シモンが肩をすくめる。

「犯人はなにかをさがしてたんだ」と、私が言う。「戸棚の扉はすべて開いてたからな。あそこ以外はすべて」

東方の教会の信者は家のなかの一画を祭壇に見立てて聖書を置き、そのまわりに聖像を並べている。わが家はアンティークのキャビネットが祭壇代わりで、私とピーターは毎日その前で祈っている。けれども、そこは荒らされていない。

「あそこがなにか、わかってたんだろうな」と、私が言う。

聖書と聖像が飾ってあるだけだし、押し入ってきた男も、そこは調べる必要がないと判断したのだろう。一般のイタリア人は東方の教会のしきたりをよく知らないはずなので、狂信者のしわざかもしれないという昨夜の推理は成り立たなくなる。

ピーターがバスルームから出てくる前に、急いで犯人の動きをたどってみる。シスター・ヘレナは、男が廊下をうろうろしながら私とシモンを呼んでいるのを聞いたと言った。廊下の奥にはバスルームがあって、バスルームの反対側は私の部屋だ。バスルームとピーターの部屋も荒らされていない。とつぜん、うなじがぞくっとする。男はまっすぐ私の寝室へ行ったのかもしれない。

私のベッドには手が付けられていない。ドレッサーの引き出しは開いたままになっていたのかもしれないが、シモンが昨夜シャワーを浴びて服を着替えたときにもとに戻したのだろう。だが、よく見ると、本棚は乱れているのがわかる。シモンが赴任した国に関する本を並べてある棚からトルコのガイドブックが抜き取られて、床に落ちている。その本棚のいちばん下の段には不自然な隙間《すきま》があいている。なにかが抜き取られているのだ。

「アレックス」シモンが私を呼ぶ。「ちょっと来てくれ」

聖骸布《せいがいふ》に関する資料がすべてなくなっている。ウゴのためにつくった手書きの資料も。

心臓が、肋骨《ろっこつ》に当たりそうなほど激しく脈打つ。私の直感は当たっていたのだ。何者かがアパートに押し入ったのはウゴが殺されたことと関係があるのかもしれないという直感は。ウゴの企画した展覧会が原因なのは間違いない。

「アレックス！」シモンが、先ほどより大きな声で私を呼ぶ。

私が玄関に戻ると、シモンが床を指さす。彼の目にはまたもや不安の色が浮かんでいる。

「朝からずっと考えてたんだが、ようやくわかったよ」と、落ち着いた声で言う。

「兄さん」私もささやき返す。「うちに押し入った男は、おれたちがウゴの展覧会の準備を手伝っていたのを知ってたようだ」

だが、シモンは床に気を取られて、私の話を聞いていない。「なにかなくなってるのか？」声を落として私に訊く。

私は、ひっくり返ったおもちゃや電話帳のあいだに膝をつく。

シモンは私のスケジュール帳を指さしている。開いているのは昨日のページだ。ページをめくって、ようやく気づく。

今日と明日のページが破り取られている。

急に寒気を覚える。それがなにを意味するのかわかると、苦い思いが込み上げてくる。

「破り取られたページにはなにが書いてあったんだ？」と、シモンが訊く。

すべてだ。スケジュール帳は日々の暮らしの断面図だ。来週から秋学期がはじまるので、講義のプランも書いてあった。シモンとの予定も書いてあった。

私は、シモンがすでに気づいていることを口にする。「向こうは、いまもおれたちをさがしてるんだ」

シモンは携帯でどこかへ電話をかけようとする。「おまえとピーターのために聖マルタの家に予約を入れるよ」

聖マルタの家というのは、ヴァチカンのホテルのことだ。あそこなら人目につかないし、感づかれるおそれもない。それが事の深刻さを物語っている。私もピーターも、ここにいては危ないということを。

シモンが聖マルタの家の受付係と話しはじめると、ドアにノックの音がする。ピーターは、怖がってバスルームから飛び出してくる。私はピーターを脚のうしろに押しつけてから、手を伸ばしてドアを開ける。

警官だ。昨夜と同じ顔だ。

「犯人が捕まったんですか？」と、私は期待をこめて訊く。

「残念ながらまだです、神父。いくつか確認したいことが出てきたものですから」

私は警官を招き入れるが、警官は戸口に立ったまま、身を乗り出してドアの枠を調べている。

警官をなかに入れるのがいやなのか、ピーターが私を引っぱる。おそらく、ひとりになるのがいやなのだろう。

警官が顔を上げる。「男が入ってきたときにドアは錠がかかっていたとシスターが言ってるんですが」

「そのとおりです。出かけるときは、つねに錠をかけますから」

「昨夜も？」

「二度確かめてから ガンドルフォ城へ向かいました」

警官はドアの枠を見つめて、指で木の表面を撫《な》でると、カチャカチャとドアのノブをまわす。それを見て、ようやく気づく。ドアにも枠にもこじ開けたあとはついていないのだ。

「何枚か写真を撮らせてください」と、警官が言う。「お尋ねしたいことがあるので、写真を撮り終えたら呼びます」


ピーターが警官と一緒にアパートにいるのをいやがるので、おじのルチオに会いに行くまで一時間ほど外で過ごすことにして、衛兵のいる安全な道を通って庭園の噴水を見に行く。シモンと私は、子供のころその噴水をいろんな名前で呼んでいた。死んだカエルの噴水とか、謎のウナギの噴水とか、酔っぱらったカテリーナ・フィオーリが夜中に踊った噴水とか。やがて、テニスコートの横の小さな遊び場にたどり着くと、ピーターがブランコのうしろに立って押してくれと言う。そして、高く上がったところで、シモンに向かって叫ぶ。「おじさん！　木の葉の色が変わるのはなぜだか知ってる？　クロロフィルのせいなんだよ！」

最近は、誰にでもその話をする。

シモンは遠くを見つめている。が、黙りこくっていたことに気づいて、「色が変わらない木もあるのはなぜだ？」と、ピーターに訊き返す。

シモンは勉強が嫌いだったが、大学で四年と神学校で四年、そのあと聖職者アカデミーで三年学んだせいで、いまでは学問を重んじる教会の広告塔のような存在になっている。もちろん、ヨハネ・パウロ二世も神学と哲学の博士号を持っているので、私たちはピーターにもなにか興味のあることを、そして、いろんなことを学んでほしいと願っている。

「色が変わらない木は、クロロフィルが葉っぱに残るんだ」と、ピーターが叫び返す。

そのとおりだと気づいて、シモンと私は目を見交わす。「おじさんがこのあいだからなんの本を読んでたか知ってるか？」と、シモンが叫ぶ。

「虎の本？」と、ピーターが叫び返す。

「ノガーラ博士を覚えてるか？」

私はシモンをにらみつけるが、シモンは気づいていないふりをする。

「ハトに餌をやらせてくれた人だよね」と、ピーターが言う。

一瞬、シモンが笑う。「おじさんとノガーラ博士が出会った街の近くに、かつてシメオンという名の修道士が住んでたんだが、その男は柱の上に四十年近く座ったまま下りてこずに、柱の上で死んだんだ」

シモンの声は、はるか彼方から聞こえてくる。自分を現実から引き離すことに安らぎを見いだしているような――司祭として現実と向き合うのではなく、修道士としてみずからの内に入り込もうとしているような――響きがある。

「おしっこをしたいときはどうしてたの？」と、ピーターが訊く。

これは時代を超えた疑問だ。

シモンが笑う。

「学校でそんなことを言ったらだめだぞ、ピーター」私は真剣な表情を装ってたしなめる。ピーターはにやにやしながら、さらに勢いよくブランコを漕ぐ。彼には、シモンを喜ばせること以上に楽しいことはあまりない。

しだいに時間が過ぎていくが、知り合いには会わないので、噂も耳に入ってこない。ヴァチカンの城壁の向こうに目をやっても、今朝《けさ》はローマ市民が誰ひとりとして壁のなかの出来事に関心を示していないのがわかる。

おじのルチオが住む行政長官宮殿の入口のそばまで行くと、シスター・ヘレナが電話をかけてきて、今日はピーターの世話ができないと涙声で言うなり、電話を切る。もしかすると、なにか私に話していないことがあるのだろうかと気にかかる。昨夜、修道院に帰ってから思い出したことがあるのかもしれない。彼女はときどきピーターを連れて近所の住人のところへ行くので、ドアを閉め忘れたのかもしれない。

行政長官宮殿は、ヴァチカンの建物としては比較的新しい。建てられたのは、イタリアがヴァチカンを独立国家として認めることに同意した一九二九年だ。ちなみに、ヨハネ・パウロ二世はそのときすでに生まれていた。最初は神学校として建てられたものの、当時の教皇が行政府を置く必要性を感じてオフィスに変えたのだ。いまではヴァチカンの官僚がひっきりなしに出入りして、ミケランジェロの切手をつくる相談などをしている。一般人がヴァチカンを運営していた時代の名残《なごり》で、いまでもここを行政長官宮殿と呼んでいるが、もはやヴァチカンに行政長官は存在せず、代わりに設置された市国政庁のトップも聖職者だ。ルチオはその宮殿の最上階にあるアパートに秘書を務めるディエーゴという名の司祭と一緒に住んでいて、私たちが行くと、ディエーゴがドアを開けてくれる。

「どうぞお入りください、神父。そして、ご子息も」

ディエーゴはピーターと挨拶《あいさつ》するためにひざまずくが、ほんとうはシモンと目を合わせたくないからだ。ディエーゴとシモンは同い年で、ふたりとも出世コースをひた走っている。だから、ディエーゴにとってシモンはライバルなのだ。奥の部屋からはクラシックの陰鬱《いんうつ》な曲が聞こえてくる。ルチオは関節炎を患《わずら》うまでピアノを弾いていて、以前は、若いころにコンサートでモーツァルトの曲を弾いたときのレビューが載った新聞の切り抜きを額に入れて飾っていた。けれども、もうピアノは弾かず、ロシアやスカンジナビアの作曲家がつくった暗い曲ばかりBGMとして聴いている。いま流れているのも、カルヴァン派のテーマソングのようなグリーグの曲だ。

ディエーゴは私たちをルチオの執務室へ案内してくれる。サン・ピエトロ大聖堂のほうではなく、北側を向いた、じめっとした部屋だ。この部屋のかつての主人のひとりは歯に衣着《きぬき》せぬ物言いをするアメリカ人の大司教で、彼はアメリカから持ってきたクマの毛皮を床に敷いてテレビで西部劇を見ていた。ピーターはそんな部屋のほうが喜んだかもしれないが、ルチオは東洋の絨毯《じゅうたん》と鉤爪《かぎづめ》足の椅子が好みのようだ。高位聖職者が亡くなるとバロック調の家具がヴァチカンの倉庫に大量に運ばれてくるので、わざわざ買う必要はない。

「座ったままで失礼する」ルチオはそう言って両腕を伸ばす。

昨年、脳卒中の発作を起こして以来、それがルチオの挨拶になっている。発作は比較的軽かったものの、それ以来、彼は赤い帽子と赤い縁飾りのついた枢機卿用のカソックを着るのをやめた。ときどきバランスを崩してよろめくこともあるし、ボタンをとめたり飾り帯を巻いたりするのも、自分ではできないからだ。代わりにゆったりとした聖職者用のスーツを着て、毎朝、修道女に十字架を首にかけてもらっている。シモンと私はルチオの手を握る。シモンはいつものように、私より長く握っている。けれども、ピーターのほうがもっと長い。

「こっちへおいで」ルチオはしきりに机をたたいてピーターを呼ぶ。

脳卒中の発作を起こした直後は顔面が部分的に麻痺《まひ》していたが、リハビリに励んだおかげで、ピーターもルチオの顔を気味悪がることはない。私はルチオがピーターと抱擁《ほうよう》を交わしているあいだに、ウゴの死や私のアパートへの不法侵入に関する警察の報告書はないかと、机の上の書類に目をやる。けれども、そこにあるのはルチオが生きがいとしている予算立案の書類だけだ。

彼は、施設の改修やあらたな駐車場の造成に明け暮れる小さな街の市長と、古代およびルネサンス期における美術品の世界一偉大なコレクションを管理する文化大臣と、千人以上の従業員に所得税を支払う必要のない給料と無償の医療と、免税での買い物と食料品の援助を保障する企業家を兼ねたような存在だ。それに、四方をぐるりと取り囲まれて、石油の運搬もゴミ収集も送電もすべて頼りきっている世俗ローマとの関係を良好に保つ役目もになっている。シモンや私のことを少しも気にかけてくれないと恨みたくなったときは、ルチオはヨハネ・パウロ二世との約束を果たすのに忙しいのだと、自分に言い聞かせるようにしている。

「なにか飲むか?」ルチオは、なんとか口の右側も左側も動かそうとしながらピーターに訊く。「オレンジジュースもあるぞ」

ピーターはうれしそうな顔をしてルチオの膝の上から飛び降りると、ジュースを取りに部屋を出るディエーゴのあとを追う。

「昨夜はほかになにも起きなかったのだな?」と、ルチオが低い声で訊く。

私にはそれが、たんなる社交辞令のように聞こえる。この国でなにか起きれば、かならず彼の耳に入るからだ。

「ええ、ほかにはなにも」と、私が答える。

が、シモンが口をはさむ。「警察はまだ犯人の手がかりすらつかんでないんですよ」シモンの口調は鋭い。「犯人が逮捕されないかぎり、アレックスもピーターも自分の家の屋根の下で寝ることができないんです」

私はシモンの語気の強さに驚く。

ルチオは、にらみつけるように長いあいだシモンを見つめる。「アレクサンデルとピーターはここの屋根の下で寝ればいい。それに、おまえは間違っている。容疑者とおぼしき人物が防犯カメラに映っていたと、二十五分前に警察から電話がかかってきたのだ」

「それを聞いてほっとしました」と、私が言う。

「いつになったら、はっきり犯人だと確定するのですか？」と、シモンが訊く。

「彼らも全力をつくしているはずだ」と、ルチオが言う。「おまえたちには、なにかわかっていることがないのか？」

私はちらっとシモンを見る。「じつは、今朝《けさ》、アパートで、ふたつの、その……事件に……関連性があることを示す手がかりを見つけたんです」

ルチオは机の上のペンをまっすぐに置き直す。「警察もその可能性を調べている最中だ。もし関連があるのなら、ことは非常に深刻だ。おまえは、その手がかりのことを警察に話したのか？」

「いいえ、まだです」

「もう一度おまえから話を聞くように伝えておくよ」ルチオはそう言ってシモンに向き直る。「ほかに、なにか私が知っておいたほうがいいことはあるか？」

シモンはかぶりを振る。

ルチオが眉をひそめる。「そもそも、おまえはなぜガンドルフォ城へ行ったのだ？」

「ウゴが、来てほしいと電話をかけてきたからです」

「どうやって行った？」

「運転手に連れていってもらいました」

ルチオが舌打ちをする。車両部も彼の管轄だが、下位の聖職者が車両部の車を使うことは許されておらず、枢機卿の甥《おい》ならなおさら、うしろ指をさされないようにみずからを戒めなければならないからだ。

「ガンドルフォ城の門を自由に出入りしている者がいるという話を聞いたことはありませんか？」と、私がルチオに訊く。「あるいは、ここの門を？」

「いや、ない」

「私のアパートに押し入った人物は、なぜ部屋番号を知ってたのでしょう？」

「私も、それをおまえに訊こうと思っていたのだ」

ドアが開いたままになっているので、ディエーゴがピーターのためにオレンジジュースをクリスタルグラスに注いでいるのが見える。ピーターは、同じようなグラスを去年割ってしまったのを思い出して尻ごみしている。そのときは、修道女たちが床に膝をつき、三十分近くかかってガラスの破片を拾い集めてくれた。私は、思い出さないでくれと願いながらディエーゴを見つめる。

「じつは、おまえたちに来てもらったのには、もうひとつ話し合いたいことがあったからだ」と、ルチオが話題を変える。「残念だが、ノガーラが企画していた展覧会は内容を変更せざるをえないだろうな」

シモンがいきなり大声を出す。「なんですって？」

「学芸員がいなくなったのだから。ノガーラ抜きで展覧会を開くのは無理だ。どこになにを置けばいいのかさえわからない展示室もあるし」

シモンが椅子から立ち上がって叫ぶように言う。「だめです。彼は文字どおり命がけで準備を進めてきたんですよ」

こうなった以上、内容を変更するか開幕を延期するかしたほうがいいと、私は小声でシモンに言う。

ルチオは骨張った指で予算関係の書類をたたく。「すでにオープニングセレモニーの招待状を四百通郵送したので、延期はできない。ノガーラはまだ最後のほうの展示室の準備を終えていなかったので、企画から開催までの労力と比べたら、少しばかり変更を加えることなどなんでもないはずだ。そこで、展覧会のテーマを聖骸布《せいがいふ》から写本に変えるのは可能かどうか、おまえたちと――とくにアレクサンデルと――話し合いたいと思って」

シモンと私は思わず身を乗り出す。

「ディアテッサロンのことをおっしゃってるんですか？」と、私が訊く。

「だめだ」と、シモンが言う。「それはだめだ」

ルチオはシモンを無視する。めずらしく私に頼ろうとしている。

「私もそれは無理だと思います」

「写本の修復はすでに完了しているし、見たいと思う者は大勢いるはずだ」と、ルチオが言う。「写本はケースに入れて展示するつもりだ。細かいことはおまえにまかせる」

「でも、展示室は十もあるのに写本はひとつしかないんですよ」

ルチオが鼻を鳴らす。「ばらばらにすればいい。一ページずつ、べつべつに展示すれば。壁に貼るために、写真の引き伸ばしもすでにすんでいる。写本は全部で何ページある？　五十ページか？　百ページか？」

「あれはおそらく、完全な姿で残っている福音書の写本のなかでは最古のものなんです」

ルチオはハエをはらうような感じで手を振る。「修復室の連中は、ひそかにばらしてひそかにもとに戻す方法を知っているはずだ。必要とあらば、どんなことでもやってくれるよ」

私が反論するより先にシモンが片手でルチオの机をたたいて、「そんなことはできません」と、きっぱり言う。

部屋のなかが凍りつく。私はシモンを見て、座れと目配せする。ルチオは、太いぼさぼさの眉を片方だけ上げる。

「すみません」シモンが謝って、髪をかき上げる。「あまりにショックが大きくて。でも、展覧会の準備をするうえでなにかわからないことがあれば、私に訊いてください。ウゴがなにもかも話してくれたので」

「なにもかも？」

「私にとっても、これは大事な展覧会なんです」

シモンには目上の者にもずけずけとものを言うところがあって、それを理由にルチオがシモンを見放していた時期もあった。あいつにはローマの血ではなくギリシャの血が流れていると、ルチオはいつも嘆いていたが、いまでは、それがシモンの長所だと認めている。いずれ、自分以上に出世するにちがいないと。

「なるほど」と、ルチオが言う。「わかった。それなら、美術館の学芸員に仕事を割り振ってくれ。あと五日で準備を終えなければならないのだから」

「シモンも私も身の危険を感じているのはご存じですよね？」と、私が口をはさむ。

ルチオは机の上の書類をめくる。「知っている。万が一に備えて、おまえとピーターに護衛をつけてくれと、ファルコーネ本部長に頼んでおいた」そう言って、シモンに向き直る。

「おまえはここで寝ろ。展覧会の準備が終わるまで、この屋根の下で。いいな？」

シモンはきっとすぐにここを抜け出して、ローマの中央駅の前の通りの角で寝ることになるはずだ。だがそれは、ルチオに逆らった代償だ。強い立場にあるのは誰か、シモンがルチオに思い知らせたことの。

シモンがうなずくと、ルチオは机に拳《こぶし》を二度打ちつける。話が終わった合図だ。ディエーゴが部屋に来て、私たちをエレベーターの前へ連れていく。

「誰かに荷物を取りに行かせようか？」と、ディエーゴがシモンをいじめる。

シモンはこれから五日間、ディエーゴと同じ屋根の下で過ごすことになるのだ。それも、囚人と看守として。だが、シモンのうつろな目に一瞬光が差す。安堵《あんど》の光が。シモンが挑発にのることはないはずだ。エレベーターの鉄のドアが開くと、ボタンを押そうと、ピーターがなかに駆け込む。ディエーゴがふたたびシモンに棘《とげ》のある言葉を投げかける前に、ピーターと私を乗せたエレベーターが下降をはじめる。

8

ディアテッサロンを見るためにウゴと一緒にヴァチカン図書館に忍び込んだのは、彼の家で食事をした数日後のことだった。「四時半にここに来てほしい」と、ウゴは言った。「手袋を忘れないように」

言われたとおり、私は四時半にウゴのアパートへ行った。ウゴは出かけていて、四時四十五分に帰ってきた。手にはヴァチカンにあるスーパーマーケット〈アンノーナ〉のレジ袋をふたつ下げていて、ひとつには酒のボトルが入っていた。

「これがあると気分が落ち着くので」彼はそう言ってウインクをしたが、額には汗がにじみ、目は不安の色に覆《おお》われていた。

アパートのなかに入るなり、彼はグラッパ・ジュリアを何杯も飲んだ。「下のどこになにがあるか、わかってますか？」

下というのは、彼のアパートの下にある図書館のことだ。

「わかっているわけがないでしょう？」私はむっとして言い返した。ウゴは、以前にも忍び込んだことがあると言いたかったのだ。だから、ただついてくればいいと。そもそも、図書館に入って資料を閲覧するだけでも、入館証を持っている研究者の紹介状を添えて入館申請書を提出しなければならないのだ。一般の入館者は書庫への立ち入りを禁止されているので、資料を取り出すことができるのは司書だけだ。

「ディアテッサロンがどこにあるかわかっているのなら、棚から取り出して読めばそれでいいんですよね？」

ウゴが持って帰ってきたもうひとつの袋にはさまざまな道具が入っていた。懐中電灯ふたつ、キャンプ用の電池式ランタン、ゴム手袋ひと箱、パン、松の実、スリッパ、ノート、子供用のテニスラケットほどの大きさのコイル……彼はそれをすべてダッフルバッグに詰めた。

「そのとおりです。写本を取り出すのは問題ありません」ウゴはそう言って腕時計を見た。

「そろそろ行きましょう。のんびりしているわけにはいかないので」

私はダッフルバッグを指さした。「そんなものを持っていけば、受付で守衛に止められますよ」

ウゴがせせら笑った。「大丈夫です。二階の窓に蒸気を外へ逃すダクトがあるんですが、いまはもう使われてないんです」

私はウゴを見つめた。

ウゴはくすくす笑いながら私の腕をつかんだ。「冗談ですよ。さあ、心配するのはやめて、早く行きましょう」

ウゴは図書館に知り合いがいた。年老いたフランス人神父で、図書館の片隅にオフィスを持っていた。閉館時間まであと十分しかなかったが、二分とかからずにその神父のオフィスに着いた。

ウゴはドアの前で私を止めた。「ここで待っていてください」

そう言ってオフィスに入っていったが、ドアは半開きのままだった。

「ばれてしまったようだぞ、ウゴリーノ」フランス語訛《なま》りのイタリア語で心配げに話す男の声が聞こえてきた。

「まさか」と、ウゴがうめいた。

「不審な人物を見かけたら通報してくれと言って、守衛が各部屋をまわってたんだ」

ウゴは黙り込んだ。

「守衛と一緒に来た神父はあんたの名前を口にしていた」と、フランス人神父が続けた。

ウゴが咳払いをした。「新しいシステムはまだテスト中ですか?」

「ああ」

「じゃあ、ドアは開いてるんですね?」

「開いている。だが、ひとりで下へ行くのはもうやめたほうがいい」

「わかってます」ウゴが、ドアを大きく開けて私をなかに入れた。「アレクサンデル・アンドレオ神父です。今日は彼が一緒に行ってくれるんです」

白髪《しらが》まじりのフランス人神父は、私を見るなり細長いブラシのようなひげの下に隠れた口をゆがめた。

「しかし、ウゴリーノ……」

ウゴはコート掛けから神父の帽子と傘を手に取った。「それ以上言わないでください。あなたがいつもの時間に帰らないと、不審がられますよ。話は明日ゆっくりと」

神父はドアのガラスにブラインドを下ろした。「考え直したほうがいい。この建物の廊下はちょっとした音でも響くのだ。彼と一緒なら話もするだろう。話をすれば、誰かが気づく」

それでも、ウゴは神父に部屋を出るよううながした。ドアの上の時計は五時十二分を指している。閲覧室ではすでに研究者がノートやラップトップ・コンピュータを片づけて、カウンターにロッカーの鍵を取りに行っている。彼らはあと数分で帰っていくはずだ。そうなると、ウゴと私がここにいる理由を説明するのはむずかしい。

「神父はなにを心配してたんですか？」ドアを閉めたウゴに私が訊いた。

ウゴはブラインドのあいだから廊下を覗《のぞ》いた。「べつになにも」

「じゃあ、なぜ廊下の様子を窺《うかが》ってるんですか？」

「あなたのおじさんが、美術館の美人学芸員を何人か手伝いによこしてくれるんじゃないかと思って！」

私は壁にもたれかかった。すると、ウゴも同じようにもたれかかり、ダッフルバッグからパンを取り出して悲しげな笑みを浮かべた。「今晩ここで目にしたことは誰にもしゃべらないでほしいんです。あなたの生徒にも」

ドアの下から射し込む廊下の明かりも暗くなってきた。

「生徒に話すために来たわけじゃないので」

「あなたがたの父上は新約聖書をギリシャ語で読めるようにお教えになったと、シモン神父から聞いたんですが」

私は無言でうなずいた。

「父上は、あなたは勉強好きだがシモンは怠《なま》け者だとおっしゃったそうですね」

「神学校でいちばん好きだったのは福音書の授業でした」

聖書を教える者にとって──私のように、神学校へ入学する前の少年を相手に教えている者にとっても──聖書に自分の知らないさまざまな解釈があると気づくのはうれしいことだ。古くて、保存状態がよくて、完璧に近い状態で残っていた問題の福音書は、長いあいだ人目に触れるのを待っていたのだ。今夜は、ほかの写本と同様に錠をかけてしまい込まれる前に間近で見る、絶好のチャンスだ。

ウゴはハンカチで眼鏡《めがね》を拭くと、驚くほど澄んだ目で私を見つめた。「今夜のことはシモン神父に話したんですか？」

「いいえ。昨日から連絡が取れないんです」

ウゴがため息をもらした。「私もです。シモン神父はときどき行方をくらますんだ。避けられているのではないとわかって、ほっとしました」そう言って、ちらっと腕時計を見るなり立ち上がった。「行く前に言っておかなければならないことがあります。ぜったいに見つからないようにしてください。誰かが私をさがしているようなので」

私は、フランス人神父がウゴに警告していたのを思い出して訊いた。「いったい誰が？」

「わかりません。でも、今夜を逃したら、二度とチャンスはないと思うんです」ウゴは靴を脱いで、ダッフルバッグから取り出したスリッパにはき替えた。「ついてきてください。さあ、行きましょう」

廊下は暗かったが、ウゴはまっすぐ歩いていった。体が大きいわりに彼の足音は静かで、両側に巨大な書架が並ぶ通路に入っていったときも、まったく音をたてなかった。

私は、フレスコ画が描かれた大きな丸天井の下に古い木製の書架が並んでいるのだとばかり思っていたが、実際は、遠洋定期船の全長より長い殺風景なトンネルのような空間がいくつも並んでいた。ひんやりした床を歩くとぺたぺたと音がしてあたりに響きわたるし、金網で覆《おお》った電球に頭をぶつけないように体をかがめなければならないこともあったが、酒を飲んだせいで体の動きがよくなったのか、ウゴは難なく歩いていった。

スチール製の書架は何列にもわたって並んでいて、それがその階だけでなく数フロアにわたって続き、屋根裏部屋へ上がっていくような梯子《はしご》で行き来できるようになっていた。頭上の電球にはタイマーがついていて、そのうち消えるので、ウゴは持ってきた懐中電灯をつけた。梯子をつたって下のフロアに下りて、さらにその下のフロアまで下りると、エレベーターがあった。

「このエレベーターはどこへ行くんですか？」と、私が訊いた。

フランス人神父が言っていたように、私の声は大理石の床に反響して薄暗い闇を切り裂いた。

「いちばん下の階へ行くんです」と、ウゴが押し殺した声でささやいた。

私たちが乗り込むとドアが閉まり、エレベーターのなかは真っ暗になった。ウゴはコントロールパネルに懐中電灯の光を当てた。そこになんと書いてあるのか確かめようとしていると、ウゴがさっさとボタンを押して、エレベーターが下降をはじめた。

エレベーターが止まってふたたびドアが開くと、黄色い壁と蛍光灯の光が目に入ってきた。そこに書架はなく、壁のところどころに十字架とキリスト像が飾ってあって、そのあいだに火災探知器と非常灯が取りつけてある。最近取りつけたばかりなのか、妙な薬品臭がした。

「ここは地下ですか？」

ウゴはうなずいて角を曲がった。「先ほどの神父の話がほんとうだったのかどうか、確かめに行きましょう」

角を曲がると、スチール製の大きな扉があった。扉の横にはパスワードを入力するキーパッドがついている。

けれども、ウゴはパスワードを入力せずにドアの縁に指を差し込んで体をうしろに倒した。

すると、静かにドアが開いた。ドアの向こうは真っ暗だった。

「うまくいった」ウゴはそうつぶやいて私を見た。「なぜドアに錠がかかっていなかったのか説明するまで、なにも触《さわ》らないでください」

ウゴは、手を伸ばして電灯のタイマーのつまみをまわした。明かりがつくと、私はその場にへたり込みそうになった。

二十年前にヨハネ・パウロ二世はあらたなプロジェクトに着手した。ヴァチカン図書館の所蔵スペースが足りなくなったために、戦争中にヴァチカンの職員が野菜を育てていた北側の小さな庭に穴を掘って防弾コンクリートを流し込み、そこに貴重な資料を収蔵することにしたのだ。ルチオは、図書館を訪れる研究者から金を絞り取るためにその上にカフェをつくることを提案し、いまでは薄い芝生に覆《おお》われたその地下収蔵庫の上で研究者たちがコーヒーを飲んでいる。

私は子供のころその地下室の様子を想像したことがあって、そのときは銀行の金庫室のようなものを思い浮かべていた。だが、いま目の前にある部屋は小さな飛行場ほどの広さで、真ん中にはサッカー場の半分ぐらいの長さの通路が延びていて、その両側に、大型バスが一台駐車できるほどの長さの通路がいくつもある。

「これが世界でもっとも偉大な写本のコレクションです」と、ウゴがささやいた。

世の中には二種類の書物がある。グーテンベルクが活版印刷技術を発明して以来、書物は一度にたくさん印刷されるようになって、それまでの手書きの写本は影をひそめた。印刷機を手にしたルネサンス期の商人は、たとえ読み書きができなくても、学のある修行僧が数人がかりで一ページ書き写しているあいだにその書物を十冊印刷することができたという。手書きの写本はもともと数が少なく、そのうえ何世紀ものあいだ顧みられずにきたことを考えると、いまだに残っているものがあるのは奇跡としか思えない。しかし、書物はその誕生と同時に強力な友を得た。キリスト教の教会が書物をつくって、教皇がそれを集めるようになったのだ。人類の歴史上には偉大な図書館がいくつもあったが、現存しているのはただひとつだけだ。私は、神の導きによってその図書館の中枢部へ足を踏み入れた。

「これを」ウゴは私にもうひとつの懐中電灯を手渡した。「電灯は二十分で切れるようになってるんです。では、これからなにをするか説明しましょう」

ウゴはデジタル式の腕時計のタイマーを二十分にセットすると、レジ袋からコイルを取り出した。よく見ると、そのコイルは楕円形で、コントローラーがついている。ウゴがコントローラーのスイッチを入れると、パネルに赤い文字が表示された。

「ここでは、わざわざ年に一度閉館して蔵書目録を更新する手間を省くために電子システムを導入してるんです」と、ウゴが説明した。「これがなにかわかりますか？」

私には、ヒーター内蔵のタオルハンガーにアンテナがついているようにしか見えなかった。

「周波数スキャナーです」と、ウゴが教えてくれた。「写本の背にICタグが埋め込んであるので、近づけるだけで一度に五十冊分のタグを読み込むことができます」

ウゴがスキャナーをかざしていちばん手前の書架の前を歩きだすと、つぎからつぎへとパネルに文字が表示された。写本の分類番号やタイトル、それに著者の名前が。

「これがあっても、目当ての写本がここにあるのを突き止めるのに二週間必要でした。それに、ちょっとした幸運も」ウゴは、天井にはめ込まれている白いプラスチックケースのほうへ顎《あご》をしゃくった。「あれはセンサーです。でも、なぜか防犯システムに干渉してしまうので、問題が解消されるまではここのドアは施錠しないままにしておくしかなかったんです」そう言って、ちらっと私を見た。「その点はついてました。でも、このシステムはスチール製のドアがあろうとなかろうと関係ないんです。はじめてここへ来たときに、私は資料を一冊手にしたままべつの棚の前へ行ってしまったんです。すると、天井のセンサーがそれを感知して、五分で守衛が飛んできました」

「で、どうしたんですか?」

「隠れて神に祈りました。幸い、守衛はシステムの誤作動だと思ったようです。それ以来、ふたつのルールを守っています。資料はその場で読むというのがひとつ。もうひとつは、これをつけることとです」

ウゴはレジ袋からゴム手袋を取り出した。

「指紋がつくのを防ぐためですか?」

「そうではありません」ウゴがきらりと目を光らせた。「ついて来てください」

奥に進むにつれて、ウゴはさらに用心深くなり、横の通路の入口にダッフルバッグを置いて消毒綿を入れた瓶を取り出すと、それで両手を拭いてから手袋をはめた。

「これですか?」私は、コントローラーのパネルにシリア語で書かれた資料のタイトルが表示されているのを見て訊いた。シリア語はディアテッサロンが書かれた時代にエデッサでも使われていて、イエスが使っていたアラム語にきわめて近い。

ところが、ウゴはかぶりを振ってさらに歩きつづけた。「これだ」

コントローラーのパネルに奇妙な表示があらわれた。蔵書番号の代わりにラテン語が表示されたのだ。〝CORRUPTAE〟と。

〝破損〟という意味だ。

「この棚には、修復の必要があるものが置いてあるんです」ウゴが、その棚にある優に百冊を超える写本を指し示した。「みんな、そんなものがここにあることすら知らないようだが」

「どうやって目当ての写本を探しあてたんですか？」

ウゴはギリシャ語が読めないし、シリア語の知識もないはずだった。

「トルコから戻って以来、私は毎晩ここへ来てたんです。昼のあいだに寝ておいて、夜通しここで過ごしてたんです。そして、もう少しで」――ほんのわずかな隙間《すきま》をあけて、親指と人差し指で円をつくった――「聖骸布《せいがいふ》が二世紀にエデッサにあったという証拠をつかむところまでたどり着いたんです。もしその必要があるのなら、ここにある写本をひとつひとつ調べるつもりでいました」そう言って、にやりと笑った。「だが、幸運なことに、この棚に置いてある写本は古い蔵書目録が残ってたんです――美しいラテン語で書かれたものが」

目を細めて棚を見上げたウゴは、手袋をはめた手の指を一本突き立てると、写本の背表紙から髪の毛一本分ほど離して、撫《な》でるように横へ動かした。そして、ついに目当ての写本の前に立つと、いちばん近いところにある壁のセンサーを見上げた。「手袋をはめてください」

そう言われると、想像していた以上にどきどきした。「その前に、素手で触《さわ》ってもいいだろうか?」と、ウゴに訊いた。「ほんのちょっと触るだけです。傷《いた》めないように気をつけるので」

ウゴは返事をせずに、慣れた手つきで写本を棚から取り出すと、金箔《きんぱく》をほどこした革の表紙を開いた。すると、反《そ》り返った薄汚い写本が姿をあらわした。ネックレスのケースほどの大きさのその写本の黒い表紙には穴があき、細かい傷がついたところは茶色に変色している。図書館の司書が、写本をそのままヴァチカン図書館の表紙にはさんでおいたのだ。

「手を触れる前に知っておいてほしいことがあります」と、ウゴが言った。「これを見つけたあとで突き止めたことです。三百年前、時の教皇は最古の写本をさがすために世界各地に神父を派遣しました。そのうちのひとりが、エジプトのニトリア砂漠にあるシリア人たちの僧院を訪ねて、その僧院の院長が十世紀の写本を集めて書庫に保管していることを知ります。その時点でもそれらの写本はそうとう古いものだったのですが、いまでは、現存するもっとも古い写本だと思います。院長はそれぞれの写本の内側にこう書き記していました。〝これをここから持ち出す者は神の裁きを受けるであろう〟と。その僧院を訪ねたアッセマーニという名の神父はその警告を無視してすべてローマへ持ち帰ろうとしますが、彼の乗った船はナイルで転覆し、仲間のひとりが溺《おぼ》れて死にます。アッセマーニは人を雇って写本をさがさせますが、見つかった写本は水に浸かったために、修復が必要でした。それが、この写本がこの棚に置かれることになった理由のひとつです。

もうひとつの理由は、アッセマーニのいとこが写本の目録をつくろうとしたものの、途中で死んでしまったからです。もうひとりのいとこがあとを引き継ぎますが、住んでいたアパートが火事になり——その男は、ここの隣りのアパートに住んでいたのですが——目録が燃えてしまって、その後、誰も目録をつくり直そうとしなかったのです。この写本の記録がなく、ここにあることすら誰も知らないのは、そのためです」

「どうして私にそんな話をするんですか？」

「私は迷信を信じないし、運よくこの写本を見つけたからいいものの、あなたはあなたでどうするか決めるべきだと思って」

「ばかばかしい」私は聖書の現代的な解釈を——つまり、科学的で、かつ理性的な解釈を——教えている。迷いはなかった。

ウゴは両手で持っていた写本を片方の手のひらの上に移し、もう片方の手でそれを指し示した。写本に触れていた手袋の指先は茶色くなっている。

「表紙に触れると色がついて、なかなか取れないんです。私も、落とすのに数日かかりました。だから、手袋をはめてください」

ウゴは私が手袋をはめ終えるのを待ってから、医者が生まれたばかりのピーターを抱かせてくれたときのように、そっと私の手のひらの上に写本を置いた。

私はそれまでそのような造りの写本を見たことがなかった。それは、海底で発見された有史以前の生き物が現存する子孫とは形態が異なっているように、現在の書物とはまったく違っていた。革の表紙は片側が長く、何重にも巻きつけて写本を傷みから守るようになっている。しかも、表紙がめくれてこないように、革紐《かわひも》で結わえてある。

私は、赤ん坊の髪の乱れを整えるようにそっとその革紐をほどいて表紙をめくった。なかの紙は灰色で、やわらかかった。文字は縦長のなめらかな筆記体で書いてあるが、角は丸くない。シリア語だ。そして、紙の端には、とうの昔にこの世を去ったヴァチカン図書館の司書が書いたらしいローマ数字の番号がついている。

〝ニトリア－シリア・コレクションⅧ〟

そして、はっきりとこう書いてあった。

〝タティアノスの統合福音書（ディアテッサロン）〟

全身に震えが走った。私が手にしているのは、初期キリスト教の偉大な弁証家のひとりがナザレのイエスの生涯を一巻にまとめた福音書だ。マタイ、マルコ、ルカ、ヨハネの四福音書を統合した、古代シリアの教会で広く普及していたものだ。

地下室は静かで、聞こえるのは、どこか遠くにある機械が換気ダクトを通して送り込んだり吸い込んだりしている空気の音だけだった。けれども、私の耳にはそれが自分の脈の音のように聞こえた。

「ヤギの皮からつくった紙を染色してパピルス紙に貼りつけてあるんです」と、ウゴが小声でささやいた。「なかは羊皮紙です」

ウゴは、見たことのない道具を使って表紙をめくった。

私は思わず息を呑んだ。文字がにじんでいて、読めないのだ。けれども、一枚ページをめくると、にじみはそれほどひどくなく、もう一枚めくると手書きの文字がはっきり見えた。

「間違いなく二カ国語で書かれている」と、私はつぶやいた。

どのページも二段組みになっていて、左の段はシリア語で、右の段はギリシャ語で書いてある。ウゴがさらにページをめくると、にじみはまったくなくなった。そして、そこには、誰もが知っている福音書の一節が、あいだにスペースを入れずにギリシャ語の大文字で書いてあった。


ΕΓΕΝΕΤΟΡΗΜΑΘΕΟΥΕΠΙΙΩΑΝΝΗΝΤΟΝΤΟΥΖΑΧΑΡΙΟΥ.

「〝神の言葉が荒れ野でザカリアの子ヨハネに降《くだ》った〟。ルカによる福音書の一節だ」

ウゴはちらっと私を見てから、そのページに視線を戻した。目を見れば、彼も興奮しているのがわかった。

「でも、つぎの行を見てください」と、私がうながした。「〝彼は公言して隠さず、『わたしはメシアではない』と言い表した〟。これは、ヨハネによる福音書にしかない一節です」

ウゴはポケットに手を突っ込んでなにかをさがしていたが、見つからないようで、ダッフルバッグを置いた場所に走っていって、ノートを手に息を切らして戻ってきた。

「リストをつくったんです。調べたほうがいいと思って、聖骸布《せいがいふ》のことに触れられている箇所を書き出しました。最初の一節はマタイによる福音書二十七章五十九節で、同じ言葉がマルコによる――」

私がリストに目をやるより先に、ウゴが眉をひそめて途中で言葉を切った。そして、ちらっとコントローラーのパネルを見つめた。

「どうかしたんですか？」

ウゴが耳をそばだてた。遠くからかすかな音が聞こえてくる。

が、すぐにかぶりを振った。「配管のなかを流れる空気の音です。続けましょう」

ディアテッサロンが目の前にあるのに、ウゴはどうしてリストアップした言葉に――それに、聖骸布に――こだわるのか、私には理解できなかった。私は、できることならひと月でも、いや一年でもそこにとどまりたかった。そうすれば、シリア語も理解できるようになってギリシャ語の部分と一緒に一字一句読めるはずだ。

ところが、ウゴは顔を引きつらせていて、ふだんの明るい柔和な表情は跡形もなく消えていた。「読んでください。お願いします」

ウゴのつくったリストには福音書からの引用句が八つ書いてあったが、私はすべて暗記していた。マタイ、マルコ、ルカ、ヨハネによる四つの福音書ではどれも、磔《はりつけ》にされたイエスの遺骸《いがい》は亜麻布《あまぬの》で包まれたことになっている。さらに、ルカとヨハネによる福音書には、イエスが復活したあと弟子たちが墓に行って空《から》っぽの墓のなかに亜麻布だけが残っているのを見たと書いてある。しかし、四つの福音書をひとつにまとめたディアテッサロンは、磔から復活までの詳しい記述をふたつの出来事に集約している。埋葬と復活だけに。

「ひとつ問題があります」最初の引用句に目をやりながら、私が言った。「傷みが激しいので、読めない字もあるんです」

あちこちに黒い染みがついているからだ。カビが生えて判読できなくなった写本の話をなにかで読んだことがあるが、実際に目にするのははじめてだ。

ウゴは動揺を押し隠して、精いっぱい冷静を装った。「じゃあ、汚れをこすり落とせばいい」

私は目をしばたたいてウゴを見た。「それはだめです。破れてしまうかもしれないので」

ウゴが手を伸ばした。「どこを読みたいのか教えてください。私が汚れを落とします」

私は彼から写本を遠ざけた。

ウゴが苛立ちをあらわにした。「あのたったひとつの単語がどれだけ大事か、あなたもよく知ってるはずです」

「どの単語のことですか?」

ウゴは目を閉じて気持ちを落ち着けた。「福音書のうちの三つは、イエスの遺骸を包んだ亜麻布を単数形で書いてます。でも、ヨハネだけは複数形を使ってるんです」

「なにを言いたいのか、よくわからないんですが」

ウゴは信じられないと言いたげな顔をした。「単数形なら、いまヴァチカンにあるのは正真正銘の聖骸布です。でも、複数形なら本物ではないのです。ヨハネによる福音書に書いてあることが正しいのであれば、ほかの福音書は間違っていることになりますよね？　ディアテッサロンを書いた人物はどちらかを選ばなければならなかったんです。彼がもしエデッサで聖骸布を見たのであれば、単数形を使ったはずです」

あまりに衝撃が大きくて、受け止めることができなかった。「ここへ来たのは、ディアテッサロンが書かれたときに聖骸布がエデッサにあったことを証明するためだと言いましたよね？」

ウゴは福音書の言葉を書いたリストを振った。「聖骸布のことに言及している箇所は八つあります。八つのうちの四つはマルコとマタイとルカによる福音書で、残りの四つはヨハネによる福音書です」そう言って写本を指さした。「これを書いた男は――」

「タティアノスです」

「――決断を迫られたわけです。両方を使うわけにはいきませんから。で、彼はどちらを選んだか？　そこがすべてのはじまりなんです。だから、確かめてください」

しかし、どんなに目をこらしても、黒い染みが邪魔をして見えなかった。「べつの箇所を見てみましょう」と、提案した。「空っぽの墓のことが書いてあるところを」

だが、そこもまた黒い染みに覆《おお》われていた。

ウゴは胸ポケットから小さなビニール袋を取り出した。「綿棒と溶剤を持ってきたんです。まずは唾液《だえき》で試してみましょう。唾液にはいろんな酵素が含まれているので」

私はウゴの腕に手をのせた。「だめだ。やめてくれ」

「あなたをここへ連れてきたのは──」

「館長に話しましょう。修復士が適切な方法で染みを取り除いてくれるはずです。写本を傷めてしまうかもしれないのに、わざわざ自分たちでやる必要はない」

ウゴは怒りをあらわにした。「館長に？ あなたは助けてくれると言ったじゃないですか！ だから、頼りにしてたのに！」

「傷めてしまったら、完全に読めなくなるんですよ。あなただけでなく、ほかの人も、永遠に」

「説教を聞くためにここへ来たんじゃない。シモン神父は、あなたが以前──」

私は写本を高く掲げた。

「やめろ！」と、ウゴが叫んだ。「ブザーが鳴る」

私は写本を目の位置まで下げた。「下から懐中電灯で照らしてください。筆圧によるへこみが見えるかもしれないので」

ウゴは私を見つめ、あちこちのポケットをたたいて小さな拡大鏡を取り出した。「なるほど。いい考えだ。これを使ってください」

百年前に、行方がわからなくなっていたアルキメデスの写本がギリシャ正教会の修道院で発見されたことがあった。誰でも目にすることができる場所に置いてあったというその写本は祈禱書《きとうしょ》に変身していた。中世の修道士が羊皮紙に書かれたアルキメデスの論文を消して、その上に祈りの言葉を書いたのだ。けれども、ある角度から適度な光を当てると、古代のペンによるへこみが見えたらしい。

「そこだ」と、私が言った。「そのまま照らしていてください」

「なんと書いてあるんですか？」

私はまばたきをしてもう一度見た。

「なんと書いてあるんですか？」と、ウゴが繰り返した。

「それが……」

「教えてください！　お願いです！」

「これは染みじゃない」

「じゃあ、なんですか？」

私は目を細めた。「塗りつぶしてあるんだ」

「なんだって？」

「染みだと思ったのはインクだ。誰かがこの写本を見つけて、都合の悪いところを塗りつぶしたんだ」

塗りつぶされた箇所はいくつもあった。単語だけの箇所も、フレーズだけの箇所も、一文がそっくり消されている箇所も。その下の文字はまったく見えない。

ウゴは衝撃を受けているようだった。「誰かが、われわれより先にこの写本を見つけたということですか？」

「最近のことではないと思います。見たところ、塗りつぶしたのはずいぶん前です」

私は、自分の言っていることの意味を理解しようとしながら写本に目を走らせた。

そこで、ヨセフは十字架からイエスの遺体を降ろしに行った。[redacted]きれいな亜麻[redacted]で包んだ。[redacted]岩を削ってつくった、まだ誰も横たえられたことのない新しい墓があった。その日は[redacted]準備の日で、安息日がはじまろうとしていたことから、[redacted]そこにそれを納め、墓の入口に大きな石を置いて立ち去った。

「誰がこんなことを？」と、ウゴがつぶやいた。

私は目を閉じた。この部分は完璧に暗記していた。四つの福音書をひとつにまとめたディアテッサロンには、おそらくこう書いてあったはずだ。

そこで、ヨセフは十字架からイエスの遺体を降ろしに行った。そこへ、かつてある夜、イエスのもとへ来たことのあるニコデモも、没薬（もつやく）と沈香（じんこう）を混ぜたものを百リトラばかり持ってきた。彼らはイエスの遺体を受け取り、ユダヤ人の埋葬の習慣に従い、香料を添えてきれいな亜麻布（単数または複数）で包んだ。イエスが十字架につけられた所には園があり、そこには、岩を削ってつくった、まだ誰も横たえられたことのない新しい墓があった。その日はユダヤ人の準備の日で、安息日がはじまろうとしていたことから、この墓が近かったので、そこにそれを納め、墓の入口に大きな石を置いて立ち去った。

黒く塗りつぶされているのは、イエスの遺体に香料を添えたことと布というひと文字、ニコデモという名の男の存在、そして――これがもっとも奇妙なのだが――ユダヤ人という言葉だ。結局、わからないのは、亜麻布が単数形で書かれていたか複数形で書かれていたかということだけになる。福音書のうちの三つは、布や埋葬布を意味するギリシャ語の単数名詞〝sindon〟を使っているのに対し、ヨハネによる福音書だけは複数名詞の〝othonia〟を使っている。

私は、塗りつぶされた箇所にひとつ共通点があることに気づいた。念のために、ほかの部分も読んでみた。

「この写本がいつごろのものか、わかりますか?」と、ウゴに訊いた。

「四世紀か五世紀のものだと思いますが」と、ウゴが答えた。

私はかぶりを振った。「いや、もっと古いはずだ」

ウゴの顔に不安げな笑みが浮かんだ。「古いって、どのぐらい?」

私はなんとか手の震えを抑えようと努力した。「ニコデモの名前が出てくるのはヨハネによる福音書だけです。それに、埋葬するときに香料を添えたことも、最後の文章に出てくるユダヤ人という言葉も。塗りつぶされているのは、ヨハネによる福音書と同じ箇所ばかりです」

「そのことからなにがわかるんですか?」

「かつて、アロギ派と呼ばれるキリスト教の一派がいて、彼らはヨハネによる福音書を正典とみなしていませんでした。だから、彼らが塗りつぶしたのだと思います」

「それはいいことなんですか、それとも悪いことですか?」

「アロギ派が結成されたのは二世紀の後半です。この写本は、全篇が残っている福音書のなかでは世界最古のものだと思います」

ウゴは沈んだ声で言った。「じゃあ、ここに出てくる亜麻布は、ヨハネによる福音書と同様に複数形で書かれてたんですね」そして、言い終わってすぐに訊き返した。「すみません、いまなんと言いました?」

「たぶん、これは世界最古の——」

私はそのときはじめて、聖骸布に対するウゴの執念のようなものを感じた。

「違います。その前です。アロギ派はヨハネによる福音書を正典とみなしていなかったと言いましたよね。それはなぜですか？」

「彼らはヨハネによる福音書がほかの福音書と違うのを知っていたからです。神学的な要素が多くて、歴史的な要素が少ないことを」

「歴史的な要素が少ないというのはどういう意味ですか？」

「ひとことで説明するのはむずかしいんだが――」

「ヨハネによる福音書には亜麻布が複数形で書かれていて、ほかの三つの福音書では単数形で書かれてますよね。ヨハネによる福音書は信用できないということですか？」

「やはり、この写本の存在を館長に伝えるべきだと思うんです。ここに埋もれさせておくわけにはいかない」

「私の質問に答えてください。もしヨハネによる福音書が信用できないのなら、聖骸布に関する福音書の証しが変わることになりますよね。違いますか？」

私は返事に窮した。「かもしれないが、そんなに単純なことではないんです。福音書を読むにはいくつかのルールがあるし、そのルールを教えてください」

「わかりました。じゃあ、そのルールを教えてください」

私は手を上げてウゴを落ち着かせた。「この写本を守ると約束してほしい」

ウゴがため息をついた。「もちろん、約束します。でも、これを見つけたのは私です。私にはこれが必要なんです。臆病で事なかれ主義の司書にゆだねるつもりはありません。彼らは、ただ――」

ウゴはとつぜん言葉を切り、頭をかたむけて不安そうに入口のドアを見つめた。

「どうしたんですか？」

ウゴは凍りついて口もきけず、目だけ動かしてちらっと腕時計を見てから通路の反対側に視線を向けた。

ようやく私にも機械のうなりが聞こえた。換気ダクトを通る空気の音より低いモーターの音が。

エレベーターだ。

「防犯ベルのスイッチは切りましたよね？」と、私が訊いた。

だが、ウゴはそんなに時間が経ったことが信じられないような様子で腕時計を見つめている。

「どうやって外に出ればいいんですか？」と、私が訊いた。「ほかに出入口があるんですか？」

「動かないでください」

書架のあいだに目をこらすと、ドアの近くで人影が動いた。

ウゴがあとずさった。

〝どこへ行くつもりだ？〟と、口だけ動かして訊いた。

ウゴは取り出したものを静かにダッフルバッグに戻すと、ドアを見つめたままダッフルバッグを肩に掛けた。

つぎの瞬間、大きな声がした。

「出てきてください、ノガーラ博士」

ウゴはダッフルバッグを手に持って床にひざまずくと、壁のセンサーを指さして私に動かないよう警告した。そして、自分はそっと立ち上がった。

「危害を加えるつもりはない」と叫ぶ声が聞こえた。「私は国務省の長官に命じられて来たんだ。ここでなにをしているのか教えてほしい」

声はどんどん近づいてくる。ウゴが指を三本突き立てたが、私にはそれがなんの合図かわからなかった。私は写本を閉じて書架に戻そうとした。

「きみがトルコへ行っていたのはわかってるんだ」声は、ほんの数列向こうから聞こえてくる。「アンドレオ神父の協力を仰いでいるのも知っている。私は彼を追って何度かアンカラのエセンボア空港まで行った。彼はわれわれのために仕事をしているので、どこへ行くのか知る権利があるからだ」

ウゴは恐怖に目を見開いて、写本を書架に戻すなと、大げさなジェスチャーで私に伝えた。そのあと、ふたたび手を上げたが、今度は指を二本突き立てた。

ようやく男の姿が見えた。黒いカソックが通路の入口をすばやく横切ったのだ。

私がドアのほうへ向かいかけると、ウゴが手を振って止めた。そして、また腕時計に目をやって指を一本突き立てた。

　私はすっかり怖気《おぞけ》立ち、ディアテッサロンを書架に戻すと、ウゴの制止を無視してドアへ向かった。

　ウゴは私が動いたのを見るなり体の向きを変え、「写本！　写本！」と、ささやきながら書架に駆け寄った。

　彼の声はあたりに響きわたった。男が振り向いたとたん、ウゴの時計のタイマーが切れた。それと同時に照明のタイマーも切れて、地下室は真っ暗になった。

「いまだ！」ウゴが暗闇に向かって叫んだ。

　私は、スチール製のドアの下から射し込む非常灯の光をめざして闇を突っ切った。背後でなにかが動くのを感じた。大きな足音も聞こえて、それと同時に、ブザーが鳴り響いた。

　防犯装置のアラームだ。

「行ってください！」と、ウゴが叫んだ。「取ってきましたから！」

　私は廊下に飛び出した。エレベーターホールまで走っていって、いらいらしながら何度もボタンを押していると、ウゴがディアテッサロンを持ってやって来た。

「急ごう！」と、ウゴが叫んだ。「追いかけてくる！」

　エレベーターのドアが開くと、大急ぎで乗り込んだ。ドアが閉まるまでのあいだ、私は思いもよらない展開に体を凍りつかせながらも、廊下を見つめて男が姿をあらわすのを待った。けれども物音は聞こえず、結局、男は追ってこなかった。

エレベーターが上昇をはじめると、ウゴはディアテッサロンの写本を両手で抱いて目を閉じた。

「あれは誰だったんですか？」と、私が訊いた。

「わからない」

「おじに知らせないと」

ところが、エレベーターが一階まで行って止まると、警官が待ち構えていて、ウゴと私は身柄を拘束された。が、一時間後にディエーゴが私とウゴを引き取りに来た。

「なにを見つけただと？」おじのルチオは、戻ったばかりの私たちに強い口調で迫った。

いまにして思えば、そのときの返事でウゴは解雇をまぬがれたような気がする。

「猊下《げいか》」ウゴは、ルチオの机の上にディアテッサロンを置いた。「私は第五の福音書を発見しました。それを使って、トリノの聖骸布《せいがいふ》が本物であることを証明するつもりでいます」

ルチオの怒りがこんなに早く収まるのを見たのは、これがはじめてだった。「詳しく話してくれ」

その夜は驚くべき出来事がもうひとつあって、それを知ったのはずいぶんあとだった。警官は地下室に来た男を見つけることができなかったというのだ。

「あれは誰だったんだろう？」と、私はウゴに訊いた。

「わからない」と、ウゴは答えた。「顔は見えなかったので」

「でも、声に聞き覚えは？」

ウゴが眉をひそめた。「不思議だ。じつは、私もあなたに同じことを尋ねようとしてたんです」

9

最上階にあるルチオの豪華なアパートからエレベーターで一階へ降りていくあいだも、図書館の地下室に来たあの神父は誰だったのだろうという思いが頭から離れない。おじがシモンに展覧会の準備を手伝わせようとするのもおかしな話だ。それに、ウゴが展覧会のフィナーレとしてなにを展示するのか明かさなかった理由もわからない。おそらく、内緒にしておいてみんなをあっと言わせたかったのだろう。

ピーターが私のカソックを引っぱって、「シモンおじさんはいつ帰ってくるの？」と、べそをかきながら訊く。

「それはバッボもわからない。シモンおじさんはいまルチオ大おじさんの仕事を手伝っていて、忙しいんだ。バッボとおまえはしばらくホテルに泊まることになったからな」

「どうして？」

私はしゃがんで目の高さを合わせる。「うちには帰れないんだ」

「警官がいるから？」

「二、三日すれば状況が変わるはずだ。いいな？」

ピーターも〝状況が変わる〟という表現は理解できる。実際は〝悪化する〟という意味で使うことのほうが多いのだが。

聖マルタの家はヴァチカンにある唯一のホテルで、教皇が公式な訪問客を宿泊させたり、義務づけられている教皇との五年に一度の謁見《えっけん》のために訪れた世界中の大司教が宿泊したりしている。外国に派遣されている神父が戻ってきたときもここに泊まり、シモンも、私がヴァチカンに住んでいなければここを利用していたはずだ。

六階建てだが、同じ形をした窓が並ぶ飾り気のない簡素な建物で、百以上ある部屋も修道士の居室よりほんの少し広いだけだ。窓も、片側はヴァチカン内にあるガソリンスタンドに面していて、反対側は、ヴァチカンを取り囲む高い城壁が腕を伸ばせば届きそうなところにあるために、完全に視界をさえぎっている。ヨハネ・パウロ二世が教皇になってからつくられた建物はどれもこんな感じだが、ナチスに占領されたポーランドでやむなく石切り場で働いていたヨハネ・パウロ二世は、屋根と壁さえあればこのうえない贅沢《ぜいたく》だと思っているようだ。

受付の修道女は、特別なときにしか使わない部屋を用意したものの、まだ掃除がすんでいないので部屋には入れないと、申しわけなさそうに言う。宗教的なマイノリティーの隔離政策は、ヨハネ・パウロ二世が石切り場で働いていたころから批判されていたのを知らないらしい。どこでもいいので、とにかく部屋に入りたいと訴えると、修道女は私のカソックとひげをしげしげと眺めて、「イタリア語がお上手ですね」とほめる。私は、後悔しそうなことを口にする前にピーターを連れて外に出る。

「どこへ行くの？」と、ピーターが訊く。「なにか食べるものを買いに行くの？」

ピーターには朝食もまともに食べさせていなかった。おそらく、レオのアパートを出る前にソフィアからなにかもらって食べただけだろう。

「ああ、そうしよう。ただし、先にすまさないといけない大事な用があるんだ」


ウゴのアパートに来るのは数週間ぶりだ。部屋の前に突っ立っていると、どうしてノックしないのか不思議に思っているような顔をして、ピーターが私を見る。彼には見えていないのだ。ドアに、こじ開けようとした跡がついているのが。

何者かが忍び込もうとしたのだ。けれども、ウゴは南京錠をふたつつけていたので、わが家のドアと違って開かなかったらしい。

私は、トルコへ行っているあいだの留守を頼むと言われてウゴから渡されていた鍵でドアを開ける。ピーターがなかに駆け込み、私もあとを追うが、部屋には誰もいない。すべて、最後に見たときのままのような気がする。

「ノガーラ博士？」ピーターが甲高《かんだか》い声で呼ぶ。

「ここにはいないよ」と、私が教える。「博士の持ち物をさがしに来たんだ」

いずれ、時が経てば説明することもできるだろう。私は、戻ってくるまで居間にいるようピーターに言い聞かせる。自分がどんな気持ちになるか、見当もつかない。

衝立《ついたて》の向こうの狭いスペースがウゴの寝室だ。その間に合わせの寝室には、この国特有の悲しさが漂っている。そもそも、聖職者は財をたくわえないように戒められているので、センスのいい司祭ですら、たいていは借りものの家具を置いた個性のない部屋で暮らしている。なかでも、ローマカトリックの神父の部屋はとくに殺風景だ。壁に飾る写真に妻や子供は写っていないし、床に風呂用のおもちゃや赤ん坊がはじめてはく小さな靴も転がっていない。クローゼットのなかにあざやかな色のジャケットは見当たらないし、ドアを開けたままにしておきたい時につっかえ棒代わりに使う子供用の小さな傘もない。代わりに、彼らは新聞の切り抜きや、年に数週間与えられている休暇中に訪れたり巡礼に行ったりした土地の名所の絵葉書を飾っている。ウゴは一般人なので違うはずだが、この部屋を見るかぎりでは、そうとも言い切れない。

ゴミ箱にはグラッパ・ジュリアの瓶が何本も突っ込んであるが、壁に飾ってある写真はエデッサの名所のものばかりで、ウゴの姿は写っていない。あのエネルギッシュな男がここで暮らしていたことを示すのは、机の上に積み上げてある本だけだ。ただし、椅子は机の下に納《しま》われていない。仕事に没頭しているところへ人が訪ねてきたので、すぐに戻るつもりでドアを開けにいったような感じだ。机の下には、縁に面取り加工をほどこした鉄製の金庫が置いてある。金庫を開けようとひざまずくが、目を閉じると、かつて味わったことのある思いが込み上げてくる。私の父も、ウゴと同じように志《こころざし》半ばで早世したのだ。

目を開けて、ウゴが壁に掛けていたコルクボードに目をやる。そこには手書きのシンボルが貼ってある。ギリシャ神話の神の遣い、ヘルメスが手にしていた、柄に二匹の蛇が巻きついた杖の絵で、片方の蛇には〝良い羊飼い〟と、もう片方には〝神の子羊〟と書いてある。そして、両側に福音書の章節番号が書き添えてある。

このふたつの言葉は私の心に大きな穴をあける。ヨハネによる福音書にはじめて登場するときのイエスは〝神の子羊〟と呼ばれている。福音書のなかで〝神の子羊〟という言葉が出てくるのはそこだけだが、イエスのことをそう呼んでいる理由は明白だ。神はモーセを通じてエジプトに十の災いをもたらしたときに、子羊を生贄《いけにえ》にしてその血を家の戸柱《とばしら》に塗れば死の天使が家の前を素通りするだろうと告げて、イスラエルの民を救っている。そして、その後はイエスをあらたな子羊として遣わして人々を救うことにしたのだ。イエスは神の思いどおり、みずからの死によって私たちの魂を救った。

ヨハネによる福音書には、〝わたしは良い羊飼いである。良い羊飼いは羊のために命を捨てる〟というイエスの言葉が記されている。ほかの福音書にも迷える子羊を救うことに喜びを見いだす象徴的な存在として羊飼いが登場するが、ヨハネの羊飼いは違う。彼はみずからの命と引き換えに羊を救うのだ。このシンボルは不吉だ。背筋が凍る。子羊も羊飼いも死の象徴だ。殺される前のウゴが、大勢の人間を救うためにひとりが命を捨てるという考えに取りつかれていたのだとすると、なにか因縁めいたものを感じる。ウゴから届いたメールの文面がふとよみがえる。彼は助けを求めてきたのに、私は冷たくはねつけた。

キッチンから物音が聞こえてくる。ピーターが冷蔵庫のなかを引っかきまわしているようだが、叱る気にはなれない。何年も前の話だが、モナが老人病棟で働いていたときに年老いた男性患者が死んだことがあった。モナはなぜか悲嘆に暮れて自分を責めた。薬を間違ったのではないか、処置が不適切だったのではないかと。けれども、モナが受け持っていたなかで、彼女が助けを求める訴えを無視したせいで亡くなった患者はひとりもいなかった。

ウゴの椅子に腰かけると、とつぜんピーターの声が聞こえる。

「どうした？」叫びながら、あわててキッチンへ行く。

ピーターはいない。

「ピーター！」と、大声で呼ぶ。「どこにいる？」

ピーターの頭が、離れたところにある東洋風の衝立の横からちらっとのぞく。「見て！」

私は、わけがわからないまま大股《おおまた》でそばへ歩いていく。衝立の向こうには西向きの大きな窓があって、中庭が見下ろせる。ピーターは脂身《あぶらみ》を持って窓のそばに立っている。

「なにを？」

ピーターが床を指さす。見ると、ピーターが冷蔵庫から出してきた脂身を小鳥がせっせとついばんでいる。ムクドリだ。

「どこかからなかに入ってきたんだ！」と、ピーターがうれしそうに言う。

だが、それは嘘だ。窓の取っ手は逆を向いている。ピーターが窓を開けて鳥をなかに入れたのだ。

「ちゃんと閉めておくんだぞ」もしかすると大変なことになっていたかもしれないと思いながら、険しい声で言う。「二度とこんなことをしちゃだめだぞ」

石畳の中庭までは九メートル近くある。それを思うと体が震える。

「ぼくはなにもしてないもん」と、ピーターはすねたように言い、爪先立《つまさき》ちになって手を上げる。窓の取っ手には、まだ数センチ届かない。

そのとき、はたと気づく。ピーターのうしろにガラスのかけらが落ちていて、取っ手のまわりのガラスが割れている。

「鳥が窓を突き破ってなかに入ってきたのか？」

だが、すでに答えはわかっている。

「違うよ」ピーターは怒りをむき出しにする。「最初から割れてたんだ」

入口のドアが開かなかったので、何者かが窓から忍び込んだのだ。

私はもう一度中庭を見下ろす。九メートルもよじのぼれるだろうか？

「ここにいるんだぞ」と、ピーターに言う。「なにも触《さわ》るなよ」

ウゴの寝室に戻ると、ようやく気づく。ウゴは机の上に本を積み上げておいたわけではないのだ。椅子を引いたままにしておいたわけではないのだ。

膝《ひざ》をついてよく見ると、金庫にも傷がついている。

だが、こじ開けることはできなかったのだろう。おまけに金庫は七、八十キロあって、ボルトで床に固定してある。

ダイヤル錠のコンビネーションは116618にセットされている。イエスが初代教皇を指名したのは、一番目の福音書であるマタイの十六章十八節だ。〝あなたはペトロ。わたしはこの岩の上にわたしの教会を建てる。陰府《よみ》の力もこれに対抗できない〟。何者かがバールでさんざんたたいたにもかかわらず、ダイヤルはなめらかに動いて、扉の蝶番《ちょうつがい》も音をたてずに開く。ウゴは展覧会で展示する写本を守るためにこの金庫を買い、金庫は彼の思いに応えてくれたのだ。

金庫のなかの写本はどれも以前に目にしたものだ。ウゴは、二ヵ月前にトルコからの帰りが遅れたときに、必要のない写本は金庫に入れておいてくれと私に頼んだ。彼は残り物のクズと呼んでいたが、そのなかに、ひとつだけあらたな輝きを放つものがある。ウゴがどこへ行くにも持っていっていた、リサイクルレザーのカバーがついた安っぽいノートだ。賊がさがしていたのは、ウゴがいろんなことをメモしていた、この研究日誌だったのかもしれない。

ノートを開くと、一枚の写真が落ちる。それを見たとたん、胃が縮みあがる。そこに写っている男はタイル張りの床に横たわっていて、死んでいるように見える。

神父だ。ローマカトリックの中年の神父で、髪は黒く、緑色の目を片方だけ開けている。鼻はつぶれていて、左目があったはずのところには小銭入れを開いたような黒い穴があいている。顎は血まみれだ。そして、その上に押し倒されたのか、体の下にはボードがあって、PRELUARE BAGAJEと書いてあるが、どこの言葉なのかはわからない。開いている緑色の目に光が浮かんでいるのは、重傷を負ってはいるものの、まだ死んではいないからだ。写真の裏側にはこう書いてある。

〝人をうかつに信用するな〟

めまいがする。耳鳴りもする。

「ピーター!」

写真はノートにはさみ、コルクボードに貼ってあったシンボルをはがす。

「帰るぞ、ピーター!」

金庫を閉めてダイヤルをまわす。だが、ウゴのノートはカソックのなかに忍ばせる。二度とここへ戻ってくるつもりはない。

ピーターは衝立の反対側で私を待っている。「どうしたの、バッボ?」手にはまだ脂身を持っている。

私はピーターを抱いて部屋を出る。ピーターには写真のことを話さない。あの血まみれの神父が誰なのか知っていることも話さない。


廊下では、見慣れない男が警官と話をしている。男はウゴの部屋のドアが閉まる音を聞いて目を上げるが、私たちはすでに反対側の階段を下りている。教皇宮殿の古い翼棟には、こういった秘密の螺旋《らせん》階段がいくつもあるのだ。

「どうしたの?」と、ピーターが訊く。

まだ幼いので、こっそり裏口から帰ろうとしていることは理解できないようだが、なにかおかしいことには気づいている。

「すぐに外に出るから」と、私が言う。

螺旋階段は狭くて、明かりはついていない。暗がりのなかで、血まみれの神父の姿が脳裏によみがえる。その男にはもう何年も会っていなかった。男は父の部下だったマイクル・ブラックで、いまは国務省で働いている。

ピーターがなにかつぶやく。私は考えごとをしていたので、なんと言ったのか訊きはしない。

襲われたのはウゴが最初ではなかったのだ。マイクルは一命を取りとめたのだろうか？

ピーターがしきりに私の胸をつつく。

「なんだ？」

「あの男の人は、どうしてあとをつけてくるの？」

私は凍りつく。細長い吹き抜けの上のほうから、たしかに足音が聞こえてくる。

10

一段とばしに切り替えるが、追ってくる足音も速くなる。こっちは子供を抱いているので、これが精いっぱいだ。ピーターは私の首にしがみついて、喉《のど》に顔を押しつけている。

暗がりのなかを下りてくる人影が見える。シモンと同じくらい背の高い男で、普通の服を着ている。

「誰だ?」うしろ向きに階段を下りながら問いただす。

男の灰色の目が光る。

「神父」男がぶっきらぼうな口調で尋ねる。「上でなにをしてたんですか?」

見たことのない男だ。

「なぜあとをつけるんだ?」と、訊き返す。

「命令ですから」

私はもう一段階段を下りる。あと数メートルで建物の外に出る。

男は両腕を伸ばして吹き抜けの壁に押しつける。「アンドレオ神父?」

ピーターが体をこわばらせる。私は返事をしない。

男はポケットのなかに手を入れる。背を向けて逃げようとすると、男がポケットからなにを取り出したのかわかる。黄色と白のヴァチカンの国旗の両側に金色の月桂樹の葉をあしらったバッジだ。

市国警察の。

「私はあなたの護衛です」

「いつからあとをつけてるんだ？」

「聖マルタの家をお出になってからです」

「なぜ制服を着ていない？」

「そう命令されたからです」

ルチオがピーターのために護衛をつけたのだろうか？　ピーターに怖い思いをさせないように。

「名前は？」

「マルテッリです」

「マルテッリ捜査官、今度私たちのあとをつけるときは制服を着てくれ」

マルテッリの顔に悔しそうな表情が浮かぶ。「承知しました、神父」

「きみは私たちを夜通し警護するのか？」

「夜はほかの者が担当します」

「ほかの者とは？」

「名前は知りません」

「彼にも制服を着るように伝えておいてくれ」

「承知しました、神父」

マルテッリは、私が話し終えるのをじりじりしながら待っている。私とピーターがウゴのアパートでなにをしていたのか訊きたいのだろう。しかし、ヴァチカンで聖職者が警官の質問に答える必要はない。私はピーターを抱いたままマルテッリに背を向けて、光の射す出口へ向かう。


私たちの部屋は、聖マルタの家の四階にある続き部屋だ。ホテルに泊まるのがはじめてのピーターは、「これだけ？」と訊く。キッチンも居間も、おもちゃもないからだ。近所の子供たちからホテルは天国のようだと聞かされていたらしいが、ここは天国のはずがない。テレビもないのだから。

細いメタルフレーム製のベッドのうしろの壁には、シンプルな十字架が掛けてある。国務省で働く聖職者がはいている靴のようにぴかぴかに磨きあげられた寄せ木細工の床には、殺風景な白い壁が映っている。ベッドサイドテーブルと、ローマカトリックの聖職者用のスーツを掛けるためにデザインされたようなハンガーラック以外に家具と呼べるものは、窓の下に置いてあるラジエーターだけだ。ただし、窓はこのいびつな形をした建物の小さな中庭に面していて、ずらりと並ぶ陶製のフラワーボックスと、三角形の葉をモミの木の枝のように大きく伸ばしたシダの鉢植えが見える。ラヴェンダーの香りも漂ってくる。

「あの人は誰だったの?」ひとつしかない枕の硬さを確かめるために、ピーターは靴をはいたままベッドに飛び乗る。

「警官だ。われわれの身の安全を守ってくれている」

もはや隠しても意味がない。護衛が四六時中つきまとうことになるのだから。

「ここは安全なの?」ナイトテーブルの引き出しを開けながら、ピーターが訊く。

「すぐ隣りは警察の本部だし、あのマルテッリ捜査官が廊下で見張っていてくれるから。それに、ここの人たちは客をとても大事にするんだ。だから、心配いらない」

ピーターは、いちばん上の引き出しを開けて怪訝《けげん》そうな顔をする。引き出しには、四世紀末から五世紀初頭にかけてラテン語に翻訳されたウルガタ聖書が入っている。ローマカトリック教会が公式版として承認している聖書で、ラテン語に翻訳したのは、ここのホテルと同様にいろんな国の人を対象としているからだろう。けれども、ピーターはため息をつく。彼は、聖書がもともと最初の世界共通語だったギリシャ語で書かれていたのを知っている。ギリシャ人の貢献はつねに過小評価されるのだ。

「レオに電話をかけて、なにか食べるものを持ってきてもらおう」と、私が言う。食堂で食べるより落ち着くし、レオとも話ができる。「なにがいい?」

「〈イーヴォ〉のマルゲリータ」と、ピーターが言う。

「わざわざ買いに行ってもらわなきゃならないものはだめだ」

ピーターが肩をすくめる。「じゃあ、なんでもいい」

読めない聖書を見つめているピーターを残して、私は隣りの部屋の小さな机の前へ行く。

レオに電話をかけて、気持ちを奮い立たせる。つぎはシモンだ。

「アレックスか?」と、シモンが訊く。

私はさっそく本題に入る。「マイクル・ブラックはどうなったんだ?」

「えっ?」

「ウゴの部屋で写真を見つけたんだ。まだ生きてるのか?」

「ああ、もちろん」

「マイクルはなぜあんな目にあったんだ?」

「ウゴのアパートへなんか行ったらだめじゃないか、アレックス。おまえになにかあったら、どうするんだ?」

「写真の裏側に警告が書いてあったんだ。ウゴはなぜ警告を受けたんだ? 展覧会のことでか?」

「それはわからない」

「兄さんにも話さなかったのか?」

「ああ」

「彼はゆうべ強盗に襲われたんじゃないんだ。すべてつながってるんだよ。マイクルが襲われたのも、ウゴのことも、うちが荒らされたのも。マイクルが襲われたことをなぜ黙ってたんだ？」

　長い沈黙が流れる。

「ゆうべ、バーでおれがウゴからのメールを見せたら、兄さんは特別な意味はないと言ったよな」

「ああ、あのメールに特別な意味はない」

「ウゴは脅迫されてたんだ。恐怖に怯《おび》えてたんだ」

　シモンがおずおずとしゃべりだす。「マイクルのことを話さなかったのは、口外しないと誓約したからだ。おまえのアパートの件は、ゆうべ夜通しかけて考えたが、いまだにわからない。だから、これ以上、首を突っ込むな。おまえを巻き込みたくないんだ」

　私は、目の奥が熱くなってくるのを感じながら片手でひげを引っぱる。「ウゴが脅迫されていたのを知ってたんだな？」

「やめろ、アレックス」

　叫びだすのを抑えるには黙り込むしかない。だが、私は電話を切るほうを選ぶ。

　誓約。だからシモンはなにも話さなかったのだ。

　怒りを募らせて、トルコにある教皇庁大使館の代表番号に電話をかける。かなり高くつくが、長話をするつもりはない。

交換台の修道女が電話に出ると、マイクル・ブラックと話がしたいと告げる。

「休暇中です」と、修道女が言う。

「大事な用があってヴァチカンからかけてるんです。携帯の番号を教えてもらえませんか？」

修道女はあっさり教えてくれる。

マイクルの携帯にかける前に気持ちを整理する。マイクルと最後に話をしたのは十年以上前で、以来、彼には憎しみを抱きつづけている。年代測定でトリノの聖骸布《せいがいふ》が偽物だと判明すると、マイクルは私の父に背を向けた。シモンが職場放棄をしたと密告したのも彼だ。けれども、私にとっては父のつぎに親しい存在だった時期もあった。マイクルを全面的に信頼していた時期も。そのころの彼を思い出しながら電話をかける。

「もしもし《プロント》」相手の声が聞こえてくる。

「マイクル神父ですか？」

「誰だ？」

「アレックス・アンドレオです」

長い沈黙が続くうちに、電話を切られてしまうのではないかと不安になる。

「話したいことがあるんです。できればふたりだけで。いまどこにいるんですか？」

「あんたに教えるつもりはない」

しゃべり方は昔とほとんど変わっていない。無愛想で刺々《とげとげ》しくて、せっかちなのは。けれども、かつては顕著だった野暮ったいアメリカ訛《なま》りはこの十年で影をひそめ、言葉の裏に潜む警戒心もはっきりと聞き取れる。なぜ電話をかけてきたのか、懸命に考えているのもわかる。

私はウゴのアパートで彼の写真を見つけた話をするが、向こうはなんの反応も示さない。

「お願いです。あなたが誰に襲われたのか、どうしても知りたいんです」

「あんたには関係ない」

私はついに、ひとりの男が殺された話をする。

「なんの話をしてるんだ？」

ウゴのことを話すのは思っていた以上につらい。私は、殺されたのはヴァチカン美術館の学芸員で、今度の展覧会の準備をしていたことをできるだけ要領よく話そうとするが、マイクルは声を聞いて感情が昂《たかぶ》っているのに気づいたのか、私が答えるのを待つ。

「殺されたのは友人だったんです」と、私が言う。

一瞬、マイクルの声がやわらかくなる。

「誰がやったにせよ、犯人が見つかるように願っている」そして、またぶっきらぼうな物言いに戻る。「だが、おれの身に起きたことを話すつもりはない。ほかをあたってくれ」

なにか理由があって話すのを拒んでいるのかどうかはわからない。

「兄に訊いたんですが、口外しないという誓いを立てたそうです」

マイクルは人をばかにしたような声で笑う。どうやら、まだシモンに敵意を抱いているらしい。それとも、父を見捨てたときから引きずっている遺恨でもあるのだろうか？

「お願いです。なにがあったにせよ、気にしないので――」

マイクルが吠える。「気にしない？　おれは目をつぶされたんだぞ。鼻も形成手術を受けなきゃならなかった」

「あなたとシモンとのことを言ってるんです。あるいは父とのことを。私が知りたいのは、誰があなたにそんなことをしたかです」

「あんたらの考えてることはわからないよ。まるで、あんたのおやじさんと話をしているみたいだ。あんたら東方の人間は、つねに自分たちは被害者だと思ってるんだよな。おれの人生を台無しにしたのは、あんたのおやじさんなんだぞ」

〝あんたら東方の人間〟。私は怒りを押し殺して平静を装う。

「お願いです。なにがあったのか話してください」

電話からマイクルの荒い息遣いが聞こえてくる。「話せないんだ。おれも誓いを立てたんだ」

私のなかで、なにかがプツンと切れる。「五歳になるうちの息子が自分の家のベッドで寝ることができずにいるのは、あんたが誓いを立てたからなのか？」

誓いというのは、役人の大好きな言葉だ。教皇庁の高官はそのひとことで自分の過ちを葬り去るのだ――部下に秘密の保持を誓わせて。

「お邪魔しました」と、私が言う。「いまの話は忘れて休暇を楽しんでください」

電話を切ろうとすると、マイクルがわめく。「なにを訊かれても答えないんで、ここの教皇大使にもさんざん嫌味を言われたよ。もうたくさんだ。なにがあったのか知りたかったら聖下に訊け」

私はたじろぎながら確認する。「教皇聖下に？」

「ああ。命令したのは彼なんだから」

それを聞いて愕然《がくぜん》とする。だからシモンは話してくれなかったのだ。あっちもこっちも誓いだらけだ。

しかし、腑《ふ》に落ちないことがある。ヨハネ・パウロ二世にそんなことを口止めする理由はないはずだ。

「マイクル神父――」

だが、私が話しはじめたとたんに電話が切れる。

そのあとすぐ、ドアにノックの音がする。レオが食べ物を入れたかごを持って戸口に立っている。

「あれは誰だ？」そうつぶやきながらなかに入ってきて、ドアのそばに立っているマルテッリ捜査官のほうへ顎《あご》をしゃくる。

「おじが護衛をつけてくれたんだ」

レオは警官の悪口を言おうとするが――スイス衛兵と市国警察は昔から張り合っているの

だ――途中で言葉を呑み込むと、かごから陶製の皿を取り出す。「女房からだ」

私は、一階のバーでなにか買って持ってきてくれるのだとばかり思っていた。だが、そうではなく、ソフィアが食事をつくってくれたのだ。

「ピーターはどうしてる？」と、レオが訊く。

「怖がってるよ」

「いまだに？　子供は立ち直りが早いと思ってたのに」

レオも、子供が生まれればいろんなことに驚かされるはずだ。

持ってきてくれた料理を寝室に運ぶが、ピーターは寝ている。私は、木製のブラインドを閉じて部屋を暗くする。秋になっても、昼間はまだ暖かいが、ベッドカバーを掛けてやる。

「さあ」レオが、料理をすすめながらうながす。「話してくれ」

が、椅子に座ると私の携帯が鳴る。出ると、ぶっきらぼうな声が聞こえてくる。

「アレックス、マイクルだ。あれから、あんたの言ったことをずっと考えてたんだよ」

声が微妙に違う。かなり緊張している。

「子供がいるのを知らなかったんだ。教えてやれることがいくつかある」

「じゃあ、教えてください」

「城壁の外の公衆電話へ行け、駅のすぐそばの」

「大丈夫です。自分の携帯でかけているので」

ヴァチカンではみな盗聴に神経質になっている。教皇庁の人間のなかには、会う日時を決めるときにしか電話を使わない者もいるほどだ。

「百パーセント安全だという保証はない」と、マイクルが言う。「ヴァチカン駅通りの公衆電話へ行け。ガソリンスタンドの脇の看板のすぐそばにある。二十分後にそこへ電話をかけるから」

マイクルが言っているのは、聖マルタの家の裏だ。ここからなら五分とかからない。私はレオに向き直り、口だけ動かして〝ちょっとピーターを見ててくれるか?〟と訊く。

レオがうなずくと、「わかりました。待ってます」とマイクルに返事をする。

ガソリンスタンドは、壁をスプレーペンキで塗装して丸窓の内側に鉄格子をはめたみすぼらしい建物で、その脇に、サッカーボールのような胸をした女が携帯電話の宣伝をしている看板が立っている。通りの反対側にあるゴミ箱の蓋《ふた》は、ぽかんと口を開けて女に見とれているかのように半開きになっている。そこに立つと、ヴァチカンを取り囲む城壁の向こうに聖マルタの家の裏側と、その奥にそびえるサン・ピエトロ大聖堂のドームが見える。けれども、私は線路に目を奪われる。

シモンと私はヴァチカン駅に出入りする貨物列車を見るのが好きだった。貨車に積まれていたのは石炭や穀物ではなく、ヴァチカン内のデパートで売るスーツやおじのルチオが建設の指揮を執《と》っていた建物に使う大理石や、遠い国に派遣される宣教師たちのためのワクチンだった。

私が十二歳のときに、幼なじみのグイード・カナーリが貨車から腕時計の入った箱を盗もうとして木箱ふたつの下敷きになったことがあった。木箱には〝教皇聖下のお手元へ〟と書いてあったので友人たちは誰も手を触れようとせず、グイードの上からどかそうとさえしなかった。が、シモンはひとりでひとつ五十キロ近くある木箱を持ち上げた。その木箱のなかに入っていたのは果肉の赤いブラッドオレンジで、駅のホームには、ぶつけ合ったあとのイースターエッグのようにぐしゃっとつぶれたブラッドオレンジが散乱した。そのブラッドオレンジは、シチリア島の修道院からヨハネ・パウロ二世に送られてきたものだった。グイードはその箱の下敷きになったのだ。

あの日のシモンはもう私の空想の世界にしか存在しないのだろうか？　国務省で仕事をするためには、本来の自分を捨てなければならなかったのだろうか？　カトリックの信者にとって誓いは重いもので、守らなかった場合は教会法によって罰せられることもある。それでも話をするつもりでいるのだから、マイクルも少しは思いやりを持ち合わせているらしい。

私たち一家にとって、マイクルはユダだ。少なくとも、シモンはそう思っている。十六年前、マイクルはトリノの聖骸布《せいがいふ》の年代測定の結果を発表するために私たちの父と一緒にトリノへ行った。だが、父は打ちひしがれてトリノをあとにした。父はその八週間後に死んだが、マイクルはすでに父のもとを去って、ローマカトリック教会と正教会の再統一などできるわけがないと書いた手紙を送ってきた。

正教会が望んでいたのは、積年の恨みを燃え上がらせる火種――つまり、すべておまえたちが悪いのだとカトリックを責めるあらたな理由――のようだった。マイクルには、東方カトリック教会の信者を――正教会国では少数派であるわれわれの仲間を――異端者や変節者扱いする、信者三億人の正教会との再統一を父が推《お》し進める理由が理解できないようだった。だから、さっさとあらたな仕事を見つけたのだ――教皇につぐ地位についたばかりのボイア枢機卿に仕える仕事を。

ヨハネ・パウロ二世が推し進める正教会との再統一を阻止しようとしていたボイア枢機卿にとってマイクルはきわめて便利な男で、正教会の信者に恐怖や間違った考えを植えつけさせてそれまでの外交努力を台無しにした。面と向かって教皇に異議を唱えるわけにはいかない階級組織には、不満を外に出す弁が必要なのだ。マイクルは正教会の主教たちと非難合戦を繰り広げ、公然と相手を中傷し、インタビューで過激な発言を放った。シモンの目に、それは究極の裏切りに映った。考えが大きく変わることもあるし、なにかに背を向けて正反対のことをはじめておきながら、あとで悔やむ者もいるが、シモンにはそれが理解できないのだ。いとも簡単にサタンの誘惑に屈してしまうことが。

私の記憶のなかのマイクルは違う。アメリカ人で、しかもまだ若かった彼は、ヴァチカンにいるカソックを着た質実な聖職者のなかでただひとり、安っぽいミニカラーのついた司祭用の半袖シャツを着ていた。腕時計はデジタル式で、靴はナイキの黒いバスケットシューズだった。トリノの聖骸布が放射性炭素分析で偽物だと判明する二年前の話だが、ローマではじめてスペイン階段の近くにオープンした〈マクドナルド〉へシモンと私を連れていってくれたこともあったし、朝食にコカコーラを飲んでイタリア人を呆《あき》れ返らせたこともあった。

マイクルに会うまで、私は人と違っているのがいいことだとは思っておらず、無理に人と合わせようとしなければどんなに楽かということも知らなかった。国務省が型破りなマイクルを引き込んで普通の官僚より始末の悪い人間に変えてしまったのだと思うと、じつに悲しい。私は、絶望の淵に突き落とされた父が、いずれ世の中が変わって自分がふたたび受け入れられる日が来るというむなしい期待を抱いていることに気づいていた。マイクルが百八十度考えを変えた理由はわからなかったが、父の楽観主義がうつったのかもしれないような気もしていた。二千五百年にわたる不遇の歴史のなかでギリシャ人は自分たちの夢を抑制しつづけてきたが、アメリカ人に希望を持たせるほど危険なことはない。

電話が鳴って、受話器を取ろうとすると、通りの角に男が立ってこっちを見ているのに気づく。

思わずあとずさると、男が手を上げる。

マルテッリ捜査官だ。私はあとをつけられていることにさえ気づいていなかった。マイクルの言ったとおりだ。安全だと思っていたが、けっしてそうではない。

とにかく受話器を取る。「マイクル神父ですか？」

「ひとりか？」

私は返事に迷う。「ええ」

「話をする前にはっきりさせておきたいことがあるんだ。おれと話をしたことをあんたが誰かに話せば、おれはまた狙われる」

私は、ウゴのアパートで見た写真を思い出す。「わかってます。私は息子の身の安全を守りたいだけなので」

マイクルは長いため息をついて声を落とす。「あんたに子供がいるなんて、信じられないよ。おれがあんたのおやじさんと一緒に仕事をはじめたときはまだ七歳だったからな」

一緒にではない。父の下で働いていたのだ。けれども、マイクルの話は子供時代の思い出をよみがえらせる。父が家族に紹介するためにはじめて家に連れてきたときに、マイクルは私に名前を刻んだ聖書をプレゼントしてくれた。東方カトリック教会でもローマカトリック教会と同様に、たいてい七歳で初聖体拝領を受けるものだと勘違いしていたのだ。

「息子にはおやじさんにちなんだ名前をつけたのか？」と、マイクルが訊く。

「いいえ、兄にちなんだ名前をつけました」

それを境にマイクルの声から温かみが消えて、話題も変わる。

「そろそろ本題に入ろう。じつは、あの学芸員に会ったんだ。殺された学芸員に」

私はびっくりして訊き返す。「ウゴに？」

「シモンを訪ねて大使館に来たんだよ。おれは一、二度話をしただけなのに、おれの鼻の骨を折ったやつらは親しくしてると思ったらしい。連中はおれを脅して、彼がなにをしているのか聞き出そうとしたんだ」

「まさか……そんな」

マイクルは私が疑っていると思ったのか、気詰まりな沈黙が続く。

「彼らはあなたになんと言ったんですか？」と、私が訊く。

「連中は、あの男が聖骸布の展覧会を企画してると言ってたんだが、ほんとうなのか？」

「ええ」

マイクルが黙り込む。十数年の時を経て聖骸布がよみがえったことに驚いているのだろう。それとも、つい最近の新聞を読んだ多くの人たちと同様に、ウゴが企画していたのはディアテッサロンの展覧会だと思ったのかもしれない。

「彼らはそのことについてなんと言ったんですか？」

「ノガーラがなにかを発見して、それを隠しているので、それがなんなのか知りたいと言っていた」

「ウゴはなにも隠してなかったんです。で、あなたは彼らになんと？」

「シモンに訊けと言った。彼なら知っているはずだと」

思わず歯嚙《が》みする。「彼らに兄のことを話したんですか？」

「シモンとノガーラは親しかったからな」

「ウゴの仕事を手伝っていたのは私です。兄はなにも知りません。あなたを襲ったのは誰なんですか？」

「神父だ」

「神父？」

聖職者だったとは思ってもみなかった。

「ローマカトリックの神父だ」と、マイクルが続ける。「ひげは生やしてなかったからな。つぎはそれを訊くつもりだったんだろ？　連中は大使館からおれのあとをつけてきたらしい」

すべてが崩れる。さまざまな証拠を集めて推理していた動機も、ガンドルフォ城で起きたことの意味も。ローマにいた者でさえ、そのほとんどはウゴがなにを目論《もくろ》んでいるか知らなかったのに、なぜ何千キロも離れた場所にいた神父が知っていたのか、それが不思議でならない。

「犯人は捕まったんですか？」と、マイクルに訊く。

「一応、国務省が捜査をしたが、なにもわからなかった」

私は、ウゴが殺されたことと何者かが私のアパートへ押し入ったことのあいだになんらかのつながりがあるのなら、同じ人物のしわざだと思っていた。だが、どうやら、ふたりか、もしくはそれ以上の人間が関わっていたようだ。ふたつの事件がそれほど時間を置かずに起きていることも、複数犯の可能性を示唆している。

「彼らはどうやってあなたの居場所を突き止めたんですか？」

マイクルの返事が一瞬遅れる。「おそらく、あんたの住所を突き止めたのと同じように誰かを脅して聞き出したんだよ」

「どういう意味ですか？」

マイクルはこれまでにも増してそっけない口調で言う。「それは、おれに訊かなくてもわかっているはずだ」

目の前が真っ暗になる。「あなたが教えたんですか？」

「聞いてくれ、アレックス——」

「息子が殺されてたかもしれないんですよ！」

「おれだって殺されてたかもしれないんだ！」と、マイクルがわめく。

「じゃあ、シモンを尾行させたのもあなたなんですね？　彼がどこにいるか教えたのも？」

「違う。シモンのことは連中も知ってたんだ。週末にちょくちょくアンカラを離れる彼を追いかけてウゴの行方を突き止めたんだから」

吐き気が込み上げてくる。ようやく話が見えてくる。マイクルが電話を切ってすぐにかけ直してきたのは、罪悪感を覚えているからだろう。シモンが職場放棄をしたと密告してあとを追うように仕向けたのは、マイクルだったのだ。

「兄を巻き込まないでください」声がうわずらないように、懸命に怒りを抑え込む。マイクルはときどき感情を制御できなくなることがあると、父がよくこぼしていたからだ。「兄はウゴに協力していただけなんです」

マイクルは、すべての原因が自分にあるとは思っていないらしい。シモンのことを密告したために、ウゴを追っていた者たちから自分が狙われることになったのに。

「協力していただけ？」と、マイクルが吠える。「シモンがそう言ったのか？」声をあげて、あざけるように笑う。「たいしたもんだよ、彼は。きっと大物になるにちがいない。彼はあんたを騙《だま》してたんだ。いや、あんただけでなく、みんなを。聖骸布の展覧会のために、正教会の知り合いを大勢イタリアに招こうとしてたんだから」

私は愕然《がくぜん》とする。「違います。どうしてそう思うんですか？」

「いいか」マイクルはうなるように言って咳払いをする。「おれはしゃべるつもりのなかったことまでしゃべってしまったので、あとは兄貴に訊け。わからないことがあるのなら、兄貴に教えてもらえ」

動揺が激しくて、言い返すこともできない。

「それと、しっかり息子を守るんだぞ。連中は目的を達成するまであきらめないだろうから」

「わかってます。ありがとうございました、電話をかけ直してくれて」

「いや、じゃあこれで。おれの番号は知ってるよな？」

「ええ」

「シモンからなにか聞き出せたら電話をくれ。彼がなんと言ったのか知りたいんだ」

私は返事をしない。

「なにかおれにできることがあれば言ってくれ」

マイクルはシモンを信用していないらしい。

「こっちは大丈夫ですので」

「そうか。ならいいんだが」

11

聖マルタの家の部屋に戻ると、レオが開口一番に「きみのおじさんは本気のようだ」と言って、ドアを指さす。「マルテッツリがきみを追ってここから出ていくと、すぐに代わりの男が来たよ」

廊下では、警官がふたり、一階の受付にいた修道女と話をしている。

私も廊下に出る。「どうかしたんですか？」

「いや、べつに」と、マルテッツリが言いつくろう。「フォンタ—ナ捜査官です。夜は彼が担当します」

が、修道女は私の頭のてっぺんから爪先《つまさき》まで視線を走らせる。「お泊まりになる方がみなさんふたりずつボディガードをお連れになると、たいへんなことになってしまいます。ここにいらっしゃれば、ボディガードなどお連れにならなくても大丈夫ですから」

「私は特別な事情をかかえているので」と、なだめる。

「それは伺《うかが》いました」と、修道女が言う。「ですから、こちらも気をつけてます」

なんと言えばいいのか、うまい言葉が思い浮かばない。そこへ、マルテッツリが助け舟を出してくれる。

「それなら、本部長に訴えてください。われわれは命令が撤回されるまでここにいます」

ふたたび部屋に入ると、レオが持ってきた皿をあわてて集めている。

「ソフィアからメールが届いたんだ。一時間後に病院の見学に行かないといけないらしい。電話はかかってきたのか？」

「ああ」

「なにか話したいことがあるのなら聞くぞ」

話したいのはやまやまだが、マイクルと約束したので話せない。「いまは話せないんだ」

「わかった。明日の朝また来るから、それまでになにか必要なものがあったら知らせてくれ」

私はレオに礼を言い、レオが出ていくとドアに錠をかけて、ピーターが寝ているベッドの端にそっと腰かける。

ピーターは大きな寝息を立てている。額は紅潮し、前髪は汗で濡れている。口を縦長《たてなが》に小さく開けて全力で息をしているのは、疲れている証拠だ。今回のことは、私の想像をはるかに超えるストレスを与えているらしい。

マイクルが電話で話したことを、もう一度考えてみる。自分を襲ったのは神父だったと彼は言った。信じがたい話だ。聖職者が暴力をふるうこともときどきあるが、たいていはほかの宗教や教派の信者に対してだ。去年のクリスマスにベツレヘムで乱闘騒ぎを起こしたのはアルメニア人とギリシャ人だった。カトリックの司祭がトルコで暴行を受けたことは何度もあるが、相手はつねにイスラム教徒だ。

しかし、カトリックの司祭なら、ここでもガンドルフォ城でも警備の目をすり抜けることができたのかもしれない。ましてや、私のアパートには誰にも不審に思われることなく入れたはずだ。もしかすると、トリノの司祭が自分たちの教会から聖骸布《せいがいふ》が運び出されたことに気づいて、その行方を突き止めようとしたのかもしれない。マイクルの話のなかでもっとも重大な手がかりとなるのは、彼を襲った者たちがウゴがなにかを隠していると思って、ウゴが企画した展覧会の詳しい内容を知りたがっていたことだ。真相を突き止めるには、ウゴの研究日誌を見るのがいちばんだ。

ウゴの研究日誌は、表紙の裏に貼りつけた一枚の紙からはじまる。ヴァチカン美術館の学芸員全員に届いた手紙から。

美術館の入館料収入が市国の財政に大きな割合を占めていることに鑑《かんが》みて、学芸員は全員、六日以内にあらたな展示企画三件を予算案とともに市国政庁に提出し、長官にも別途コピーを送付すること。

その手紙には一年半前の日付がついている。研究日誌の最初の書き込みは、〝展示企画案〟というタイトルの手書きのリストだ。そこには、〝中世初期の写本〟、〝古代末期のキリスト教的表象〟、〝ビザンチン帝国（東ローマ帝国）におけるイエスの肖像画の誕生〟などと書いてある。聖骸布のことはどこにも書かれていない。だが、ウゴはその二週間後に放射性炭素を用いた年代測定に疑問を投げかけるひとつ目の論文を目にしている。そのときの彼の反応はページの下に書いてある。〝聖骸布の復活はあるのか？〟

つぎのページには、聖骸布のおおまかなスケッチが描いてある。血痕《けっこん》がついている部分は丸で囲み、殴られた痕《あと》、鞭《むち》で打たれた痕、いばらの冠をかぶせられた痕、槍で突かれた痕というように、福音書の記述にもとづいた説明も書き込んである。一週間後、ウゴは展覧会の開催を、直接ルチオに提案している。それによって、ウゴの研究は一気に加速したようだ。一人の意欲をかき立てるのがきわめて上手なルチオは、ウゴのやる気に火をつけたらしい。それ以降、日誌の書き込みはより長く、より専門的になっていく。そして、ある晩、奇妙なことが起きる。

なぜか、ウゴが二ページにわたって古い文書の名前を挙げているのだ。トマスによる福音書、フィリポによる福音書、ジェイムズの黙示録。これらは、正式に承認されていない外典だ。外典に着目した理由は書いていないが、想像はつく。ルチオが興味を示していることからもわかるように、正典からは確証を得ることができなかったのだろう。正典に記されている聖骸布に関する記述では不充分だったのだ。そこで網を広げて、西暦三三年にエルサレムを離れてからの聖骸布の足跡を追おうとしたのかもしれない。それから十日間はなんの書き込みもないが、十一日目に驚くべきことを書いている。

今日、磔刑《たっけい》のあと聖骸布がどこへ運ばれたか知っているという、正教会の内情に通じた人物が連絡を取ってきた。ビザンチン時代にはエデッサと呼ばれていたトルコの街に、聖骸布とおぼしき謎の聖像に関する言い伝えがあるというのだ。ほんとうかどうか疑わしいとは思ったものの、明日、その神父に会うことにした。ノーとは言えない。枢機卿の甥《おい》なのだから。


枢機卿の甥。

シモンのことだ。

私はウゴの日誌から目を上げる。妙な不快感が、窓の隙間《すきま》に入り込んで狂ったように飛びまわるハエにも負けない勢いで体のなかを駆けめぐる。なにかおかしい。

日誌のつぎの書き込みが私の疑念を裏づける。


国務省で働いている者はみなそうだが、彼も碧眼《へきがん》でハンサムで、身のこなしが優雅で、おまけにすらりと背が高い。私のアイデアに興味を示すのは、個人的な利害が絡んでいるからだろう。明日、食事に誘われた。行くしかない。

なんと、それがのちに友人となるふたりの出会いだったのだ。

けれども、私がはじめてウゴのアパートを訪ねたときは、トルコの砂漠で倒れたヴァチカン美術館の学芸員をアンカラの教皇大使館に派遣されていた若い神父が助けた話をして、それが出会いだと言っていた。ウゴがはじめてシモンに会ったと日誌に書いているのは、その九カ月前だ。

ふたりは私に嘘をついたのだ。

当惑して、ウゴの日誌を胸に抱く。私に隠しごとをする必要などなかったのに。

だが、いまにして思うと、ふたりの話には不自然なところがあった。ウゴがその話をはじめたときも、シモンはなんとなく落ち着きがなかった。ウゴが陽に焼けていたり、眼鏡《めがね》が壊れてフレームにテープを巻きつけていたりといった細かい点は真実味にあふれていて、創作ではなさそうだが、初対面のときの話ではなかったのだ。なぜ、話を都合よくつなぎ合わせたのだろう？　どんな思いで嘘をついたのだろう？

ふたたび日誌を開く。ようやく、ウゴが企画した展覧会の概要が見えてくる。

弟子が聖骸布を発見して、かつてその地の王がイエスを招いたことのあるエデッサへ運ぶ。

しかし、ウゴはそのことに疑問を抱いていたようだ。

正教会は中世の口伝《くでん》を知らないのだろうか？　キリスト教にとってもっとも重要な聖骸布が、ビザンチン帝国との国境の街に何世紀にもわたってとどまっていたと思っているのだろうか？

ウゴは、自分が的はずれな疑問を抱いていることに気づいていなかったのだろう。行方がわからなくなっていた聖骸布は千年あまりのちにはじめて西ヨーロッパに姿をあらわすが、それはフランスの名もない村だった。聖骸布も、イエスと同様に大きな街に行くのを避けていたのだ。

だが、ウゴはこう続けている。

またアンドレオ神父と食事をして疑問をぶつけた。やはり政治が絡んでいるのだ。アンドレオ神父はそのことを否定しようとすらしなかった。彼には、聖骸布がどこから来ようと関係ないのだ。彼にとって大事なのは、ヴァチカンがそれをどのようにして手に入れたかだ。それが明らかになれば、全キリスト教徒結集の鬨《とき》の声になると彼は言う。ほかの教会との関係改善の踏み石になると。

私は胸を突かれる。この数行の書き込みを読めば、シモンがどういう人間かわかる。彼の信念も、狡智《こうち》に長《た》けた男ではないことも、キリスト教の将来を真剣に危ぶんでいることも。シモンはきわめて誠実な男だ。だから、ウゴと一緒に私に隠しごとをしていた理由がよけいにわからない。〝ほかの教会との関係改善の踏み石〟。もちろん、これは正教会のことだ。それなら、マイクルが言っていたように、シモンは十六年前に父がトリノで成し遂げられなかった仕事を引き継ごうと思っているのかもしれない。

決め手はここだ。

彼には、聖骸布がどこから来ようと関係ないのだ。彼にとって大事なのは、ヴァチカンがそれをどのようにして手に入れたかだ。

自分を襲った者たちはウゴがなにかを発見したと思っていたようだ、とマイクルは言った。彼らはそれがなんなのか知りたかったのだろうと。私は、ウゴが最後にメールを送ってきたころの書き込みをさがしてページをめくる。

それはノートのうしろのほうに書いてあった。そのころには書き込みが短くなって、考えや感想もあまり書いていない。ディアテッサロンのことで頭がいっぱいだったのだろう。最後のメールの一週間前の日誌のページに見慣れたシンボルが描いてある。絡みつく二匹の蛇に福音書の言葉を書き込んだ杖が。そして、その下には私の疑問を解くヒントが書いてある。

シモン神父がアレックス神父に話したようだ。ふたりとも私の質問に答えるのを拒んでいる。もはや味方はいない。彼らは十字軍までの展示にしたいのだろう。

そのあとはなにも書かれておらず、白紙のページが続いている。けれども、〃十字軍〃というひとことで充分だ。ウゴがディアテッサロンにこだわっていたことを考えると、なにを言いたかったのかわかる。

聖骸布がとつぜん西ヨーロッパに出現したのは――どうしたことか、中世のフランスで発見されたのは――十字軍の遠征の直後だった。これで、聖骸布がどこから来たのかというウゴの疑問は解けた。エデッサから来たのだ。ウゴは最初から、聖骸布とディアテッサロンはもともとエデッサにあったと考えていた。東方のキリスト教徒とイスラム教徒は何世紀ものあいだエデッサの支配権をめぐって争っていたが、第一次十字軍の遠征の終結時に予期せぬことが起きた。エデッサがカトリックの騎士の手に落ちて、史上初の十字軍国家となったのだ。

成立したばかりの国家は五十年と続かずにふたたびイスラム教徒に奪い返されたが、カトリックの騎士たちはその前に値打ちのあるものをすべて本国へ送っていた。したがって、聖骸布とディアテッサロンが同じ船で西へ運ばれた可能性もあるわけだ。ディアテッサロンがヴァチカン図書館に運び込まれたことを示す記録をウゴが見つけたのなら、同じ船で西へ運ばれた聖骸布の記録も見つけたのかもしれない。もしそうなら、聖骸布がとつぜん中世のフランスにあらわれた理由も説明がつく。十字軍がエデッサから持ち帰ったのだ。

もしそうなら、聖骸布にまつわる最大の謎がみごとに解けたことになるわけで、興奮を覚えずにはいられないが、ひとつ気になることがある。ウゴも気づいていなかったかもしれない、あらたな問題が頭をもたげる。

聖骸布が十字軍の遠征後に西へ運ばれたことを証明できるのなら、ウゴは古くから続く宗教戦争の戦場に足を踏み入れたことになるわけだ。はじめてイスラム教徒にエデッサを奪われたときはカトリック教会と正教会がひとつにまとまっていたが、十字軍の遠征時にはすでに分裂していた。聖骸布もいったんイスラム教徒に奪われたものの、カトリックの騎士がエデッサを奪い返したために、聖骸布がカトリック国のフランスに姿をあらわしたのだ。正教会もわれわれと同様に聖骸布は自分たちのものだと主張しているが、いまのところ、その主張の正当性は証明されていない。

ウゴが殺された理由はきわめてなじみの深いものかもしれないと、ようやく気づく。聖遺物は、いまだに教会間の争いの火種になっている。ヨハネ・パウロ二世は、カトリック教会が盗んだとされている聖遺骨を何度か正教会に返還しようとした。しかし、もしウゴが私の思っているとおりのことを発見したのなら、われわれにとってもっとも大事な聖遺物をめぐる所有権争いが起きて、野蛮なカトリック教徒は他人の地に押しかけて他人のものを盗んだという、正教徒の積年の恨みが再燃していたかもしれない。正教徒を東方カトリック教会の信者に変えた宣教師たちも、聖骸布とディアテッサロンを持ち帰った十字軍の騎士を見倣《みなら》っただけなのだ――みな、欲深いローマの触手となって。カトリック教会には、そのような発見を公表することに反対した者もいたはずだ。とくに、それをヴァチカン美術館で展示することには。

ウゴが私にまったくべつの話をしたのには――ディアテッサロンは、異教の写本を集めていたエジプトの僧院からカトリックの神父が三百年前にヴァチカンへ持ち帰ったと言ったのには――なにか理由があったはずだ。写本の件も、シモンとは砂漠ではじめて会ったと嘘をついたのも、彼としては、私が不都合な真実を受け入れるかどうか、確信が持てなかったからかもしれない。

読み終えたウゴの日誌は、閉じてカソックのなかに忍ばせる。窓から見える聖マルタの家の小さな中庭では、東方カトリック教会の司祭がひとりぽつんとベンチに座っている。その前を、ローマカトリックの司祭たちが話をしながら足早に歩いていく。東方カトリック教会の司祭には、鉢植えの花をちらっと見るほどの視線しか向けない。

私は、しばらくその司祭を眺めてから窓を閉める。ウゴのアパートに誰かが窓から忍び込んだことを思い出して、鎧戸《よろいど》も閉める。イタリアで開かれるサッカーのスーパーカップ、スーペルコッパの昨日の結果を知りたくて、ラジオ・ウノをつける。そして、ピーターが寝ているベッドの片側のわずかな隙間《すきま》にもぐり込み、目を閉じて聞き慣れた声とリズムに身をゆだねようとする。とつぜんすべてのことに対して抱くようになった違和感をなだめようとする。自分の国にいるのに、見知らぬ国の見知らぬ人間になってしまったような違和感を。

■■■

叫び声を耳にして、夜中に目を覚ます。

ピーターがベッドから起き上がり、体をこわばらせて闇のなかの一点を見つめている。

「どうした？　なにがあったんだ？」

物音が聞こえるが、なんの音かわからない。

「あいつがいるんだ！」と、ピーターが叫ぶ。「ここにいるんだ！」

私は片手でピーターを抱き寄せて、もう片方の手を暗がりに伸ばす。

「どこに？」

「顔を見たんだ！　はっきり見たんだ！」

物音はドアの向こうから聞こえてくる。廊下に面した部屋から。

「シーッ」とささやいて、ピーターの顔を私の肩に押し当てる。

窓の鎧戸《よろいど》は開いていない。ドアも閉まっている。

「神父！」私を呼ぶ声が聞こえる。「なにかあったんですか？」

「大丈夫だ」と、ピーターに言う。「夢だよ、ピーター。夢を見たんだ。ここには誰もいない」

けれどもピーターは震えている。怖がっているようで、体が硬直している。

「ほら」そう言いながら、ベッドの脇の明かりをつける。

部屋に変わった様子はない。フォンターナ捜査官がまた外のドアをたたく。

「神父！　開けてください！」

私は、ふらつく足でドアを開けにいく。ピーターは私にしがみついている。ドアを開けると、フォンターナはすばやい動作で腰のホルスターから手を離す。

「夢だ」と、私が言う。「よほど怖かったんだろう」

けれども、フォンターナは私を見ていない。私の肩のうしろを見ている。そしてまっすぐ寝室へ行き、つづいて廊下に面した部屋も調べる。調べ終えると、ピーターを安心させようとしてくれる。

「大丈夫です、神父。なにも問題ありません」

私はピーターの額にキスをする。が、ドアを閉めると、フォンターナが無線でしゃべっているのが聞こえる。「誰かをよこして中庭を調べさせてくれ」

ピーターがふたたび眠りにつくのに三十分ほどかかる。ピーターは私にもたれかかり、私はピーターの髪を撫《な》でる。部屋の明かりはつけたままにしておく。家なら、本を読んでやれば悪夢を追い払うことができる。雷雨のなかを生き延びた亀の話を読んでやれば。けれども、ここには本がないので、彼の鼻をそっとつまんで歌をうたう。うたいながら、マイクル・ブラックが言っていたことはほんとうかもしれないと思いはじめる。

「どこかへ旅行に行こうか」思いついたことをそのまま口にする。

ピーターがうなずく。「アメリカがいい」と、うれしそうに言う。

「アンツィオは？」

アンツィオは、ローマから五十キロほど南にある海辺の街だ。貯金があるので、二、三日ならなんとかなる。こんなことがなくても旅行に行こうと思っていたのだ。ピーターも、もうすぐ小学校にあがるからだ。

「うちに帰りたい」と、ピーターが言う。

窓の鎧戸に、中庭から懐中電灯の光が当てられる。無線の雑音もかすかに聞こえる。

「わかってるよ、ピーター」とささやく。「わかってるとも」

12

私の夢も楽しい夢ではない。すべてウゴの夢だ。

ふたりでヴァチカン図書館の地下室に忍び込んで以来、私たちはしばらくのあいだ多くの時間をともに過ごして、私はそれを友情だと勘違いしていた。図書館での冒険を終えた翌朝は、ウゴがなにを発見したか伝えに、一緒におじのルチオのところへ行った。本来は図書館長に話すのが筋だが、話せばウゴがクビになるのは間違いないし、当然、写本も戻さなければならない。ヴァチカンの一般職員は九十五項目からなる就業規定に署名させられているので、図書館の司書も蔵書や資料に関する規定を厳守しようとする。だが、多くの入館料収入を見込める展覧会の開催に期待を寄せていたルチオなら、金の卵を産むガチョウを守ってくれるはずだと踏んだのだ。ルチオがそれ以上のことをするとは思っていなかった。

ウゴが頑強に反対したので、ディアテッサロンのことは公表されなかった。ところが、ルチオに会った翌々日にはローマの新聞に〝ヴァチカン図書館で第五の福音書発見される〟という見出しが躍り、その翌日の金曜日には、ほかの日刊紙三紙も同様の記事を掲載した。週末に《ラ・レプッブリカ》が一面トップに載せると、テレビ局から問い合わせの電話が殺到した。

聖職者は、イエスに対する一般市民の安っぽい好奇心の強さを過小評価している。あらたな福音書が発見されたと聞いても、聖職者ならたいてい、またかと疑ってかかるものだ。イスラエルではあちこちの洞窟で第五の福音書が発見されているが、そのほとんどは異端者の小さなセクトがイエスの死後何百年も経ってから書いたものか、何者かが注目を浴びたくて偽造したものだ。

けれども、ディアテッサロンはそういったものとは違って、教会も納得できる見出しが新聞に載った。〝歴代の教皇が大切に守ってきた古い資料のなかから、有名な真正の写本が発見された〟と。ヴァチカンじゅうの人間がマスコミにぺらぺらしゃべりだすはずだと見抜いていたルチオは、ウゴ以外の者はなにもしゃべらないように箝口令《かんこうれい》を布《し》いた。

ヨハネ・パウロ二世の側近はディアテッサロンをウゴの管理下に置くというルチオの決定を勝手に認めたようで、図書館長は激怒した。ウゴはディアテッサロンを錠のかかる修復室に移して、修復士らに謎めいた汚れを取り除かせた。

そういうわけで、誰もがその内容を知りたいと思っている第五の福音書は、修復士を除いて誰も目にすることができなかった。図書館のスタッフのなかには、第五の福音書など存在せず、宣伝行為のような気がするとオフレコを条件にレポーターに話す者もいて、ウゴはそれに対抗するために写本の画像を公開した。専門家はただちに書法を鑑定して、本物だと断定したが、ヨーロッパの主要な新聞が一様に写本の写真を載せると、疑問の声はなおも強まった。

注目を浴びて、ウゴは怖気《おじけ》づいた。ディアテッサロンが、展覧会の柱のひとつである聖骸《せいがい》布《ふ》の真偽の鍵を握っているのはわかっていたが、いまや、ディアテッサロン自体が柱になろうとしていたからだ。聖骸布は救済されるのを十六年間待っていたのに、脇役の陰に隠れようとしている。ほかの展示品の内容と同様にディアテッサロンのことも黙っていればよかったと後悔しながら、ウゴはこの主客転倒を正すことに決めた。黙《だん》りを決め込んで騒ぎを鎮めることに。そのときはそれが最善の策だと思ったものの、ヴァチカンの沈黙は宗教的混乱を招くことをすっかり忘れていた。

この夏、ピーターと私はローマの街へ出るたびに市民がディアテッサロンの話をしているのを耳にした。ヴァチカンは詳細を発表しなくてもいいのだろうか？　キリスト教の聖遺物はわれわれみんなのものなのではないのか？　そもそも、なぜ隠す必要があるのだ？　過激なタブロイド紙はこの機に乗じて、ディアテッサロンの内容を探る体裁を取りつつおなじみの作り話を書きたてた。イエスは結婚していた、ゲイだった、女だったと。ディアテッサロンにはイエスの復活のことが書かれていないという、一般大学の教授のコメントも載った。のちにその教授は、ディアテッサロンのことではなくマルコによる福音書のことを述べたのだと、その発言を訂正している。マルコによる福音書の初期の写本には、たしかに復活のことが書かれていない。

騒ぎは日に日に大きくなって、ついに四十名の聖書学者が問題の写本を精査するよう、ヨハネ・パウロ二世に公開書簡を送った。そういうわけで、すでにゲームを牛耳っていたルチオが切り札を出した。多くの要望に応えて、ディアテッサロンを展覧会で初公開すると発表したのだ――ウゴが企画した展覧会で。前売り券の販売数は、ひと晩で四倍に増えた。

ウゴはショックを受けた。私は、あらたに発見された福音書を聖骸布と一緒に展示してもなにも問題はないと、ウゴをなだめた。そのふたつは兄弟のようなもので、どちらもわれわれを一世紀のエルサレムに誘《いざな》ってくれるのだからと。けれども、私はディアテッサロンのことしか頭になかった。ウゴは怒りをあらわにして、ディアテッサロンに目新しいところなどなにもないとわめき、聖骸布が本物だということを証明するだけでなく、古代のキリスト教信者にとっては最大の信仰の拠《よ》り所であったことを世界中の人たちに示すのが展覧会のテーマなのに、なにもわかっていないと私をなじった。

「福音書はイエスが書いたものではない」と、彼は強い口調で続けた。「イエス・キリストが、その生涯についてみずから書き記したものではない。キリストの証しと呼べるのは聖骸布だけです。だから、世界中のすべての教会に福音書のコピーがあるのなら、聖骸布の複製も置くべきです。そして、福音書以上に尊ぶべきです。あなたには失望しましたよ、アレックス神父。神聖さに劣る福音書を――人間の被造物を――主の賜物《たまもの》と一緒に展示するのは主に対する冒瀆《ぼうとく》です」

私はウゴがおののいていることに気づいた。聖骸布を汚《けが》すような事態を招いてしまった自分自身に戦慄を覚えていることに。彼が自分を聖骸布の守護者のように思っていることにも、そのときはじめて気がついた。私自身はそんなふうに思っていなかったが、彼の思いの強さは理解できた。だが、残念ながら、ウゴの顔にはそれまで見たことのない表情が浮かんでいた。彼の目には、ディアテッサロンに執心している私が裏切り者のように映ったのだろう。

ある日、食堂でつかつかと歩いてくると、私のカソックをつかんでうめいた。

「写本のことを耳に入れておいたほうがいいと言って、あなたが私を無理やりおじ上のところへ連れていかなければ、こんなことにはなってなかったんだ」

「あれは正しい判断だった」と、私は言った。

だが、ウゴは私に背を向けながら告げた。「もう一緒に仕事はできないので、福音書のことは誰かほかの人に教えてもらいます」

■　■　■

私は、写本の修復室の隣りにある部屋で肩を寄せ合いながら一冊の聖書を読んでいるふたりを偶然目にした。ウゴがあらたに講師役を頼んだのは、東方カトリック教会のカソックを着て訛《なま》りのあるイタリア語を話す、ポーパという名の老神父だった。面識はなく、ポーパというのはルーマニアの名前で、ローマには五万人のルーマニア人がいることから、勝手に東方カトリック教会の神父だと思ったのだが、そうではなく、彼は正教会の神父だった。福音書の解釈は、東方カトリック教会か正教会かで大きく変わってくる。

「お願いです、神父」ウゴの声がかすかに聞こえた。「埋葬のところへ進みたいんです。聖骸布のことが書いてある箇所へ。最初の部分が大事なのはわかってますが、私が興味を持っているのは聖骸布なんです」

「いいかね」ポーパの声も聞こえた。「すべてつながっているのだ。イエスの誕生は生まれ変わりを――要するに、復活を――示唆している。典礼も教父の伝承も――」

「お言葉ですが、神父」と、ウゴがさえぎった。「典礼も教父の伝承もどうだっていいんです。私が知りたいのは、西暦三三年になにが起きたかです」

ポーパは憎めない不思議な雰囲気を持っていて、笑みを浮かべると、白くてやわらかい顎《あご》ひげが愛嬌《あいきょう》をかもし出す。だが、ポーパもウゴも、なにが自分たちを隔てているのか、よくわかっていないようだった。

「よく覚えておきたまえ」と、ポーパが言った。「聖書が教会をつくったわけではない。教会が聖書をつくったのだ。しかも、典礼書は福音書より古い。だから、最初から話をさせてくれ。墓を理解するためには、先に飼い葉桶のことを理解しておかなければならないのだ」

私は黙っていることができなかった。「イエスは飼い葉桶のなかで生まれたわけではありません。そういう証拠はないんです」

急にポーパの顔から笑みが消えた。

「どの街で生まれたのかも、はっきりとはわかってないんです」と、私はさらに続けた。

「そんなことはない」と、ポーパが反論した。「ベツレヘムだと福音書に書いてある」

「そう書いてある福音書をふたつ挙げてください。私は書いていない福音書をふたつ挙げますから」

ポーパは顔をしかめて黙り込んだ。私が言いたいことだけ言って立ち去るのを待っていたのだ。

だが、ウゴが食いついてきた。「詳しく説明してください、アレックス神父」

私は、持っていた数冊の本をテーブルの上に置いた。「イエスは、ベツレヘムではなくナザレで育ったんです。その点に関しては、どの福音書も一致しています」

「問題は生まれた場所で、育った場所ではない」と、ポーパが言った。

私は手を上げてポーパを制した。「四つの福音書のうちのふたつはイエスの生まれた場所についていっさい触れておらず、あとのふたつには違う話が書いてあります。そのことがなにを示しているか、考えてください」

ウゴは、神学予備校の生徒の大半が福音書の初回の講義で見せるのと同じ驚きの表情を浮かべた。「作り話だと言うのですか？」

「じっくり読んでみてください」

「読みました」

「じゃあ、イエスを飼い葉桶に寝かせたと書いてあるのはどの福音書ですか？」

「ルカだ」

「イエスが三賢人の訪問を受けたと書いてあるのは？」

「マタイだ」

「じゃあ、なぜルカによる福音書には三賢人のことが出てこなくて、マタイによる福音書には飼い葉桶のことが出てこないんでしょう？」

ウゴは肩をすくめた。

「どちらも、イエスはナザレで育ったものの生まれたのはベツレヘムだと言いたいからです。なのに、まったく違う説明をしています。マタイによる福音書には、ヘロデという名の残忍な王がイエスを殺そうとしたが、三人の賢者が居場所を教えなかったので、ベツレヘムとその周辺一帯の男の赤ん坊を皆殺しにしたと書いてあります。それゆえマリアとヨセフはエジプトへ逃げ、ヘロデの死後イスラエルの地に戻ってナザレに住みついたと。しかし、ルカによる福音書には、ヨセフとマリアはナザレで新婚生活をスタートさせたのに、ローマの皇帝が住民登録をせよと、それも、なぜか先祖の出身地で登録せよと全国民に命じたために、ふたりはヨセフの先祖の出身地であるベツレヘムへ行ったと書いてあります。イエスはそこで生まれるのですが、宿屋には彼らの泊まる場所がなかったので飼い葉桶に寝かされたと。まったく違いますよね。それに、ヘロデが男の赤ん坊を皆殺しにしたという証拠も皇帝アウグストゥスが住民登録を命じたという証拠も残っていないので、ほんとうにそういうことがあったのかどうかもわかりません」

ポーパは深い悲しみをたたえた目で私を見つめると、ウゴを完全に無視して私に訊いた。

「あなたはほんとうにそう思っているのか、神父？　福音書に書いてあることが食い違うのは作り話だからと？」

「福音書の内容が食い違うのは事実ですが、それが即、作り話だということにはなりません」私はテーブルの上に置いた本を持ち上げてウゴに声をかけた。「またあとで――」

だが、ウゴが心を決めたのは、彼が口を開く前から三人ともわかっていた。正教会の信者の大半は福音書の伝統的な解釈を踏襲している。あらたな解釈は加えずに、古い解釈を受け入れているのだ。カトリック教会も、福音書の科学的な研究の威力に気づくまではそうだった。

「待ってください、アレックス神父」と、ウゴが私を呼び止めた。「行かないでください」

それ以上言う必要はなかった。彼がどちらを選んだのかは、私にもポーパにもわかった。

私は、ウゴに食堂で非難されたことなど忘れたかのように、ふたたび福音書の講義を引き受けた。最初は大まかな話をした。多くの一般信者と同様に、ウゴも福音書の読み方に関しては基本的な知識しかなく、その知識を活用する自信も持ち合わせていなかった。そういうわけで、一からはじめた。

けれども、ポーパ神父とは違って、私が福音書を読むのは――四つの福音書を読むのは――真実を知るためだ。永遠に変わらぬ真実を。

福音書は、ディアテッサロンが書かれる前から、そして、イエスが超人的な存在であることを否定するアロギ派が誕生する前からあって、マタイ、マルコ、ルカ、ヨハネと、それを書いたとされている者の名前で呼ばれている。マタイとヨハネはイエスのもっとも熱心な弟子だった。マルコは、一番弟子のペトロの話を口述筆記したというのが定説になっている。一方、ルカには、イエスを間近で見た人たちから聞いた話をまとめたと書いてある。したがって、われわれが長年親しんできた四つの福音書がほんとうにこの四人の手によって書かれたのであれば、目撃者の証言にもとづくイエスの生涯が描かれていることになる。

しかし、それほど単純な話ではない。四つの福音書のなかで、マタイとマルコとルカの三つは、個別のものではなく複製品かと思うほど内容がよく似ている。三つともイエスの言葉をほぼ同じ形で書いているだけでなく、イエスがしゃべっていたアラム語からギリシャ語に翻訳する際も同じような言葉を選んでいる。他の登場人物に関する記述に関してはそっくり同じだし、同じ文章の同じ場所で言葉を切って、同じト書きを入れている。

マタイによる福音書九章六節「人の子が地上で罪を赦《ゆる》す権威を持っていることを知らせよう。」そして、中風の人に、「起き上がって床を担《かつ》ぎ、家に帰りなさい」と言われた。

マルコによる福音書二章十〜十一節「人の子が地上で罪を赦す権威を持っていることを知らせよう。」そして、中風の人に言われた。「起き上がり、寝床を担いで家に帰りなさい。」

ルカによる福音書五章二十四節「人の子が地上で罪を赦す権威を持っていることを知らせよう。」そして、中風の人に、「起き上がり、床を担いで家に帰りなさい」と言われた。

これでは、ディアテッサロンを書いたタティアノスが四つの福音書をひとつにまとめたいと思うのも当然だ。しかし、福音書にはもともと同じ文章が多い。それはなぜだろう？　マルコによる福音書の四十パーセントがそっくりそのまま──言葉遣いも語順もそのまま──マタイによる福音書にあらわれるのは──イエスの生涯を間近で見ていたとされているマタイが、その福音書の大部分をほかから写し書きしたことを示唆している。だが、なぜそんなことを？

その疑問に対しては、科学的な研究が驚くべき答えを出している。マタイの名前がついた福音書はマタイが書いたわけではないというのだ。それどころか、四つの福音書のなかに直接イエスを見た人物によって書かれたものはひとつもないと。

学者たちは福音書の古い写本をさがし出して、それにはマタイ、マルコ、ルカ、そしてヨハネの名がついていないことを突き止めた。誰の名前もついていないことを。ただし、時代が進むと、誰かが当て推量で名前をつけて、それが慣例になったのか、のちにそれぞれの福音書の著者とされる人物の名前があらわれる。

が、詳細に比較すると、福音書がどのようにして書かれたのかがわかる。そのうちのひとつは──われわれがマルコによる福音書と呼んでいる大雑把で素朴な福音書は──ときどき怒りを爆発させたり、わけのわからない呪文を唱えたりするために、家族から気が触れたと思われている人物としてイエスを描いている。が、残りのうちのふたつは――マタイによる福音書とルカによる福音書は――そのような不都合なエピソードは省略している。おまけに、マルコに見られる文法や語彙《ごい》の間違いも正している。マタイとルカではマルコの文章を丸ごと書き写しながら、不都合なところはきちんと修正してあるのだ。このことから、マタイとルカは独自に書かれたものではなくマルコの修正版だという結論が導き出せる。

一方、マルコによる福音書は古い断片的な資料をもとに書かれたエピソードをつなぎ合わせたものだ。それゆえ、聖書学者の大半は――加えて、神学校で学んだカトリックの神父の大半も――四つの福音書は、それぞれにつけられた名前の人物の記憶をもとに書かれたものではないと思っている。福音書は、人々のあいだで語りつがれていたイエスにまつわる話を書き記した古い資料を、イエスが死んだ何十年もあとになってまとめたものなのだ。もちろん、古い資料のなかには、弟子たちの実際の記憶にもとづく詳しい証言もあるはずなのだが。

つまり、福音書はイエスの生涯を書き記したものではあるものの、目撃者が書いたものではなく、おまけに、加筆や省略もされているということだ。イエスの生涯の真に歴史的な事実を知ろうとしている者は、そのことを頭においておく必要がある。なぜなら、変更は神学的、あるいは宗教的な解釈にもとづくもので、キリスト教の信者が人間としてのイエスについてなにを知っているかではなく、救世主《メシア》としてのイエスをどうとらえているかが反映されているからだ。

たとえば、イエスの誕生について、マタイとルカの記述は食い違い、どちらも真実ではないと信じるに足る根拠もある。しかし、どちらの著者も——それが誰であれ——イエスは救い主だと信じていたために、旧約聖書が預言しているようにベツレヘムで生まれたにちがいないと考えたのだ。

このように、神学論と史実は分けて考える必要がある。とくに、四つのなかでは最後に書かれて、しかも際立った特徴を持ち、ウゴがディアテッサロンを理解するうえで重要な役割を果たすヨハネによる福音書を読むときは。

「アロギ派はヨハネによる福音書を認めてなかったんですよね」ウゴは、薄くなった髪を引っぱりながら言った。

「ええ、ヨハネによる福音書だけを」

「だから、ディアテッサロンのなかでヨハネと同じ部分を塗りつぶした」

「そのとおりです」

「でも、なぜ?」

私は、四つの福音書のなかでヨハネによる福音書が最後に書かれたものであることを説明した——マルコによる福音書が書かれたのはイエスが磔《はりつけ》になった三十年後だが、ヨハネによる福音書はその倍の六十年後だったことを。ヨハネによる福音書が書かれたことによって、キリスト教という生まれたての宗教に人々が抱きはじめていた疑問が解消し、イエスに対する見方も変わった。病人を癒《いや》し、人に取りついた悪霊を追い払い、わかりやすいたとえ話はするものの、自分のことはほとんど語らない貧しい大工の息子だったイエスをヨハネによる福音書が変えたのだ――悪霊払いやたとえ話などはせず、雄弁にみずからの素性と使命を語る、気高く思慮深い人物に。ほかの三つの福音書は実際の出来事に――それが起きた直後に書きとめられて、のちに修正された古い出来事に――もとづいて書かれているという点では、現代の学者の意見が一致している。だが、四番目に書かれた福音書は違う。

　ヨハネによる福音書は、イエスの人となりを物語る実際の出来事を描くのではなく、象徴を用いて神を描いたのだ。だが、ヨハネによる福音書にも、なにを伝えたいのかを示す見出しはついていて、〝イエスは命のパン〟という見出しのあとに、われわれが口にしているのはまことのパンではなく、イエスこそがまことのパンだという意味のことが書かれている。そして、われわれが見ている光はまことの光ではなく、イエスこそがまことの光だと。ヨハネによる福音書で使われている〝まこと〟という言葉はつねに目に見えない永遠の世界を指している。つまり、ヨハネによる福音書は歴史的な事実ではなく神学的な解釈を述べているということだ。そして、その考えは多くの読者に衝撃を与える。史的事実に重きを置いた三つの福音書を読んでいれば、四番目のヨハネはすらすらと読めるので、事実が象徴に置き換えられていることをついつい見逃してしまう。

　それゆえ、ヨハネによる福音書はいつも除《の》け者にされている。タティアノスより以前にディアテッサロンのような統合福音書をつくろうとしたキリスト教学者はたったひとりしかおらず、その人物もヨハネはそのなかに含めなかった。ただし、はっきりとヨハネによる福音書を拒絶したのはアロギ派だけだ。

「じゃあ、私たちもアロギ派に同調するべきだということですね」と、ウゴは言った。「もし私が歴史に――歴史的な事実に――こだわっているのであれば、ヨハネによる福音書は無視したほうがいいと」

「一概には言えません。それには条件があるので」

「アレックス神父、私は敬虔《けいけん》なカトリック教徒なので、聖書にハサミを入れるようなことをするつもりはありません。でも、ほかの三つはイエスの遺骸《いがい》を包んだ布を単数形で書いているのに、ヨハネによる福音書だけは複数形で書いてるんです。両方とも正しいということはないので、ヨハネによる福音書が間違ってるんですか？」

ウゴは、塗りつぶしたインクの下から修復士たちが浮かび上がらせようとしているディアテッサロンの言葉を見たくさえないような口ぶりだった。私は彼の焦《あせ》りに――そうとうなプレッシャーを感じていることに――気づくべきだった。

「ほかにもあります」と、ウゴが続けた。「ヨハネによる福音書には、イエスは百リトラの没薬《もつやく》と沈香《じんこう》とともに埋葬されたと書いてあるが、ほかの福音書では、急いで埋葬されたので香料は添えられなかったことになってるんです」

「それがどうかしたんですか？」

「放射性炭素を用いた聖骸布《せいがいふ》の年代測定の結果に疑問を投げかけた化学分析では、没薬と沈香の成分が検出されなかったんです。ヨハネによる福音書を否定するなら、それを根拠にできますよね」

私は両手に顔をうずめた。ウゴの言ったことが間違っていたからではない。先を急ぎすぎるからだ。聖書を学ぶ者に必要なのは、謙虚な気持ちと注意深さと忍耐力だ。六十年前、時の教皇は数人の男たちにサン・ピエトロ大聖堂の地下を掘ってペトロの骨をさがすよう命じられた。いま聖書を教え説く私たちも、その男たちのように信頼されて、教会の土台を掘るというもっとも危険な作業をまかされているのだ。細心の注意を払ってことを進めなければ、取り返しのつかないことになる。

「もし私があなたに、聖書を自分たちの目的を遂げるために利用してもいいと思わせたのなら、私が間違っていた」

ウゴは私をなだめるように肩に手を置いた。「わからないのですか、神父？　これはすごいことなんですよ。とてもすごいことなんです。聖骸布に関心を持ったことがある者はみな、四つの福音書に書いてあることはすべて事実だと思ったはずです。私たちはみな、知らないうちにディアテッサロンと同じ過ちを犯してたんです。ヨハネによる福音書は史的事実にもとづいて書かれたわけではないのに、四つの福音書を同等に受け止めてたんですから。埋葬の場面だけでも、ヨハネによる福音書の記述と違う話がいくつもあるのだと思います。イエスを埋葬した人物も、埋葬した日にちも、埋葬の方法も。あなたは聖骸布の位置づけを変えたんですよ、アレックス神父。謎の扉を開ける鍵を見つけたんです」

けれども、直感は私にそうではないと告げていた。私がウゴに渡したのは、鍵ではなく扉を壊す槌《つち》だということを。これまでさまざまな年代の何百人もの生徒に福音書の講義をしてきたが、ウゴのようにまったく真実に畏《おそ》れを抱かない者はいなかった。彼は、われこそが真実を擁護するのだという、勇ましく、かつ一途《いちず》な使命感を抱いていた。もし間違っているのであれば、どんなに多くの人が信じていることであろうと異議を唱えなければならないと思い込んでいた。そもそも、彼が聖骸布の汚名をそそぐことに興味をそそられたのは、事実の誤認にもとづいた不当な扱いに怒りを覚えたからにちがいない。

けれども、私はウゴが心配でならなかった。すべてのことに白黒をつけようとすると、味方をつくるより先に敵をつくってしまうおそれがあるからだ。しかし、ウゴは夢中で、がむしゃらで、しかも、きわめて冷静だった。真実だと信じて育った福音書の話を否定するのはじつに悲しいと、いつだったか、彼が私に打ち明けたことがある。飼い葉桶も三人の賢者も、星のまたたく二千年前の夜の話ではなく、降誕劇のなかの話にすぎないのだと思うと、自分の内にまだほんの少し残っている子供の心を失うような気がすると。それでも彼は誇らしげな笑みを浮かべて、「教皇聖下もそうおっしゃるのなら受け入れます」と言い、「子供じみた話はこれぐらいにしておきましょう」と、さっさと講義をはじめるように私をうながした。聖骸布の名誉を回復できるのであれば、彼は飼い葉桶も三人の賢者のことも忘れるつもりでいた。

キリスト教の根幹には、自己犠牲は尊い行為だという考えがあって、大事なものを手放せば、キリスト教信者としての務めを立派に果たした揺るぎのない証拠となる。その点ではつねにウゴを尊敬していたが、彼の勇敢さの裏にはみずからを鞭《むち》打つ激情が秘められているるような気がしてならなかった。彼がシモンと急速に親しくなったのも、そのせいだったのかもしれない。

13

ピーターはまだ眠っている。家ではいつも先に目を覚まし、どたどたと寝室に入ってきて、だらりと伸ばした私の腕をつかんでガレー船のオールを漕ぐ真似をするのだが。私はそっとベッドを抜け出す。そんなことをするのは久しぶりだが、なんとかピーターを起こさずにすむ。カソックにアイロンをかけながら、わざわざドアを開けに行って外の様子を確かめる。

部屋の前にはフォンターナ捜査官がいる。

一時間後、ピーターと私は朝食をとるために一階に下りる。ピーターが食堂に入っていくと、高齢の司教や枢機卿が皿から目を上げてにっこり笑う。食堂にいるのは、三十歳未満の人間より八十歳以上の人間のほうが多い。しかも、全員がローマカトリック教会の神父だ。東方カトリック教会の神父がなかを覗《のぞ》いて仲間がいることに気づけば、安心して入ってこられるはずだと思って人目につくテーブルに座るが、徒労に終わる。

食事をしている最中に私の携帯が鳴る。シモンがメールを送ってきたのだ。

[話しておきたいことがある。すぐに展示室へ来てくれ]

私は皿の横にナプキンを置き、あとひと口食べたら出かけるとピーターをせかす。

展覧会の準備のために、美術館は全館休館している。外では、運送用のトラックが戦場に駆り出されたゾウのようにのろのろと進み、排気ガスであたりを白く煙らせている。一方、なかでは、絵画や展示ケースや材木を積んだカートや台車が、葬列の車のようにゆっくりと行き交っている。木枠を組んで臨時の壁をつくっているので、フレスコ画が描かれている本来の壁はそのうしろに隠れ、光り輝いていた廊下には、うっすらと白い埃《ほこり》が積もっている。イタリアという国ができる前からそこにあった美術品も、とつぜんどこかへ姿をくらましている。

荷物用のエレベーターのドアが開いて、地下で仕事をしている修復士がふたり姿をあらわす。遠くでは、作業員が木枠に打ちつけた石膏《せっこう》ボードの壁の継ぎ目にテープを貼ったり、電気技師が照明を点検したりしている。急にこれだけの人数の人間をさまざまな部署からかき集めて準備にあたらせているのを見ると、ただならぬ雰囲気を感じる。シモンがメールを送ってきた理由はこれだ。ウゴは多くの部分を未完成のまま残していたのだ。

美術館の奥へと進むと、しだいに好奇心をかき立てられる。壁には、一九八八年に放射性炭素測定の結果を発表した科学者たちの大きな写真が掛けてあって、うしろに写っている黒板には、彼らが推定した聖骸布《せいがいふ》の年代が感嘆符付きで記されている。〝1260‐1390！〟と。ウゴがなぜそんなものを展示しようとしていたのか理解に苦しむが、宝石箱のように黒いサテンを敷いたガラスケースを見て、はたと気づく。ケースのなかには金箔《きんぱく》を張った台が並び、その上に古い書物が置いてある。ひとつだけ高い台があって、その上には、説明板に〝ハンガリーのミサ典書〟と書かれた本がのっている。開いたページには、イエスの遺体が布に包まれる場面が黒いインクで描かれている。

その布はトリノの聖骸布に驚くほどよく似ている。布の形も大きさも、包み方も、イエスが陰部を隠すように両手を交差させているのも同じだ。ウゴが私に教えてくれた、親指が隠れているという細かい点も。手の近くの神経に釘が打ち込まれると親指が内側に曲がるというのは、法医学者の最近の研究で明らかになっている。西洋にそこまで詳しく描いた絵はないが、聖骸布とこの小さな挿絵《さしえ》はそれを正確にとらえている。さらに驚くのは、挿絵の聖骸布には、イエスの肘《ひじ》のあたりに焦《こ》げ跡のようなL字型の穴が四つあいていることだ。この挿絵を描いた画家は実際にトリノの聖骸布を見たのだろう。しかし、説明板には、小さな字でこう書いてある。

1192 AD.

一一九二年なら、放射性炭素測定で推定された古いほうの年代より六十八年早い。

そのケースのなかの説明板をひとつひとつ見ていると、とつぜんひらめく。ウゴは訴えかけているのだ。ガラスケースのなかの書物は、展示室の反対側の壁に掛けてある科学者たちの大きな写真と向き合うように並んでいる。〝われわれはヴァチカン図書館とあんたたちの研究室を戦わせる。科学は歴史が浅く、古い記録もないが、教会は、その長い歴史がすべて書きとめられているのだ。ここに展示してある書物は、測定結果が間違っていることを証明している。このケースのなかにある書物はどれも聖骸布とおぼしき聖遺物のことに触れているが、すべて推定された年代より前に書かれたものだ〟。ウゴはそう言いたかったのだろう。

私は、それらの書物を記した人物の、これまで目にしたことのない変わった名前を見つめる。オルデリクス・ヴィタリス。ティルベリのゲルウァシウス。ここにある書物は過去から届いた光だ。十字軍の時代にラテン語で書かれた原本だ。教皇の使者が正教会の都コンスタンティノープルで総主教への面会を拒まれたことに腹を立てて破門状を突きつけたのがきっかけで起きたカトリックと正教会の分裂は、一般に一〇五四年だとされている。だが、すでに東西の教会の交流は薄れ、教義の解釈や礼拝の方式に大きな隔たりが生じていた。

その数十年後に行なわれた十字軍の遠征でカトリック教会はふたたび東へ目を向けることになるのだが、一一〇〇年代に書かれたこの書物ではそのことにも触れられている。私のラテン語はもう錆《さ》びついているものの、そこに記されているのが聖地からもたらされた知らせだということはわかる。何度も届いたその知らせは、キリスト教徒である作者の意欲をかき立てたのだろう——エデッサという名の街にイエスの聖像が描かれた古い布が保管されているという知らせは。

私はウゴがどこまで証拠を集めているのか知らなかった。おそらく、ディアテッサロンはこの奥の最後の展示室に置くことになるのだろう。

ピーターがとつぜん私の手を離す。「シモンおじさん!」

目を上げると、引き締まった体にまとったカソックをひるがえして猛禽類《もうきん》のようにすばやく近づいてくる兄の姿が見える。

「どうしたんだ?」と、私が訊く。

青い目を潤《うる》ませたシモンは片手でピーターを抱き上げ、もう片方の手を私の背中にまわすと、私たちを美術館の裏口の外へ連れていく。そして、低い声でささやく。「ゆうべ、ルチオのアパートに人が訪ねてきたんだ。控訴院《こうそいん》から、ウゴに関する知らせを携えて」

私はシモンのつぎの言葉を待つ。控訴院は、カトリック教会で最高裁につぐ裁判所だ。

「陪審員の選出をはじめたらしい」シモンはそう言い、ピーターにわからないようギリシャ語に切り替える。「ウゴの殺害犯を裁くために」

「誰を逮捕したんだ?」

シモンは苛立たしげに私を見る。「誰も。教会法で裁こうとしてるんだ」

教会法とは、カトリック教会が定めた法律のことだが、ヴァチカンの控訴院が主に取り扱うのは婚姻無効確認請求で、殺人事件を裁くことはない。

「そんなばかな」と、私が言う。「誰が決めたんだ?」

ヴァチカンには教会法とはべつに世俗法が存在するので、犯罪者に有罪を宣告してイタリアの刑務所へ送ることもできる。ウゴの殺害事件は、教会法ではなく世俗法で裁くべきだ。

「わからない」と、シモンが耳打ちする。「だが、ルチオのところへは今夜また知人があらたな知らせを持ってくることになっている。おまえもその場にいたほうがいい」

私は自分のひげを引っぱる。ヴァチカンの刑事裁判所の判事は一般人で、教会裁判所の判事は聖職者だ。どこからか、マイクル・ブラックの警告が聞こえる気がする。この件には聖職者が絡んでいて、望みのものを手に入れるまであきらめないはずだという警告が。

「わかった」と、シモンに返事をする。「行くよ」

ところが、シモンの視線はべつのところに向けられている。美術館の裏口が開いていて、ディエーゴとマルテッリ捜査官が立っている。

私は手を上げて叫ぶ。「大丈夫だ。兄と話をしているだけなので」

ところがディエーゴは、「シモン神父、学芸員が呼んでます」と言う。

シモンはピーターを地面に下ろし、膝《ひざ》をついて抱きしめると、「気をつけるんだぞ。あとでまた」と、私にささやく。


聖マルタの家には宿泊者のための小さな図書室がある。ピーターと一緒に聖マルタの家に戻ると、私はすべてのローマカトリック教徒が守らなければならない法を記した教会法《コデックス・ユーリス・カノーニチ》典を借りて、まっすぐ自分たちの部屋へ行く。

教会法とそれに対する解説を記したその本は、聖書が軽い読み物に思えるほど分厚い。そこには、この二千年のあいだ日々持ち上がる問題を解決してきたカトリック教会の知恵も詰め込まれている。〝葬儀を執《と》り行なってくれた司祭にはいくら払えばいいのか？〟　〝プロテスタントと結婚してもいいのか？〟〝教皇は引退できるのか？〟というような疑問に対する答えも。教会法は、カトリックの学校で教鞭を執ったり教会の財産を売却したり破門を解消したりすることのできる人物の資格も定めている。

ウゴの件に関係のある法律は一三九七条に書いてある。〝故意であれ過失であれ、人を殺害、誘拐、監禁、切断したり人に重度な傷害を負わせた者は罰せられる〟。だが、罰を書きつらねたリストのなかに刑務所という文字はない。それが、ウゴの事件を教会法で裁く最大の問題点だ。犯人は一日たりとも刑務所に入ることはない。なぜなら、教会法にそういう懲《ちょう》罰《ばつ》は規定されていないからだ。ただし、犯人が聖職者の場合はそれより厳しい罰がある――聖職権剝《はく》奪《だつ》という罰が。

聖職権を剝奪されることの重みを一般人が理解するのはむずかしいはずだ。どこそこの司祭が聖職権を剝奪されたというのは、母親なのに子供がいないとか人間なのに人間ではないと言うのと同様に矛盾している。聖職権は神が叙階式で与えたものなので、何人も奪い取ることはできないのだ。

したがって、聖職権を剝奪されても理論的には秘跡をほどこすことができるものの、それは許されず、ミサを行なっても信者は参列しないだろう。おそらく説教もできないし、死の床以外では告白を聞くことも許されない。神学校で教鞭を執るのも、カトリック系であろうとなかろうと、普通の学校で神学を教えることもできない。聖職権剝奪という罰はそれだけの力があるのだ。聖職者を幽霊のような存在にしてしまう力が。そして、世間の人たちにもその存在を否定させる力が。

　世俗の法廷が一般市民にそれだけの罪を負わせる力はない。聖職権を剝奪された司祭のなかにはみずから命を絶つ者も多い。そう考えると、ウゴの裁判の意味が見えてくるような気がする。事件を教会裁判所で裁くのは聖職者が結果に関与できるようにするだけでなく、聖職者に対する脅しでもあるのだ。

「インデックス・カードがスーツケースのなかにあるから、取ってきてくれないか？」と、ピーターに頼む。

「どうして？」

「ちょっと確かめたいことがあるんだ」

　ピーターはうめくような声を出す。幼いピーターに法律用語の意味は理解できないが、父親が〝確かめたいことがある〟と言えば、これからなにがはじまるのかわかっている。調べものだ。

　しかし、なかなかはかどらない。私に法律の知識がないからだ。神学校では全員が教会法の入門的な講義を受けるものの、本格的に学ぶのは、四年目に神学理論と教会法のどちらかを選択してからだ。私は神学理論を選択したが、これまでそのせいで不便を感じたことはなかった。

「番号を読み上げるから、メモしてくれ」と、ピーターに言う。「1－4－2－0」

　教会法一四二〇条　教区司教は陪審員をひとり指名しなければならない……副司教以外の

人物に限られる。

教会裁判の手順は私も知っている。原則としては司教が罪状を精査して、犯罪が成立していると認めた場合は陪審員を招集することになっている。だが、現実は違う。司教は忙しいので、秘書にさせるのだ。ローマ司教区のみならず世界中のカトリック教会を管轄しているヨハネ・パウロ二世の場合も例外ではない。だとすると、今回はヨハネ・パウロ二世の側近の誰が代役を務めるのだろう？　答えは教会法に書いてある。法律絡みの問題を担当している特別秘書の、〝法律顧問〟と呼ばれている司祭だ。肩書きがわかれば、ヴァチカン年鑑を調べれば名前がわかる。

「つぎは、1－4－2－5と書いて、そのあと、くねくねっとした線を書いて、最後に3だ」

ピーターが顔をしかめる。「3はどう書くんだったっけ？」

私はピーターの髪をくしゃくしゃにする。「3はBに似てるけど、縦棒がない」

教会法一四二五条の三項には、判事も法律顧問が指名すると書いてある。つまり、裁判の行方は、誰だか知らないその法律顧問ひとりの手にゆだねられているということだ。誰が判事に指名されるのか、好奇心をそそられる。だが、私が聖マルタの家に戻ってきたのはもっと大事な目的があったからだ。ウゴを殺したかどで裁判を受けることになるのは誰なのか、ひそかに探りを入れて突き止めるという目的が。

教会裁判は非公開で行なわれる。一般信者は、教会裁判所がどのような評決を下したかはもちろん、犯罪が起きたことすら知らずに終わる場合もあるはずだ。もちろん、法律顧問の名前がわかればおおいに助かるのだが、その男のオフィスに電話をかけて尋ねるわけにはいかない。幸い、カトリック教会ではどんなことでもかならず書類を作成する。しかも、教会法はどの書類を見ればいいか教えてくれる。

「1-7-2-1」と、ピーターに告げる。「そのうしろに星印をつけて、その下に1-5-0-7と書いてくれ」

私は、それぞれの番号の数字をひとつひとつ繰り返す。数百ページ離れた条文を参照するように指定してある場合も多いので、聖書のように、ページを前に繰ったりうしろに繰ったりするはめになるかもしれない。教会法一七二一条には、司教が裁判を開くに足る充分な証拠があると認めた場合は、教会裁判所の訴追人がリベルスと呼ばれている起訴状を書くことになっているのだが、そこには被告人の名前と住所が記されている。参照指示に従って一五〇七条を見ると、リベルスは裁判の関係者全員に送達しなければならないと書いてある。

つまり、リベルスによって、司教やその側近以外の者も裁判のことを知るわけだ。もしルチオを訪ねてくる人物が裁判のことを知っていたら、すでにリベルスが送達されているのかもしれない。もしそうなら、誰がそれを受け取ったかわかる。それに、ヴァチカン市国内に問題のある人物がいる場合は教皇の警備の強化が必要になるので、衛兵隊に通知されることになっている。

「ピーター、カードをゴムバンドで束ねてくれ。もう終わりだ」

私はすでに電話をかけている。

「アレックスか？」と、レオが訊く。

「大丈夫か？」

「誰なのか、名前は挙がってないのか？」

私は状況を説明する。

「ああ、まったく」

「でも、誰かを見張れという指示はあっただろ？」

「いいや」

私は驚きを隠しきれない。もしリベルスが送達されているのなら、被告人は自分が起訴されたことを知っているはずだ。誰もその男を監視していないとはどういうことだ？

「あちこち電話をかけてみるよ」レオはそう言って私をなだめる。「教皇宮殿の警備についている連中にも確認する。もしかすると、連中には指示があったかもしれない」

しかし、レオを差し置いて衛兵に指示が出されるとは思えない。ふたたび教会法を調べようとしていると、廊下で物音がして、ドアの下からなにかが差し入れられる。

「ちょっと待ってくれ」

封筒だ。表に私の名前が書いてある。見覚えのある字だ。

封を開けると、写真が一枚入っている。写真には、ホテルから出ようとしている東方カトリック教会の司祭が写っている。

息が止まる。

「どうした？」と、レオが訊く。

写真に写っているのは私だ。

撮ったのは昨日で、おそらく中庭から撮ったのだろう。

写真の裏には、表書きと同じ字でメッセージが書いてある。

〝ノガーラがなにを隠していたのか教えろ〟

そして、その下には電話番号が。

私は手を伸ばしてドアを開ける。

「マルテッリ捜査官！」

遠くで音がする。エレベーターの扉が開く音だ。エレベーターホールに目をやると、黒い法衣の裾《すそ》がエレベーターのなかに入っていくのが見える。聖職者だ。

あわてて振り向く。「マルテッリ！」

だが、廊下の反対側には誰もいない。マルテッリの姿はない。

エレベーターホールにいた東方の教会の司祭数人が、怪訝《けげん》そうに私を見る。

ピーターがうしろに立って私のカソックを引っぱっている。私はなにも言わずにピーターを抱き上げて、いちばん近くにある階段をめざして走る。

「どうしたの？」と、ピーターが叫ぶ。

「なんでもない。心配するな」

階段のドアの取っ手を引くが、ドアは開かない。錠がかかっているのだ。

部屋に戻って錠を下ろす。シモンの携帯に電話をかけるが、美術館は電波が届きにくいようだ。しかたなく、警察の本部にかける。

「もしもし《プロント》。市国警察《ジェンダルメリーア》です」

「アンドレオ神父です」私は早口でしゃべりだす。「護衛をつけてもらってたんですが、いなくなってしまったんです。なんとかしてください」

「承知しました、神父。対処します。しばらくお待ちを」

だが、警官は電話口に戻ってきてこう言う。「申しわけありません。あなたに護衛はつけていないようですが」

「なにかの間違いだ。私は――マルテッリ捜査官がどこへ行ったか知りたいんです」

「マルテッリならここにいるので、代わります」

愕然《がくぜん》とする。受話器から耳慣れた声が聞こえてくる。「マルテッリですが」

「アンドレオ神父だ」声がうわずる。「いまどこにいる？」

「オフィスです」と、マルテッリは素っ気なく答える。「もう警護は必要ないと言われたので」

「そんなはずはない。身に危険が迫ってるんだ。助けてくれ。聖マルタの家に戻ってくれ」

「すみませんが、ほかの宿泊者と同様に、そちらの警護に頼んでください」

そして、ぷつんと電話が切れる。

あわてて荷物をまとめている私を、ピーターが怯《おび》えたような目で見る。

「どこへ行くの？」

いる。


「ルチオ大おじさんのところだ」

　ルチオにはすでに電話をかけたので、ディエーゴがこっちに向かっている。ディエーゴは、私たちを行政長官宮殿の最上階にあるルチオのアパートへ連れていってくれることになっている。

「なにがあったの？」ピーターが私の腕にしがみつく。

「それはバッボにもわからないんだ。とにかく、荷物をまとめるのを手伝ってくれ」

　ひどく長く感じられる十分が過ぎると、ドアにノックの音がする。覗き穴から廊下の様子を探ると、ディエーゴが見慣れない衛兵と一緒に立っている。私はそれを見てドアの錠をはずす。

「こちらはフラー大尉です」と、ディエーゴが衛兵を紹介する。

「なにがあったんですか、神父？」と、フラーが訊く。

「何者かがドアの下からメッセージを差し入れたんです」

　フラーはかぶりを振る。「そんなばかな。この階へは上がってこられないようになってるんですよ」

　メッセージを見せるが、フラーは目をやろうともしない。

「階段も見張ってますし、エレベーターのオペレーターも、ルームキーを持っていなければこの階で人を下ろしません」

　昨日、自分たちも気をつけていると修道女が言ったのは、そういうことだったのだ。

「でも、カソックを着た聖職者がエレベーターに乗り込むのを見たんです」と私が言う。

「それには、なにか理由があるはずです」と、フラーが言う、「下で尋ねてみましょう」

荷物を運ぶのを手伝おうとして、ディエーゴが両手を差し出すと、勘違いしたピーターはディエーゴに抱きつく。ディエーゴは警察の護衛がいないことを不審に思って、ピーターの肩越しにいぶかしげな視線を向ける。一階に降りていくと、東方カトリック教会の司祭がまたもや私たちをじろじろ見る。


受付にいる修道女は黒い修道服を着ている。

「封筒は私が持っていきました」と、修道女が言う。「それがなにか？」

「どうやってここに届いたんですか？」と、私が訊く。

「配達された郵便物のなかに混じってたんです」

だが、封筒に消印はなかった。誰かが郵便受けに投げ込んだのだ。最初は直接届けようとしたのだろうか？

ロビーはやけに静かだ。食堂は早々と閉まっているし、奥の礼拝室も使えないという張り紙がしてある。宿泊客をさっさと追い出そうとしているのだ。

「なにかあったんですか？」

「補修工事をするんです」と、修道女は言う。

ピーターと私が泊まっていた最上階は予備のエレベーターでしか行けないと書いた張り紙

もあることに気づく。

「私たちがここの最上階に泊まっていることを誰かに教えましたか?」

修道女の顔に不安の色が浮かぶ。「いいえ、もちろん。教えてはいけないと、きつく言われておりますから。どこか、べつのところから洩れたのではないでしょうか」

私はカソックのなかに手を入れて、部屋の鍵を取り出す。鍵には聖マルタの家のイニシャルを浮き彫りにした楕円形のキーホルダーがついていて、部屋番号も刻んである。自分のせいかもしれないと思う。人前で、うっかりこれを取り出したのかもしれない。これを見れば、ピーターと私がどこに泊まっているか、すぐにわかる。

「チェックアウトなさるんですか?」鍵を受け取ろうと、修道女が手を伸ばす。

「いいえ」私はそう答えて鍵をカソックのなかに戻す。戻ってくることはないと思うが、それを敵に知らせる必要はない。

ディエーゴは荷物を持って入口を指し示す。「車を待たせていますので」

わざわざ車に乗らなくても、行政長官宮殿は歩いて五分の距離だ。けれども、車をこれほどありがたいと思ったことはなかった。

ルチオのアパートには修道女しかいない。

「猊下《げいか》はまだシモン神父と一緒に展覧会の準備をなさってます」とディエーゴは言い、美術館の地下から地獄のあらたな層が見つかりでもしたかのように、大きくかぶりを振る。「いったいなにがあったんですか？」

私は封筒に入っていた写真を見せる。ディエーゴは裏のメッセージを読んで顔をしかめる。

「警護の警官は？」

「もう警護の必要はないと言われたようです」

ディエーゴがうめき声をあげる。「調べてみます」

自分の机の上の電話に手を伸ばそうとするディエーゴに、写真の裏のメッセージを指さして「なにか知りませんか？」と訊く。「ノガーラはなにを発見したんですか？」

「ディアテッサロンのことでは？」

「違います。それ以上のことだと思うんです」

ディエーゴが写真を裏返す。「そのために、こんなことを？」

「マイクル・ブラックも同じような脅しを受けたと言ってました」

ディエーゴはマイクルを知らないのか、眉を寄せる。司教より位の低い者はルチオの仕事に関与していないのだ。「それは初耳ですが、とにかく、警察本部長に連絡します」

私は手を振ってディエーゴを止める。「まずはシモンかおじと話をさせてください」

「いいんですか？」

もはや警察は信用できない。

ディエーゴは私の目を見つめる。「ここにいれば大丈夫です。それは保証します」

「ありがとうございます」

「ディエーゴ、フルーツポンチが食べたいんだけど」と、ピーターが言う。

ディエーゴが笑みを浮かべる。「じゃあ、みんなで食べましょう」そう言って、私にウインクする。ディエーゴはフルーツポンチをつくる名人なのだ。

が、一瞬考えてから、小声でささやく。「今晩、お客様がいらっしゃることになってるんです」

「知ってます」

「同席なさいますか？」

「ええ」

ディエーゴはふたたび眉を寄せるが、そのままキッチンへ歩いていく。

私はピーターがようやく落ち着いたのを見て、バッボは鞄《かばん》から荷物を出して整理しないといけないと言う。ディエーゴは気を利かせて、私がひとりになれるようにピーターの相手を引き受けてくれる。

封筒からまた例の写真を取り出して、裏に書いてある電話番号に目をやる。ヴァチカン内の固定電話の番号だ。ヴァチカンの市外局番はローマ市内と同じだが、頭に６９８がついている。ローマ市内に行けば、わずか数ユーロでプリペイド式の携帯電話が買えるのに、わざわざ固定電話の番号を書いていること自体もメッセージなのだろう。

交換台に電話をかけて、どこの番号か調べてくれと頼む。

「規則でそれはできないことになっております」交換台の修道女はていねいな口調で答える。

私は礼を言って電話を切る。交換台では十人以上の修道女が働いているので、続けて同じ人物が出る確率は低い。だから、もう一度かけて、保守部門の電気技術者だと嘘をつき、修理を頼まれたのだが、名前も住所もわからないので調べてほしいと言う。

「これは登録されていない番号です」と、交換台の修道女が教えてくれる。「ニコラウス三世宮殿の三階の番号だということまでしかわかりません」

「ありがとうございました、シスター」

目を閉じる。教皇宮殿は、何世紀も前の歴代の教皇が増築を重ねてどんどん大きくなったが、七百年以上前に建てられたニコラウス三世宮殿はその中核をなしている。そして、そこにはヴァチカンでもっとも力のある組織がオフィスを置いている。教皇庁の国務省が。

胃が痛む。国務省は顔のない組織だ。省員の出入りが激しく、たえず採用したり外国に派遣したり、入れ替えたりしている。誰の電話の番号か突き止める方法がひとつある。

一応、電話をかけてみるが、呼び出し音が鳴りつづけ、ついに留守番電話に切り替わる。だが、なにも聞こえてこない。向こうの応答メッセージは録音されておらず、しばらくするとピーッという音が鳴る。

なんと言うか考えていなかったが、勝手に言葉が出てくる。

「なにを探り出そうとしているのか知らないが、私はなにも持っていない。なにも知らない。ノガーラから秘密めいたことはなにも聞いていない。頼む。私にも息子にもつきまとわないでくれ」

一瞬ためらったあとで電話を切る。わずかに開いたドアの隙間《すきま》から隣りの部屋に目をやると、ピーターがディエーゴのコンピュータでゲームをしているのが見える。釣りのゲームだ。ピーターは竿を投げて待っている。魚がかかるのを、じっと待っている。


しだいに陽がかたむいてくる。ルチオのアパートからはこの国で起きていることがすべて目に入る。どの門から人が入ってきても見えるので、不意打ちをくらうことはない。そう思うと恐怖が消えて、警戒心がやわらぐ。ディエーゴはスコーパのカードを見つけてきて、ピーターにルールを教えている。絵札合わせのゲームで、ピーターが生まれたあとに私もモナと病院でスコーパをした。

六時を過ぎると、ルチオとシモンが美術館から帰ってくる。ルチオはただちに理由を訊く。ピーターと私に護衛がついていない理由を。ピーターがいるので、私は簡単に説明して話題を変える。修道女たちが夕食をつくってテーブルに運んでくると、ミステリツアーに参加するような思いを抱いてテーブルにつく。ルチオが上座に座って祈りを唱えはじめると、私も含めて四人の聖職者とひとりの少年がそれに唱和する。これまでも感じていたことだが、私にとってはこれが家族なのだと強く思う。

食事が終わると、ほっとする。ピーターはディエーゴと一緒にテレビのニュースを見ている。私は、ヴァチカン年鑑をさがしてきてページをめくる。千三百ページほどめくると、ヴァチカン市国政庁という項目が目に飛び込んでくる。この小さな国を運営している組織だ。きっと教会裁判所長の名前も載っているはずだ。

ところが、裁判所長の欄は空白になっている。つまり、教皇総代理のガルッポ枢機卿がすべてを決めているということだ。彼の経歴の最初の行を目にしたとたん、頭のなかに警鐘が鳴り響く。

〝トリノ大司教区で生まれる〟

ウゴの裁判を取り仕切ろうとしている人物は聖骸布《せいがいふ》の街の出身なのだ。これは偶然だろうか？　シモンの上司にあたる国務省長官もトリノの出身だ。ウゴの死とまったく関係がないとは言い切れない。聖マルタの家に届けられた例の写真の裏に書いてあったのは国務省の電話番号で、マイクルは国務省の人間に暴行を受けたようなことを言っていた。

この街の住人は同郷の結束が固く、枢機卿がその要《かなめ》となっている。ヨハネ・パウロ二世もトリノ大司教のポレット枢機卿に内緒で聖骸布をヴァチカンに移すはずはないし、ポレット枢機卿が教皇の意向を真っ先に伝えたのは同郷の枢機卿だったはずだ。

ウゴはそんなくだらない理由で殺されたのだろうか？　聖遺物を自分たちの故郷からヴァチカンに移さなければならないことにひと握りの高位聖職者が気分を害したというだけの理由で？　やがて陽が沈むと、窓の下の木に何羽もの鳥がねぐらを求めてやって来て、にぎやかにさえずりだす。七時半きっかりに電話が鳴り、「上がってきてもらってくれ」と言うディエーゴの声が聞こえる。

険しい表情で寝室から出てきたルチオが四点杖をついて隣りの部屋へ向かうと、修道女が冷たい水を入れたピッチャーを持って一緒になかに入る。

玄関で鋭いノックの音がすると、ディエーゴがドアを開けに行く。シモンは目を閉じて深呼吸をする。

見たことのない、ローマカトリックの年老いた神父がアパートに入ってくる。

「さあ、こちらへどうぞ」と、ディエーゴが言う。

老神父は名を呼んでシモンに声をかけてから、私を見る。「アレクサンデル・アンドレオ神父だな？　シモン神父から弟も同席すると聞いていたのだ」

老神父は私と握手をすると、ルチオが廊下に出てきているのに気づいて、よたよたと歩いていく。国務省の人間なのだろうかと思いながらちらっとシモンを見るが、シモンは表情を変えない。

ルチオは書斎の長いテーブルの奥に座る。テーブルの天板には赤いフェルトが敷いてあって、テーブルの脚は赤い絹の垂れ布で覆《おお》われている。質素な家具の見栄えをよくする、ヴァチカン式リフォーム術だ。老神父はルチオにうながされてなかに入り、テーブルにブリーフケースを置く。シモンと私もあとに続く。

「ご苦労だったな、ディエーゴ」と、ルチオが言う。「電話は取り次がないでくれ」

なにも言わなくても、ディエーゴがピーターを連れていってくれる。部屋は私たち四人だけになる。

「モンシニョール・ミニャットだ」と、ルチオが老神父を紹介する。「神学校以来の友人で、いまは控訴院で仕事をしている。昨夜、重大な知らせを受けたので、今後のことについて助言してほしいと頼んだのだ」

ミニャットは軽く会釈をする。ルチオのまわりには、引き立ててもらおうと思ってわれわれに力を貸そうとする年老いた司祭が大勢いる。私は早くもミニャットの動機を疑いたくなる。モンシニョールというのは、一応、司祭より上の位階で、一般の教区では尊敬の対象になるものの、ここヴァチカンでミニャットのような老神父がモンシニョールと呼ばれているのは、司教になれなかったことに対する残念賞のようなものだ。シモンは来年モンシニョールに昇格することが決まっている。国務省に入れば、たいてい五年でモンシニョールになれるのだ。

ミニャットはいかにも法の専門家らしく、もったいをつけて三枚の書類を一枚ずつテーブルに置くと、音をたててブリーフケースの蓋《ふた》を閉める。位は枢機卿よりはるかに低いのに、ミニャットのカソックは高価なオーダーメイドのようで、私が利用している聖職者用品のカタログに載っているカソックとはまるで違う。それに、彼のような高齢のモンシニョールは、司祭と区別するために黒ではなく紫のボタンとベルトを身につけることが許されている。東方カトリック教会でそのようなことをするとキザだと思われるし、そもそも、ボタンの色もモンシニョールという位階自体も正式なものではないのだが、それでも、ローマカトリックの聖職者のなかに東方カトリック教会の自分がひとり混ざっているのは、なんとなく居心地が悪い。

「アンドレオ神父」ミニャットが私のほうを向く。「まずはきみの状況から話をしよう」

私はミニャットを見つめる。「なんの状況ですか？」

「ディエーゴから聞いたのだが、警察は今日、きみの警護を中止したそうではないか。その理由を知りたいかね？」

もちろん、知りたい。

ミニャットは、私の前に一枚の紙をすべらせる。市国警察の報告書のようだ。

「警察はきみのアパートを二度調べたが、何者かが押し入った形跡は見つかっていない」と、ミニャットが言う。

「そんなはずはありません」

「警察は、家政婦が嘘をついたと考えている。つまり、不法侵入はなかったと」

「なんですって？」

ミニャットは私から視線をそらさずに先を続ける。「アパートが荒らされていたのは、家政婦の自作自演だと思っているようだ」

ちらっとシモンを見るが、驚きを顔にあらわさないすべを身につけている彼は、外交官らしい柔和な表情を浮かべている。ルチオは指を立てて、私が反論しようとするのを止める。

「これは、ノガーラの殺害事件の裁判で重要なポイントになる」と、ミニャットが言う。

「なぜなら、きみのアパートでなにが起きたかによって起訴する件数が変わってくるからだ。

もしほんとうに不法侵入があったのなら、きみたち兄弟はふたりとも被害者ということになり、われわれはふたつの事件を取り扱わねばならなくなる。不法侵入がなかったのなら、ガンドルフォ城で起きた事件だけでいいのだが」

「警察はなぜシスター・ヘレナが嘘をついたと思ってるんですか？」私はできるだけ落ち着いた声で訊く。

「きみの兄が彼女に頼んだからだ」

私は驚愕を呑み込む。「いま、なんとおっしゃいました？」

「ガンドルフォ城で起きたことから注意をそらすために家政婦が不法侵入を演出したというのが、警察の下した結論だ」

私はもう一度シモンを見る。シモンは自分の両手を見つめている。私は、話が思ってもいなかった方向に進もうとしていることに、はじめて気づく。

「警察はガンドルフォ城でなにがあったと思ってるんだ？」と、シモンに訊く。

シモンは拳《こぶし》で唇を拭《ぬぐ》う。「美術館で話すつもりだったんだが、ピーターがいたので」

「なにを話すつもりだったんだ？」

シモンが背筋を伸ばす。背が高いので、座っていても凜々《りり》しい感じがする。目にたたえた悲しみが、その凜々しさをいっそう際立たせている。

「裁判にかけられるのはおれなんだ」と、シモンが打ち明ける。「警察は、おれがウゴを殺したと思ってるんだ」

14

悪寒がする。もうだめだ。体のなかに穴があいて、なにもかもがそこに落ちていくような気がする。自分自身が落ちていくのも止められない。

みんなは私を見つめている。私がなにか言うのを待っている。だが、私はシモンが先を続けるのを待っている。両の手のひらをテーブルに押しつけて、無意識のうちに腕に力を入れる。そうしなければ、座っていることさえできない。

シモンはなにも言わず、代わりにミニャットが、「ショックだったのはわかる」と言う。すべての動きが遅くなる。視界がゆがみ、なにもかもが遠ざかる。ミニャットは、この場面にはそぐわない、どこかべつの世界の人間のような、形だけの無言のあわれみを浮かべた目で私を見る。私は、罠から必死に逃げようとするネズミのようにもがいている。三人とも知っていたのだ。三人とも受け入れていたのだ。

私は「ばかばかしい」とつぶやく。「なんとかしてくださいよ、おじさん」

ようやく、頭のなかの靄《もや》を切り裂いてはっきりとした考えが浮かぶ。マイクルを襲った人物がウゴを殺し、私を脅したのだ。そして、つぎはシモンに手を伸ばそうとしている。

「ガルッポ枢機卿のしわざだ」と、思わず口走る。

ミニャットが私をにらみつける
「ガルッポ枢機卿です」と、繰り返す。「トリノ出身の」

「黙ってモンシニョール・ミニャットの話を聞け」と、ルチオが私を諭《さと》す。

ミニャットはブリーフケースから書類をもう一枚取り出して、「アンドレオ神父」と、シモンに声をかける。「これが起訴状《リベルス》だ。裁判所の執行官がきみの居場所を突き止めたのは昨夜で、すでにアンカラへ送ったあとだった。これを読む前に、裁判におけるきみの権利を説明しておきたい」

「説明していただかなくてもわかってます」と、シモンが言う。

要するに、これは作戦会議だ。もはや裁判は避けられないということだ。

「きみのような立場に置かれた者には説明しないといけないことになっているのだ」ミニャットはおだやかな口調でそう言うと、シャツの袖口《そでぐち》にちらっと目をやってから先を続ける。「審理の進め方はイタリアの裁判所と違う。教会裁判所の審理は古い尋問方式で行なわれるのだ」

私はようやくミニャットがここにいる理由に気づく。悪い知らせを持ってきたのではなく、彼は弁護人として訪ねてきたのだ。裁判所の執行官は、昨夜ルチオのアパートに来てシモンが起訴されたことを伝えたのだろう。それで、ルチオが弁護人としてミニャットを雇ったのだ。

私はルチオを見つめる。まるで、ひとりだけ別世界にいるかのように落ち着いているルチオを見ていると、安心感が芽生えてくる。シモンにどのような運命が待ち受けていようと立ち向かうことができるような安心感が。

「われわれの裁判では、訴追側と弁護側が事実認定をめぐって争うことはない。証人を呼ぶのも尋問するのも、専門家に証言を求めるのも判事の仕事だ。訴追側も弁護側も意見を述べることはできるが、判事にはそれを却下する権限が与えられている。つまり、われわれが法廷で質問をすることはできないということだ。裁判所に審理の方向性を示すこともできない。われわれにできるのは、判事が真実を追究するのを手助けすることだけだ。したがって、きみの権利は極端に制限されることになる」

「わかってます」と、シモンが言う。

「もし教会裁判所で有罪判決が下されたら、きみはイタリア当局に身柄を移されて殺人事件の容疑者としてあらたに裁判を受けることになるはずだ」

シモンの表情に変化はない。これが、両親も理解することができなかった彼の強さだ。ルチオよりシモンのほうが落ち着いているようにさえ見える。だが、彼の落ち着きは悲しみに支えられているように思えてならない。慰めてやりたいが、手を伸ばすと腕が震えるのはわかっている。

ミニャットが書類をシモンの前に置く。なのに、シモンが手に取ろうとすると、ほかの二枚と一緒に机の上にトントンと打ちつけて端をそろえてから、あらためて差し出す。

「どうぞ」と、大きな声で言う。「よく読んでくれ」

ところが、ふたたび自分の前に書類が置かれると、シモンは晴れやかな表情を浮かべる。

「ありがとうございます、モンシニョール。でも、読む必要はないんです」

シモンがふたたびしゃべりだすまで、しばし沈黙が流れる。その短いあいだに、恐怖が爆雷のような勢いで私の体を貫く。それと同時に古い記憶がよみがえる。杞憂《きゆう》であってほしいと思う。かつての兄といまの兄は違うのだと思いたい。だが、シモンがとんでもないことを言いだすような予感がする。

シモンが立ち上がる。「殺人容疑を否認して争うつもりはありませんので」

「兄さん！」

ミニャットの顔におぞましい表情がよぎる。正気の沙汰ではないと言いたげな、苦笑ともとれる不可解な表情が。私は、二度と味わわずにすむようにと願っていた痛みに襲われて、心に穴があいたような錯覚におちいる。

「どういうことだ？」と、ミニャットが訊く。「ウゴリーノ・ノガーラの殺害を認めるのかね？」

シモンは大きな声ではっきりと答える。「いいえ」

「なら、どういうことか、説明したまえ」

「争うつもりはないということです」

「頼むから、考え直してくれ」と、私はすがるように言う。

「教会法では、訴えられた者が身の潔白を証明するように求められているのだ」と、ミニャットが重々しい口調で言う。

教会法に詳しい者なら、誰でもそう言うはずだ。常識的で、分別があって、シモンがどんな人間か知らない者なら。私はシモンの腕をつかんで自分のほうを向かせようとする。

ルチオが歯噛《が》みしながら言う。「なぜ、そんなばかなことを言うのだ、シモン？」

けれども、シモンはルチオを無視して私のほうを見る。シモンの目にはいかなる表情も浮かんでいない。彼はもう決めたのだ。私は、なにを言っても彼の決心を変えることができないのを悟る。

「おまえを巻き込むべきではなかったんだ、アレックス」と、シモンが言う。「すまない。これからはおれに関わらないでくれ」

「兄さん、頼むから――」

「頭を冷やして、よく考えろ！」と、ルチオがわめく。「おまえはすべてを失うことになるのだぞ」

ルチオがまだなにか言おうとすると、ディエーゴが部屋のドアを開けて、「シモン神父、お客さまが外でお待ちです」と告げる。

シモンはちらっと腕時計を見ると、ディエーゴが開けたドアのほうへ歩いていって、玄関にいる男と視線を交わす。

「なにをしてるんだ？」と、私が訊く。

「座れ！」と、ルチオがわめく。ルチオの声には動揺が渦巻いている。

だが、シモンは椅子をテーブルの下に押し込んで軽く会釈をする。

悲しくて、悔《くや》しくて、体に力が入らない。またかつてのシモンがよみがえったのだ。誰も彼を変えることはできず、彼はいまでも躊躇《ちゅうちょ》なく自分の身を投げ出すつもりでいるのだ。

「自宅勾留に応じるよう求められたので、同意しました」と、シモンが言う。

「そんなばかな話があるか！」ルチオは、ドアの隙間《すきま》からわずかに姿が見える知らない男を指さす。「あれは誰だ？　帰らせろ！」

ところが、シモンは聞こえなかったかのようにルチオに背を向けて部屋を出ていく。もはや、誰も引き止めることはできない。

ただひとりを除いては。ディエーゴの机の脇から、ピーターが駆け寄ってくる。「もう終わったの？」

シモンは玄関の手前で足を止める。

ピーターは天使のような表情を浮かべている。「ねえ、本を読んでよ」

ピーターの目は無邪気な期待に満ちている。目の前にいるのは、これまで一度も〝ノー〟と言ったことのない彼のヒーローだ。

「すまない」と、シモンが小さな声で謝る。「これから出かけなきゃならないんだ」

「どこへ？」

シモンはひざまずき、アホウドリの羽のように長い腕でピーターを抱きしめる。「心配しなくてもいい。ひとつ、おじさんの頼みを聞いてくれないか？」

ピーターが無言でうなずく。

「人がなんと言おうと、おじさんを信じてほしいんだ。いいな？」涙を見られないように、シモンはピーターの頬に顔を押しつける。「忘れないでくれよ、おじさんがおまえを愛してるってことは」

■
■
■

玄関に立っている男はなにも言わない。シモンと握手も交わさなければ、われわれに会釈もしない。シモンが合図を送るのを待って連れていくつもりなのだろう。

ルチオが立ち上がり、「戻ってこい！」と、あえぐように言う。

ルチオは息苦しそうにしている。ディエーゴはルチオを椅子に座らせようとするが、ルチオはよろよろと玄関まで歩いていって、ドアを押し開ける。

遠くでエレベーターのドアが閉まる。

「電話をかけて、衛兵に止めさせます」と、ディエーゴが言う。

だが、ルチオは壁に寄りかかって声を絞り出す。「これはなんだ？　あいつはなにを考えてるんだ？」

私はルチオに駆け寄る。「たぶん、こういうことだと思うんです」

まずはウゴが企画した展覧会の説明からはじめて、トリノのことや何人もが脅しを受けたことを話すが、ルチオはシモンが出ていったドアを見つめているだけだ。

「あの男は、ガルッポ枢機卿に命じられてシモンを連れにきたのだと思います」と、私は先を続ける。「ガルッポ枢機卿はヨハネ・パウロ二世の総代理で、トリノの出身ですから」

ところが、書斎からミニャットの声が聞こえてくる。「違う。総代理の命令なら令状を携えているはずだが、先ほどの男はなにも持ってこなかった。おそらく私服警官だ」

「ガルッポ枢機卿がシモンを脅そうとしているのなら、証拠が残らないようにするはずです」と、私が続ける。

ルチオはまだ荒い息をしている。「脅しを受けていたのなら、素直について行くはずがない」

ミニャットが玄関に来る。「すぐに手を打ちましょう」そう言いながら、ブリーフケースから携帯電話を取り出して番号を打ち込む。「チャオ。食事の時間に邪魔をして申しわけない。いま、アンドレオ神父を迎えに人をよこしたか？」しばらく相手の話に耳をかたむける。

「ありがとう」

電話を切るなり、ミニャットが私たちに向き直る。「ガルッポ枢機卿はなんのことかわからないと言っている。付け加えておくが、ガルッポ枢機卿とは二十年来の友人なのだ。だから、きみの非難は的はずれだ」

私はミニャットに向き直る。「国務省の省員が襲われたんですよ、モンシニョール。私のアパートも荒らされました。それに、今日の昼間、誰かが聖マルタの家に私宛ての脅迫状を投げ込んだんです。敵は、展覧会のことを知っていそうな人間をひとりずつ狙い撃ちしているようです」

ルチオの息は浅くなっている。「いや」と、あえぐように言う。「ガルッポとはなんの関係もない」

「どうしてわかるんですか？」

ルチオは力を振りしぼって私に威圧的な視線を向ける。「トリノの者たちは、年代測定で聖骸布《せいがいふ》は偽物だという結果が出ても殺し合うようなことはしなかった。だから、いまもしないはずだ」そう言って、苦しそうに息を吸う。「シモンを連れ戻せ。訊きたいことがあるんだ」

ルチオはディエーゴを手招きすると、足を引きずりながら暗い寝室に入っていってドアを閉める。

ディエーゴがそっと私に訊く。「どういうことですか？」

私もささやき返す。「連中はシモンがウゴを殺したと思ってるんです」

「それはわかってます。で、シモン神父をどこへ連れていったんですか？」

「自宅勾留にするようです」

「どこで？」

それは考えもしなかった。シモンには家も家庭もなく、千五百キロ以上離れたイスラム教徒の国で暮らしている。

「さあ」返事をしようとするが、ディエーゴはすでにルチオのあとを追って寝室に消えていた。

「こちらへ」ミニャットは私を書斎に呼び戻してドアを閉めると、書類を持ち上げて低い声で言う。「これも脅しだと思っているのかね？」

「はい」

ミニャットが咳払いをする。「それなら話し合おう。ただし、その前に、面倒な説明は省略して単刀直入に訊く。シモン神父の代理人になる気はあるか？」

「えっ？」

「代理人になれば訴訟関連書類を入手できるし、被告人を支えることもできる」ミニャットはそう言って、テーブルの上の書類を指さす。「それに、いまは見せられない起訴状も見ることができる」

教会法とは不思議なものだ。〝代理人《プロキュレーター》〟というのは、福音書のなかでピラトに与えられた称号だ。イエスの死刑執行令状に署名した男に。いまどきそのような言葉を使うのは弁護士しかいない。

「私を代理人に指名するかどうか決めるのは兄です」と、答える。

「先ほどの話を聞いたかぎりでは、シモン神父にその気はないようだが」

ミニャットはブリーフケースのなかをまさぐって煙草《たばこ》の箱を取り出す。そして、世界で最初に喫煙を禁止したヴァチカンの市国政庁長官のアパートで煙草に火をつける。「どうする？」

私は書類を手に取る。「やります」

「よかった。なら、そこに書いてある判事の名前をよく見て、知っている人物がいたら教えてくれ」

私は駆り立てられるように書類に目を走らせる。

二〇〇四年 八月二十二日

シモン・アンドレオ神父
国務省気付
ヴァチカン市国 00120

訴訟開始通知

親愛なるアンドレオ神父
ここに、ローマ教区内において貴殿に対する教会裁判を正式に開始することを通知する。貴殿には、本裁判で貴殿の代理人を務める人物の指名と、同封の書類に記された罪状に対する迅速な認否を求めるものとする。

敬具

ブルーノ・ガルッポ枢機卿
教皇総代理
ローマ教区

(写送付先)
主席判事　モンシニョール・アントニオ・パッサーロ 教会法博士
陪席判事　モンシニョール・ガブリエーレ・ストラデッラ 教会法博士
陪席判事　モンシニョール・セルジョ・ガリアルド 教会法博士
公益保護官　ニコロ・パラディーノ 教会法博士
書記　カルロ・タルリ

脈が速くなる。「ひとり目の判事は知ってます。それと、三人目も。モンシニョール・パッサーロとモンシニョール・ガリアルドです。モンシニョール・ストラデッラは知りません」

ミニャットは思っていたとおりだと言いたげにうなずく。「三人とも二十年近く教会裁判所の判事を務めているので、きみがローマの街角で出会っていたとしてもなんの不思議もない。しかし、驚くべきは、一介の司祭が被疑者となる刑事事件が教会裁判所の判事によって裁かれようとしている点だ。教皇がとくに指示をしないかぎり、そのような扱いを受けるのは司教や教皇特使だけだ。そこで疑問が生じる。モンシニョール・パッサーロとモンシニョール・ガリアルドはシモン神父になにか恨みを持っているのだろうか？」

なるほど。ミニャットはこれも脅しのひとつだと言いたいのだ。ガルッポ枢機卿にはシモンを脅す理由がある。

「いいえ。兄は聖職者アカデミーでモンシニョール・パッサーロに教わっていましたし、モンシニョール・ガリアルドはおじの友人です。ふたりともシモンに恨みなど持っていません」

ミニャットが顔をほころばせる。「モンシニョール・ガリアルドは神学校で私の二年後輩で、きみのおじ上は彼の指導教官だった。残念ながら、おそらくふたりとも辞退するだろう。だが、ガルッポ枢機卿がシモン神父を脅そうとしているのなら、彼らを判事に選ぶだろうか？」

私は一瞬考える。「ふたりが辞退するのは想定済みだと思います。おそらく、自分にとって都合のいい者と置き換えるつもりなんです」

ミニャットが手にした書類のページをめくる。「これを見れば考えが変わるかもしれん」

私の目は、あらたに見せられた書類に釘づけになる。三枚目のその書類が起訴状だ。

主席判事パッサーロ神父　机下
ヴァチカン
刑事事件
公益保護官対アンドレオ神父

事件番号92・004

—起訴状—

私、教会裁判所公益保護官ニコロ・パラディーノは、ローマ教区司祭シモン・アンドレオをウゴリーノ・ノガーラを殺害し教会法一三九七条に違反したかどで訴追する。被告人は、二〇〇四年八月二十一日の午後五時前後に教皇別荘ガンドルフォ城の庭園内でウゴリーノ・ノガーラを故意に銃で殺害した。以下に証拠を挙げる。
証人：グイード・カナーリ（ガンドルフォ城内教皇牧場作業員）、アンドレアス・バッハマイヤー（ヴァチカン美術館中世・ビザンチン美術学芸員）、市国警察本部長エウジェニオ・ファルコーネ。
証拠文書：アンドレオ神父の国務省人事ファイル、アンカラ（トルコ）教皇大使館の電話に録音されたウゴリーノ・ノガーラの伝言、ガンドルフォ城に設置された監視カメラB-E-9の録画映像。
被告人に対する有罪判決と聖職権剝奪《はくだつ》を本法廷に切に求める。
キリスト教歴二〇〇四年八月二十二日
公益保護官　ニコロ・パラディーノ

私の目は最後の一文に釘づけになる。教会裁判所にシモンを国務省から、さらにはヴァチカンから追い出す力があるのはわかる。しかし、この起訴状はシモンを還俗させるという、もっとも重い罰を求めているのだ。それが可能なのは知っているが、訴追人がそのような求刑をしているのを見ると目の前が真っ暗になる。

「証人を見たまえ」と、ミニャットがうながす。「知っている人物はいるか？」

「グイード・カナーリは知ってます」私は沈んだ声で言って、起訴状を指さす。「ウゴが殺された晩に、グイードは庭園の門を開けて私を自分の車でシモンのいるところまで連れていってくれたんです」

ミニャットが私の言ったことをノートに書きとめる。「彼はなにを見たのだ？」

それは私もわからない。「途中で降ろしてもらったので、なにも見てないと思います」

「じゃあ、これは？」

ミニャットは証拠文書の箇所を指さす。国務省人事ファイルと書いてあるところを。

「わかりません。シモンは今年の夏に職場放棄をして懲戒《ちょうかい》処分を受けてますが、それが関係あるのかどうか」

「なぜ職場放棄をしたのだ？」

「砂漠にいたウゴに会いに行ったんです」

そう言いながら、実際はそうではなかったのを思い出す。

ミニャットが目を上げる。「ふたりの関係について知っておいたほうがいいことはあるか？ シモン神父とノガーラの関係について」

ミニャットはかなり露骨な訊き方をする。

「いいえ」と、私は強い口調で言う。「兄はウゴの仕事を手伝っていただけです」

ミニャットが椅子の背にもたれる。「それなら、監視カメラの映像以外に直接証拠はないわけだ。状況証拠にもとづいて事件を立証するとなると、動機が必要になる。シモン神父とノガーラとのあいだに特別な関係がなかったのなら、いったい動機はなんだ？」

「兄にウゴを殺す動機などありませんでした」

ミニャットは起訴状の上のほうにペンを置く。まるで境界線を引くように。「彼らが刑事法ではなく教会法で裁こうとしているのはなぜだと思う？」

「私の考えはすでにご存じのはずです」

「私は二十年間ここの教会裁判所で仕事をしているが、殺人事件の裁判はこれまで一度もなかった。ただの一度も。だが、なぜ今回は教会裁判所で裁こうとしているのか教えてやろう。教会裁判所での審理は非公開で、裁判記録も機密扱いとなり、判決も公表されないからだ。不都合な事柄が表に出ないよう、最初から最後まで秘密性が担保されるからだ」

知っていることがあるのなら話しておいたほうがいいと言いたかったのか、ミニャットの声がかすかに温かみを帯びる。

「裁判のことはよくわからないので」と、私が言う。

「私はこの二十年のあいだ、抗弁を拒んだ者も見たことがない。ゆえに、シモン神父はすでに、その不都合な事柄とはなにか知っているような気がするのだが」

私はうなずく。「先ほどもお話ししたように、彼らはウゴがなにか秘密を握っていて、兄がそれを知っていると思ってるんです」

「私が知りたいのは、彼らが間違っているかどうかだ」

「間違っていてもいなくても、そんなことはどうでもいいんです。あなたも、教会法で裁かれることになったのは兄に対する脅しだと思ってらっしゃるんですね」

「きみは誤解をしている。シモン神父を教会法で裁くのは、審理の過程で不都合な事実が出てきても世間に知られることのないようにするためだ」

「兄はウゴを殺してません」

「では、一からはじめよう。シモン神父はなぜノガーラが殺された晩にガンドルフォ城にいたのだ？」

てましたから」

「ウゴが、トラブルに巻き込まれたと言って電話をかけてきたからです」

「その日の午後に——殺人事件が起きる何時間も前に——ふたりは話をしていたのか？」

「いいえ、そうではないと思います。兄は、すぐに駆けつけたが助けてやれなかったと言ってましたから」

ミニャットは起訴状の上に手を伸ばして物的証拠が記された箇所を指でなぞり、〝監視カメラの映像〟の下で手を止める。「それなら、これにはなにが映っているのだ？」

「わかりません」

ミニャットは顔をしかめてノートにメモを取る。

「教えてくれないか？」と、ミニャットが言う。「きみがおじ上と展覧会の話をしているのをたまたま耳にしたのだが、トリノの聖骸布《せいがいふ》はすでに中世のものだと判明しているのに、きみはなぜガルッポ枢機卿が聖骸布のことでシモン神父を脅そうとしていると思ったのだ？」

「ウゴは、例の検査が間違いだったことを証明しようとしていたからです」

ミニャットがわずかに目を見開く。

「彼は、聖骸布がどのようにして西側へ来たのか証明しようとしていたんです。どのようにしてカトリック教会の手に渡ったのかを」

ミニャットがまたノートにメモを取る。「続けてくれ」

「あれは、もともと正教会の地にあったものです。私の兄が赴任していたトルコに。それで、兄は国務省の許可を取らずに正教会の聖職者たちを展覧会に招いたようです」

ミニャットがペンでノートをたたく。「なぜ、わざわざ招いたのだ？」

「ウゴは展覧会で、聖骸布はカトリック教会だけのものではなく正教会のものでもあることを示そうとしていたからだと思います。一〇五四年に分裂するまで、カトリックと正教会はひとつの教会だったのですから」

聖骸布がなぜカトリック教会のものになったのかは私もよくわからないが、どのような経緯があったにせよ、友好的に譲り受けたわけでないのは確かだ。

「聖骸布の来歴を明らかにするのを快く思わない者もいるのかね？」と、ミニャットが訊く。

「もちろんです。所有権をめぐる争いが起きる可能性もありますから。ほかでもない、ヴァチカンの美術館でそのことに触れれば」

ミニャットがまたメモを取る。「で、きみはトリノが所有権争いに負ける公算が高いと思っているのだな」

「どう考えてもトリノに勝ち目はありません。所有権争いが起きなければ、聖骸布はサン・ピエトロ大聖堂の聖遺物箱に納められることになるだろうと、ウゴが話してました。おそらくトリノに戻されることはないと」

「ノガーラの研究に異議を唱える者たちは展覧会を中止させたがっていたというのがきみの推理だな」

「はい」

ミニャットがノートから目を上げる。「となると、ノガーラは口封じのために殺されたわけだ」

そのことは、私自身もはっきりとは認めていなかった。「そうかもしれません」

「だがきみは、複数の人間が脅しを受けていると言ったはずだ。敵はノガーラがなにか秘密をつかんでいるのを知っていて、それがなにか知りたがっているからだと」

「ええ」

ミニャットはしばらく黙り込み、ペンを両手ではさんでまわす。そして、温かみのなかに決然とした思いがこもった声を出す。「私には、どういうことかさっぱりわからない。展覧会を中止に追い込みたいと思っている――展示物を人目に触れさせたくないと思っている――者がいるのに、きみは展示の詳細を明かせと脅されているのかね？」

「信じてもらえないのなら、聖マルタの家の部屋に届けられたメッセージをお見せしてもかまいません」

ミニャットはしぶしぶ見せてくれと言う。そのときはじめて、彼が私を信用していいものか決めかねていることに気づく。

寝室に戻ると、ピーターはベッドに体を横たえてうとうとしている。ベッドカバーを掛けてやって、例の写真を手に書斎に戻る。ミニャットは写真の裏に書かれたメッセージを見て、長いあいだ黙り込んだあとで言う。「じっくり考えさせてくれ。これを持って帰ってもいいか？」

「ええ」

「きみが話してくれたことも、よく考えてみるよ」そう言って、ちらっと腕時計に目をやる。「明朝、私のオフィスに来てくれるか？」

「わかりました」

ミニャットは名刺を取り出して、裏に〝10AM〟と書く。「ノガーラがなにを展示しようとしていたのか、もう少し詳しく尋ねることになると思うので、そのつもりで。シモン神父の居所が一刻も早くわかればいいのだが、もしわかったら、すぐに知らせてくれ」

私がうなずくと、ミニャットが立ち上がって起訴状をブリーフケースに入れる。

「最後にもうひとつ」ブリーフケースをロックしながらミニャットが言う。「不法侵入の件について、家政婦と話をしておいてほしいのだが」

「彼女は嘘をついてません」

ミニャットが声を落とす。「きみは私に信じがたい話を信じろと言っているのだぞ。だから、私も同じことを頼んでいるのだ。家政婦と話をしてくれ。警察がなぜ家政婦の狂言だという結論を下したのか知りたい」

15

ミニャットが帰っていっても、私は書斎に残ってシモンが座っていた椅子を見つめる。そして、彼が見もせずに起訴状を置いた、テーブルを覆《おお》っている赤いフェルトに視線を移す。ひとりになると、はっきりとわかる。シモンは覚悟を決めたのだ。みずから自滅の道を選んだのだ。

キリスト教徒なら、船と最期をともにしたいと願う船長の気持ちが理解できる。子供たちには、ユダの最大の罪は――イエスを裏切ったこと以上に重い罪は――みずから命を絶ったことだと教えているものの、自己犠牲への強い衝動はわれわれの信仰の根幹を揺さぶる。〝友のために自分の命を捨てること、これ以上に大きな愛はない〟と、ヨハネによる福音書にも書いてある。しかし、シモンはなぜ自分を犠牲にしようとしているのだろう？　ウゴのためか？　父のためか？

それとも、私のためか？

あれは、父が死んだ数カ月後のことだった。当時十七歳だったシモンは、スイス衛兵の友人と一緒にバーへ行って、警官たちが腕相撲大会をしているのを目にした。大会といっても正式なものではなく、警官たちがストレスを発散させているだけのことだった。シモンはまだ運転免許を取れる年齢にも達していなかったが、すでに身長は市国内でいちばん高かった。それに、父の死後は衛兵宿舎のジムに毎日通ってスピードバッグをたたいていた。それで、そのバーに行ったときには前腕が二の腕より太くなっていて、まくり上げたシャツの袖《そで》の下から顔をのぞかせているその前腕を見た警官たちは、シモンがどのぐらい強いか確かめたくなった。

衛兵たちは兄のことを気にかけてくれていた。父が死んだあと、兄も私も沈み込んでいたからだ。私たちの孤独をいちばんよく理解してくれたのは、外国からやって来た衛兵たちだった。バーへ行った日も、彼らはシモンを店の外へ連れ出そうとした。ところが、衛兵隊の将校が止めた。どちらが勝つか、見たかったのだろう。

一戦目はシモンが負けた。テーブルから肘《ひじ》を上げたために反則を取られたからだが、相手はそのままシモンの手を思いきりテーブルにたたきつけた。二戦目は衛兵隊の将校から作戦を授けてもらったシモンが圧勝したが、相手の腕の骨が折れそうになって、それがすべてのはじまりとなった。

その夜、衛兵隊の将校はシモンを宿舎の自分の部屋へ連れていき、ベランダに出てふたつのことを尋ねた。ほんとうに神父になりたいのかということと、べつの形で教皇に仕える気はないのかということを。

シモンはその将校から、カトリック教会にはかつて軍隊が存在し、聖職者と手を携えて教会のために尽くしてきたという話を聞かされた。ひとりの軍人が軍隊的な規律のもとにイエズス会を創設したのは五百年前だが、いまこそ、その精神を復活させて人材を集め、訓練をほどこして、問題だらけの世界を救う騎士団を結成すべきだと、その将校は力説した。シモンのような男が騎士団に加われば、聖職についていては役に立てることができないその腕力を最大限に発揮することができると。翌晩、その将校はシモンをローマのある場所へ連れていき、広い心を持ってこれを見れば自分が昨日話したことの意味がわかるはずだと言った。

私はのちに、シモンが連れていかれたのは闘犬場だったのを知った。闘犬はそのひと月前に警察によって禁止されていたのだが、そこではあらたに拳闘の試合が行なわれていた。参加者の大半はホームレスや移民で、みな賞金目当てに死にものぐるいで戦っていた。

衛兵隊の将校は見物人のなかにいる子供たちを指さした。そこには薄汚い格好をした八歳から十二歳ぐらいの子供たちが――女の子も男の子も――いて、お気に入りの選手に声援を送っていた。〝あの子供たちはけっして教会に来ない〟と、将校は言った。〝彼らに手を差し伸べたければここへ来るしかない〟と。

シモンは、その夜目にしたことを何度も私に話した。選手がそばを通ると、子供たちは必死に腕を伸ばして選手に触れようとしていたという。もう少し大きな子供たちは観客席の前のほうに陣取って金を賭けていたが、小さな子供たちはうしろのほうにいたらしい。シモンはそのときの将校の言葉が忘れられないようだった。将校は、賭けをしている者たちに押しつぶされそうになりながら最前列で食い入るように試合を見ている少年を指さして、「子供が聖職者にあのような視線を向けるのを見たことがあるか？」と言ったらしい。まるで、聖画に描かれた殉教聖人のような目つきだったと、シモンは話していた。

「戦う気はありません」と、シモンは将校に言った。

「だが、訓練を受ければ戦う気になるかもしれないぞ」と、将校はシモンをそそのかした。「きみが勝てば、あの子供たちはきみのファンになる。教会にも来るようになるかもしれない」

シモンがなにも言わないので、将校はさらに続けた。「ダンスのようなものだよ。連打はしないよう、前もって決めてあるんだ。べつに罪深いことではない。二カ月みっちり訓練すれば、きみも試合に出られるようになる」

「二カ月で？」

「きみはすでにスピードバッグをたたいているからな。ヘビーバッグをたたいてパンチの重みを増して、あとはブロックのしかたを学べば、十週間で大丈夫だ」

シモンは、先ほどの少年を見つめたまま返事をした。「もし十週間後にまだここであのようなことが行なわれていたら、私はここに火をつけます」

「そんなことをしても無駄だよ。連中はべつの場所を見つけるだけなんだから。あの子供たちには親もいないし、導いてくれる司祭もいないのだ。しかし、きみには腕がある。腕力が。きっと彼らを導けるはずだ」

「あなたは戦う聖職者集団をつくりたいんでしょ？　彼らはまだ子供ですよ」

「子供たちのことじゃない。きみの話をしてるんだ。きみの力は神から授けられたものだ。どうする？」

シモンが将校の話を聞いてなにを考えたのか、私にはわかる。父が死んで日が浅く、母の癌《がん》はまだ見つかっていなかったものの、すでに体を蝕《むしば》みはじめていたころだった。一年飛び級をしていたシモンはすでに大学に進学し、一般家庭の友人もできて、彼らの喧嘩《けんか》を仲裁したり、彼らが酔っぱらって、厄介なだけでなく自分の評判を落とすことにもなりかねないような女を連れ込んで、トイレに行かずに女と一緒に寝ているベッドで放尿するのを目にしたりしていた。拳闘の試合に出ることに決めた理由をシモンに尋ねたことはないが、最前列にいた少年を見て私のことを思い出したからかもしれない。

衛兵たちはシモンを鍛えた。それまで私たちを入れてくれなかった宿舎内のリングへシモンを連れていって、ジャブやフックやクロスの打ち方を教えた。ただし、アッパーカットは教えなかった。背の高いシモンがアッパーカットを繰り出すと、相手の頭に当たってしまうからだ。けれども、シモンは強かったので、アッパーカットを覚える必要などなかった。

九週間後、シモンははじめて試合に出た。私はその試合のことも、それまでの経緯も、最後の試合が終わってから聞いた。シモンの初戦の相手は、昼間は空港で働いているものの、飛行機から荷物を降ろすのをさぼってイチジクのリキュールを飲んでいるという噂のアルジェリア人だった。人々がシモンのことをどう噂していたのかは知らない。

壮絶な試合だった。シモンがジャブを打ちながら軽やかなフットワークで動きまわっていると、相手がしびれを切らせて、強烈なパンチを繰り出そうと身を乗り出し、シモンはそれを見て先にボディブローを打ち込んだ。三ラウンドの後半になると、相手がかなりこたえているような表情を浮かべはじめた。シモンのパンチがそうとう強力だったからだ。

しかし、うしろのほうで見ていた少年たちはシモンの戦い方が気に入らないようだった。頭を引っ込めたり体を左右に振ったりしながら相手のパンチをかわすのは卑怯《ひきょう》だと思ったらしい。彼らは、ほんとうはもっといい試合になっていたはずだと悔《くや》しがるアルジェリア人に同情した。だが、シモンは子供たちのところへ行って、〝自分は拳闘家ではなく、将来は聖職者になりたいと思っているごく普通の青年だ〟と子供たちに打ち明けた。〝私はきみたちのために――ここにいる少年たちのために――戦ったのだ〟と。

そして、試合のあとはかならず同じ話を繰り返した――少年たちが彼の気持ちを理解してくれるまで。シモンは、対戦相手のことを考えると怖くてしかたがないと打ち明けて、試合の前には、そしてあとにも、どのように祈っているか教えた。孤独な子供たちの心をとらえるのは簡単で、彼らが声をからしてシモンに声援を送り、シモンが得意のパンチを披露するのを――相手も負けじと激しいフックやクロスで応戦するのを――いまかいまかと待ちわびるようになるまでに、さほど時間はかからなかった。

私の友人のジャンニ・ナルディが噂を聞いたのは、六試合目か七試合目のあとだった。ジャンニが耳にしたのはシモンの噂ではなく、拳闘の試合の噂だったのだが、とにかくふたりで観に行くことにした。

シモンがあまり顔を見せなくなったことには私も気づいていたはずだ。バーで警官と腕相撲をするまでは、ほぼ毎週、週末には母に会いに家に帰ってきて、アメリカ映画を観に、私をパスクィーノ劇場へ連れていってくれていた。それがしだいに隔週か三週間に一度に減って、毎回、罪滅ぼしのように私にプレゼントを買ってくるようになった。けれども、まだ十三歳だった私は食べることにしか興味がなく、心にあいた大きな穴を食欲で満たそうとしていた。それに、孤独には慣れていたので、兄があまり顔を見せなくなってもそれほど気にしなかった。自分のことを考えるだけで精いっぱいだったからだ。

ジャンニの父親はサン・ピエトロ大聖堂の用務員で、ドームのテラスにある工具室の鍵を持っていたので、ジャンニと私はよくガールフレンドと一緒にこっそり工具室に行ってワインを飲んだり皇帝になった気分でローマの街を見下ろしたりしていた。ジャンニはベッラ・コスタという名前のガールフレンドと付き合っていた。私は最初アンドレア・ノフリと、つぎにクリスティーナ・サルヴァーニと、そして、ピア・ティッツォーニと付き合ったが、みんな十三歳にしてはいい体をしていて、大聖堂のドームの上の彫像も思わず見とれてしまうのではないかと思うほどだった。

シモンが拳闘の試合に出ているとは夢にも思っていなかった。たとえ誰かから聞いても信じなかっただろう。私のほうが兄より拳闘家に向いていたからだ。シモンは筋肉質だが、ローマ人のようにすらりとしているのに対し、私は父からギリシャ人の遺伝子を受け継いだのか、荷役犬のように首が太くて背中の筋肉が発達している。友だちとふざけてボクシングの真似事をしたこともあった。だから、ジャンニから閉鎖された闘犬場で拳闘の試合が行なわれていると聞くなり、観に行こうと誘った。人が素手で戦うのを観たかったからだ。

最初の試合はホームレスどうしのレベルの低い戦いだったが、ふたりとも観客を飽きさせることなく六ラウンドを戦い抜いた。第二試合では、背の低いトルコ人がつなぎを着た太った男をノックアウトした。そして、第三試合になると、なぜかまわりの少年たちが立ち上がり、観客席が静まり返った。

対戦場には石鹸《せっけん》のように白い艶《つや》やかな肌をした選手が姿をあらわして、真新しい靴をはいたときのように、靴の底を地面にすりつけた。それを見た観客席の少年たちは、その選手が磔《はりつけ》にでもされたかのような悲鳴をあげた。そして、みな目を閉じて絶叫した。選手はこっちに背を向けていたが、彼が薄皮をはぐような感じでシャツを脱いだとたんに、私は息ができなくなった。その背中に見覚えがあったからだ。背骨の両側に翼のような筋肉がついた、その背中に。

「まさか」ジャンニの声が聞こえた。「なんてことだ。帰ろう」そう言って、私のシャツを引っぱった。「アレックス、あれはきみの兄さんだよ」

だが、私はすでに人ごみをかき分けて前へ進んでいた。少年たちは脚をたたいて声援を送っている。

神父《パードレ》、神父《パードレ》、神父《パードレ》。

最前列に陣取った男たちは賭け金を積み上げている。ようやく対戦相手があらわれた。ピンク色の肌をした、背骨の曲がった男だ。〝ロシア人だ〟と、観客がささやいた。兄を子供っぽいと思ったのは、そのときがはじめてだった。砂場で遊んでいる子供のようだと思ったのは。兄はそのロシア人より二十五センチ近く背が高くて、二の腕はセメントのミキサーのような形をしていたが、体のほかの部分はチューインガムを伸ばしたように細かった。

誰かが頭上のパイプをスパナでたたくと、兄が先にコーナーを離れた。兄の名前を叫んだが、沸き上がる歓声にかき消されてしまった。ようやく対戦場の端までたどり着いた私は、思わず足を止めて目をこらした。シモンが相手を痛めつけるのを、どうしても自分の目で確かめたかったからだと思う。

両親からはそういう場所へ行くのを禁じられていたし、私が学校で喧嘩《けんか》をしたときは、父親に革紐《かわひも》でたたかれた。〝でも、もう叱られることはないので、勇ましいところを見せてくれ〟と、私は心のなかで兄に語りかけた。〝ぼくも人を殴ってみたいんだ。だから、今夜はぼくの代わりにその男を殴ってくれ。男の顎をぶち割ってくれ〟と。

シモンがステップを踏むたびに、私も足を動かした。足の動きのリズムは——どのぐらいステップを踏んでいつ足を止めればいいのか見極める勘は——私にも備わっていた。相手のロシア人の手はヘビーバッグに穴があきそうなほど大きくて分厚かったが、動きが鈍いので、パンチを繰り出したときにはもうシモンはそこにいなかった。シモンがすかさず右ストレートを返すと、骨が折れるような音がして、ロシア人はよろめきながらうしろに下がった。顔から流れ落ちた血で胸を赤く染めながらも、ロシア人は反撃しようと向かってきたが、シモンが先に連打を浴びせた。

少年たちは沸き立っている。私も声をかぎりに叫んだ。

「行け、シモン。ぶちのめせ！」

だが、実際はこう言っていた。

「行け、シモン。殺してしまえ！」

そのとたん、シモンが動きを止めた。フットワークを止めて——地面にぺたっと足をつけて——観客席に目を向けた。

ロシア人はすでにコーナーに逃れていた。

私は暗い陰に包み込まれるような気がした。たとえローマが赤々と燃えていても、シモンには私の姿が見えないほど暗い陰に。

だが、シモンは私が観に来ていることに気づいていた。逃げ出したかったが、シモンの視線はついに私をとらえた。

私は、ロシア人がものすごい勢いで兄に迫ってきているのに気づいたが、指さすことしかできなかった。

シモンがすばやく振り向いたので、ロシア人のパンチはシモンの胸をかすめただけだった。だが、シモンはなぜかよろめいた。そして、完全に動きを止めて私を見つめた。観客席の少年たちもそれに気づいた。

「パードレ！」ひとりの少年が叫んだ。

だが、シモンは私から視線をそらそうとしなかった。

〝もうここへは二度と来ないよ。約束する。でも、この試合だけはぼくのために最後まで戦ってくれ。たとえ相手が病院に運ばれて手術を受けることになっても、ぼくの気持ちをわかってくれている証しを見せてくれ〟

私はシモンの表情と目のまわりにできた痣《あざ》を見て、気持ちが通じたことに気づいた。シモンはくるりと体の向きを変えると、両手を下げて相手に誘いをかけた。

一瞬、ロシア人が私をさがして観客席を見た。

〝そっちじゃない〟シモンは口だけ動かして相手を手招きした。〝こっちだ〟

観客はふたたび野蛮な声をあげた。ロシア人はシモンに近づいてジャブを放ち、すぐさまうしろにしりぞいた。

シモンは身をかわしただけだった。

ロシア人はすかさず連続パンチを繰り出し、シモンがなにもせずに、二発とも大きな音をたてて命中すると、観客席が静まり返った。

「かかってこい」シモンはそう言って両手を開いた。だが、手は閉じずに開いたままだった。

ロシア人がシモンの胸に一発打ち込むと、シモンは大きくよろめき、顔をしかめながら体を起こした。

ロシア人は続いて三連続パンチを試みた。最初のジャブはシモンの肩をかすめただけだったが、つぎのクロスは貨物列車が突進してきたような威力を放ち、シモンは構えを崩して体をふたつ折りにした。

そして、頭をかばうように本能的に両手を上げた。だが、すぐに下ろした。ロシア人は不敵な笑みを浮かべて、左フックでシモンを倒そうとした。この小僧がガードしないのなら——頭を浮きのように小さく揺らしているだけなら——ボディを狙う必要はないと思ったのだろう。

人を殴るときにあんなに大きなワインドアップをするのを見たのは、あとにも先にもあのときだけだった。ロシア人はガードもせずに右手を真下に下ろして、シモンの頬に強烈な左フックを打ち込んだ。シモンは頭を大きくのけぞらせた。一瞬、頭がちぎれたのではないかと思ったが、頭ではなく体全体が吹き飛んで、どすんと地面に落ちた。

私は、泣き叫びながら無我夢中で対戦場の仕切りを乗り越えた。が、誰かに肩をつかまれて引き戻された。殴って逃れようとしたものの、シモンはすでに上半身を起こして私のほうに目を向けた。口からたらたらと血を流しながらも、彼は私を見つめた。まるで、ここには自分たちふたりしかおらず、たがいにここで学んだ教訓を悪い頭に刻み込もうと言っているかのようだった。

このあとどうなるかわかっていたのか、ロシア人はとどめを刺そうとはせずに待っていた。観客席からは、少年たちがいっせいに駆け下りてきた。〝やめろ!〟と叫んでいる者もいれば、〝どうした! 彼はなぜ戦わないんだ?〟と叫んでいる者もいる。私はじりじりしながらシモンを見てかぶりを振ると、大声で叫んだ。「やめろ。頼む」

だが、シモンは腕で口から流れる血を拭くと、頭の両側をたたいて戦いを再開した。

ロシア人は、木をまっぷたつに割《さ》くほどの威力があるアッパーカットをシモンの顎《あご》にたたき込んだ。もはやシモンの顎は完全に砕け、頭をうしろに倒したとたんにすべてが終わった。地面に倒れ込む前に、シモンは意識を失った。

ただし、この話にはまだ続きがある。

驚いたのは、試合を観に来ていた少年たちがシモンを心の底から愛していたことだ。彼らは堰《せき》を切ったように押し寄せてきた。おそらく、その場に軍隊がいても止めることはできなかっただろう。彼らは、身動きがとれないまま最前列に座り込んでいた私を乗り越えて対戦場になだれ込み、ロシア人がそれ以上近づいてこないようにシモンを取り囲んだ。

拳闘の試合の主催者は、警察に嗅《か》ぎつかれないようにシモンをこっそり通りに置き去りにするか、荷車に積んで近くの川まで運ぶつもりだったのかもしれないが、少年たちは、自分たちのすべてがシモンにかかっているかのように彼を取り囲んだ。そして、シモンを骨張った肩に担《かつ》ぎ、人ごみをかき分けて外に出た。私は、少年たちがポケットに手を突っ込んで小銭を集めているのを見た。病院までのタクシー代にするつもりなのだ。半数の少年は一週間なにも食べていないように思えるほど痩《や》せているのに、みな、なけなしの金を惜しげもなく差し出している。

私がようやくその場に行くと、ジャンニが少年たちに素性を明かし、シモンを連れて帰って医者に診《み》せると話していた。彼らは、預言者を天へ連れていく火の戦車を見るような目つきでジャンニと私を見た。なぜなら、ジャンニが海を分けることも死者を生き返らせることもできる魔法のひとことを口にしたからだ。

〝ヴァチカン〟というひとことを。

「彼を救ってください」と、ひとりの少年が言った。「死なせないでください」

べつの少年は、「彼をパーパのところへ連れていってください」と言った。

パーパとは、ヨハネ・パウロ二世のことだ。

タクシーに乗り込んでその場を去るときに私が最後に目にしたのは、身を寄せ合いながら暗がりのなかにたたずんでシモンを見送る少年たちの姿だった。彼らは、自分たちの前から消えていくシモンを祈りながら見送っていた。

シモンが抗弁するのを拒んだ部屋にひとりで座っていると、彼はキリスト者としての務めを果たそうとしているのかもしれないという思いが頭をよぎる。彼は、それが誰かのためになると信じているのだ。ただし、いったい誰のためなのか、私にはわからない。なぜ誰かのためになるのかもわからない。

けれども、シモンを止めなければならないことだけはわかっている。

16

出かける前にピーターの様子を見に行く。ずっとアニメ番組を見ていたのに、テレビは消えている。ドレッサーの上の洗面用具入れが濡れているのは、自分で歯を磨いたからだ。スタンドの明かりも消している。私はピーターの額にキスをして、大きくなったら、シモンのように強烈な信念の持ち主になりはしないかと――いつか、私の心を引き裂くようなことをするのではないかと――心配しながら、そっと抱き上げてベッドの端から真ん中へ移す。

電話の親機の横に置いてあるメモ帳に書き置きをする。

ディエーゴ

モンシニョール・ミニャットに頼まれた用事で出かけます。一、二時間で戻りますが、ピーターが目を覚ましたら携帯に電話をかけてください。

――アレックス

それからレオに電話をかけて、一緒にシスター・ヘレナのところへ行ってくれと頼む。

女子修道院は、庭園の奥のヴァチカン・ヒルと呼ばれている小高い丘の上にあって、夜はしんと静まり返っている。眼下に見えるローマの街には明かりがきらめいているが、ヴァチカンの庭園はインクを流したように真っ黒だ。レオと私は記憶を頼りに歩を進める。

レオはシスター・ヘレナに会いに行く理由を訊かない。ひとこともしゃべらない。私はしだいに沈黙に耐えられなくなって、すべてを話すことに決める。

「シモンは殺人容疑で起訴されたんだ。ウゴリーノ・ノガーラを殺したのはシモンだと思われているらしい」

レオが足を止める。暗いので、表情は読み取れない。

「なんだと？　シモンはいったいなにをしたんだ？」

「おれにもわからないんだよ。でも、シモンは争わないつもりのようだ」

「争わないとは、どういうことだ？」

うまい答えが見つからない。「なんと言うか、その……いかにもシモンらしいじゃないか」

「この先ずっとレビッビアの刑務所で過ごすことになるんだぞ」

「違うんだ。誰にも言わないでほしいんだが、シモンは教会裁判所で裁かれるんだ」

レオが私の言葉の意味を理解するのにしばらく時間がかかる。「どうして？」

「わからない」

「シモンはなにも話さないのか？」

「もうどこかに勾留されてるんだ」

　また沈黙が流れる。

「もしシモンがいまどこにいるのかわかれば、それをヒントになにか探り出すことができるような気もするんだが」

　衛兵隊は教皇宮殿のあちこちに歩哨を置いている。

「わかった。おれが見つけてみせる」レオはそう言うが、自信がないのか、声がうわずる。

「でも、シモンはやってないんだろ？　そうだよな？」と、小声で付け足す。

　兄をこれほど理解しがたい人間だと思ったことはない。友人にさえ、なにをしでかすかわからない不可解な男だと思われているのだ。三人の判事がどう思うかは、まさに神のみぞ知るだ。


　そのうち、丘の上の闇のなかに浮かぶ明かりが見えてくる。ようやく、ヴァチカンラジオ局が屋根にあらたなアンテナを立てた中世の塔にたどり着いたのだ。パラボラアンテナが林立する壁でその塔とつながった建物は、ヨハネ・パウロ二世が建てたベネディクト会の小さな女子修道院だ。

「おれはここで待ってるよ」と、レオが言う。

　レオはここへなにをしに来たのか訊かないが、シスター・ヘレナがここで暮らしているのは知っている。

呼び鈴を鳴らすが、返事はない。明かりのついている窓がひとつあるが、なかから物音は聞こえてこない。それでも待つ。千六百年前に設立されて以来、ベネディクト修道会は世界中のどこでも、訪ねてきた者はみな主だと思ってもてなすべしという教えを守っている。

ようやく扉が開き、飾り気のない眼鏡《めがね》をかけた丸顔のシスターが姿をあらわす。髪を覆《おお》う頭巾《ずきん》は白いが、あとは、ヴェールもチュニックも腰帯も肩衣《かたぎぬ》も真っ黒で、闇に溶け込んでいる。

「アレックス・アンドレオ神父です」と、シスターに名乗る。「息子がシスター・ヘレナにお世話になってるんですが、彼女と話をさせてもらえないでしょうか？」

丸顔のシスターが静かに私を見つめる。ここで暮らしている修道女は七人だけなので――規模が小さいので、小修道院と呼ぶべきなのだが――みな、ほかの修道女がなにをしているか知っている。私のことはどれくらい知っているのだろう？

「礼拝室でお待ちください」と、シスターが言う。「呼んできます」

しかし、礼拝室ではほかのシスターに話を聞かれてしまうおそれがある。「さしつかえなければ、庭で待たせてもらいます」

シスターはなにも言わずに庭の門を開ける。私が夜遅く訪ねていっても迷惑そうな顔はせず、当然のことのように振る舞っている。彼女たちはせっせと縫《ぬ》い物をしたり野菜を育てたりして、すべて教皇に献上している。私の教会にベネディクト会のシスターはいないが――

東方カトリック教会にはさらに古い独自の修道会があるのだが――私は彼女たちと、その無私の精神を尊敬している。

待っているあいだに、庭をぶらぶら歩く。ヴァチカンの少年はみな庭園の木に生《な》った果物を盗んでいるが、教皇も見て見ぬふりをしてくれている。ようやく、門のほうから絹ずれの音が聞こえてくる。振り向くと、女子修道院長のマリア・テレサが立っている。

「神父」院長は、ほんのわずかに膝を曲げる。「こんばんは。なにかご用でしょうか？」

彼女は顔立ちが上品で、目の下にたるみはあるものの、実年齢より若く見える。だが、表情は険しい。いまは、人と口をきいてはいけない、夜の祈りのあとの沈黙の時間なのだ。ただし、歓待の精神は沈黙の戒律より優先される。

「シスター・ヘレナと話をさせてほしいんですが」

「わかっています。もうすぐ来ると思います」

おじのルチオはベネディクト会の擁護者としてヴァチカンにおける彼女たちの利益を代弁しているので、一応、敬意を表するために出てきたのだろう。だが、院長は敬意のかけらも感じられない声で続ける。「シスター・ヘレナが一連の事件と関《あ》わりを持つのを、あるいは、彼女がわれわれを巻き込むのを私が許すのは、今回だけですので。悪しからず、ご理解ください」

院長は、シモンが殺人事件の犯人として起訴されたのを知っているのだ。

「どんな話をお聞きになったのか存じませんが、それは真実ではありません」と、私が言う。

院長はジェスチャーから気持ちを見抜かれることのないように、両手を肩衣の下に隠す。「私もそう願っています。どうか、シスター・ヘレナとの話は手短にお願いします。では、おやすみなさい、神父」

院長は軽く会釈をして建物のほうへ戻る。建物の入口には影を見ただけで誰なのかわかる人物が立っていて、お辞儀《じぎ》をして院長とすれちがうと、暗闇のなかを静かに歩いてくる。

シスター・ヘレナの顔には悲しみのしわが刻まれている。私と目を合わせようともしない。「アレックス神父」と、彼女はささやくように言う。「たいへんでしたね」

「シモンのことを聞いたんですか？」

シスター・ヘレナが目を上げる。「シモン神父のなにを？」

ほっとする。ウゴの死とアパートへの不法侵入の話はすでに広まっているかもしれないが、シモンが殺人罪に問われていることはまだのようだ。

「アパートでなにがあったのか、詳しく教えてほしいんです」と、私が言う。

シスター・ヘレナは驚きもせずにうなずく。

「あの前に、シモンはあなたになにか言いませんでしたか？」

シスター・ヘレナがまばたきをする。「あの前に？　頭が鈍くなってしまったのか、思い出せないんです」彼女は、はがゆそうにため息をつく。「あの前にシモン神父と話をしたかどうかですよね？」

彼女の頭は鈍くなどなっていない。

「話をしたんですか？」と訊く。

ふたたび私を見る彼女の顔は、悲しみが消えて好奇心に覆《おお》われている。「なにがあったんですか、神父？　どういうことなんですか？　数時間前に警官が来たんですが、私たちに質問をする前に追い返されました」

「お願いですから教えてください。シモンと話をしたんですか？」

「いいえ」

「電話でも？」

「あなたのアパートでシモン神父に食事をつくってさしあげて以来、話をしていません」

「あれは何カ月も前ですよね」

「ええ、クリスマスのときでしたから」

修道院の入口から院長が呼ぶ。「シスター・ヘレナ、早くお戻りなさい」

シスター・ヘレナが早口で言う。「教えてください。なにか問題が起きてるんですか？」

「警察は不法侵入などなかったと思ってるんです」

シスター・ヘレナが怒りのこもった声で言う。「じゃあ、家具がひとりでに倒れたんですか？」

私は具体的な話に切り替える。「押し入った証拠が見つかってないんです」

シスター・ヘレナは、むっとしたように顔をしかめる。「誰かが押し入ってきたのは間違いありません。大きな声もドアをたたく音も聞こえたし、そのあとでドアが開いたような気がしたんです」

「でも、私は錠をかけて出ていったんですよ」

「ええ、わかってます」

「あなたは、そのあとピーターを連れてどこかへ行ったんですか？　サミュエル修道士のアパートへデザートを食べに行ったとか？」

「いいえ」

「それなら、ドアの錠が開いていたはずはないんです」

「たしかに」シスター・ヘレナは、うろたえながら記憶を呼び覚まそうとしている。「私はとっさにピーターを抱き上げたんですが、ピーターの部屋に駆け込んでドアをロックしたときは、男はすでにアパートのなかに入ってきていたはずです」

　ふたたび院長が呼ぶ。「シスター・ヘレナ……」

　シスター・ヘレナは、申しわけなさそうに頬に手をあてる。

「あなたはできるかぎりのことをしてくださったんですから」と、私が慰める。「起きてしまったことを悔やむのはやめましょう」

　院長がこっちへ来るので、私は一歩離れるが、シスター・ヘレナはすばやく私の手首をつかんで耳打ちする。「もうピーターの世話をしに行くのは許してもらえないと思います」

「なぜ？」

「警察がここへ来たことをにがにがしく思ってらっしゃるからです。許してもらえるようにお願いしてみますが、だめだったらごめんなさい」

シスター・ヘレナは私の返事を待たずに建物のほうへ歩きだす。院長は私に鋭い視線を向けて、シスター・ヘレナをなかへうながす。私が暗い道端で待つレオのところへ戻ろうとすると、窓からこっそり外を覗《のぞ》いている六つの人影が見える。

ルチオのアパートへ戻りながら、レオはちらっと私を見てシスター・ヘレナがなんと言ったか訊く。私はべつの方向を指さす。

「どこへ行くんだ?」と、レオが訊く。

「アパートに帰る」


ベルヴェデーレ宮殿の窓にはまだ明かりが灯っている。テレビの光も漏れてくる。二階のシニョール・セーラのアルゼンチン人の妻がキッチンで踊っているのも見える。私とレオが裏口のほうへ歩いていくと、物陰で抱き合っていたティーンエイジャーがあわてて体を離す。

それを見て、自分のアパートに戻ってきた喜びが込み上げてくる。

裏口のドアを開けてなかに入ると、アパートの住人のアンブロージオが守衛のように座っている。

「なにをしてるんですか?」と、私が訊く。

アンブロージオは、教皇庁のインターネット・オフィスで働くただひとりのコンピュータ・メンテナンス係だ。

アンブロージオが声をひそめる。「警察が引き揚げたので、私たちが交代で警備してるんです」

私はねぎらいの気持ちをこめて彼の腕をたたく。少なくとも、彼らはシスター・ヘレナの話を信じているのだ。

捜査に進展はあったのかとアンブロージオに訊かれるが、私はないと答え、ほかの住人に気づかれないように足早に階段を上る。最上階に着くと、切れていた廊下の電球が取り替えられている。これも用心のためだ。自分のアパートの前まで行くと、膝をついてドアを調べる。脇柱にもドアの枠にも、傷はついていないようだ。私は鍵を持っているが、レオに「錠をこじ開ける方法は知ってるか？」と訊く。

レオはにやりとする。「きみより詳しいよ」

やってみるが、古い錠なので、うまくいかない。錠のなかのピンがなかなか動かない。

「面目ない」と、レオが言う。「昔は得意だったのに」

私は、聖ヨハネ騎士団の修道士たちが暮らしている隣りのアパートに向かって廊下を歩きだす。気になっていたことがあるからだ。

「どこへ行くんだ？」と、レオが訊く。

黙ってドアマットを持ち上げる。

「なんてことだ」それを見てレオがつぶやく。

両親がベルヴェデーレ宮殿へ引っ越してきた当初は、ドアマットの下に予備の鍵を隠していたのだ。私たちのアパートの鍵は隣りのドアマットの下に、隣りの鍵は私たちのアパートのドアマットの下に。だが、もうすっかり忘れていた。

　自分のアパートの前に戻ってドアマットをはがす。隣りの鍵はまだそこにある。私はこめかみをさする。

「このことは誰も知らないんだろ？」と、レオが訊く。

「マイクルだ」と、私がつぶやく。

「えっ？」

「マイクル・ブラックがやつらに話したんだ」

　私の住所となかへ入る方法をやつらに教えたのはマイクルだ。父はいつも鍵を忘れていたので、マイクルは予備の鍵の置き場所を知っていたはずだ。

「彼とは家族ぐるみの付き合いをしてたんじゃないのか？」と、レオが訊く。

「誰かに脅されたんだよ」

　レオがせせら笑う。「情けない男だ」

　階段の下で物音がするので、私は自分のアパートのドアの錠を開ける。そのとき、ふとあることに気づく。誰かがまだスペアキーを持っているのなら、二日間、自由に出入りしていたのかもしれない。もしかすると、いまもなかにいるのかも。

「住民が交代で出入口を監視してたんだぞ」不安を口にする私を、レオが安心させてくれる。

「不法侵入した者が戻ってくることはない」

「きみの言うとおりだ」

なかに入ると、変わった様子はない。レオが明かりをつけようとするが、私はそれを止めて窓を指さす。「誰かが外で見張ってるかもしれないから」

レオも不安になって、「どうするつもりだ？」と訊く。

月明かりに照らされた家具が不気味に光っている。私はなににも手を触れないように気をつけながら、シスター・ヘレナから聞いたあの晩の出来事を順番に思い浮かべようとする。彼女は、キッチンにいたときにドアをたたく音が聞こえたと言った。シモンと私を呼ぶ声も聞こえたと。私は、ピーターを連れて子供部屋へ行った彼女の動きを目で追う。部屋に入る前に玄関のドアが開いたという話だが、玄関から子供部屋までは六メートルほどだ。

思わずため息がもれる。

「レオ……」

レオは、なにか物音がしたのかと思って階段のほうに目をやる。彼はなにもわかっていない。

「ピーターは犯人を見てるんだ」と、私が言う。

「なんだって？」

「昨夜、怖い夢を見て、泣き叫びながら目を覚ましたんだ。〝顔を見たんだ。はっきり見たんだ〟と叫んでいた」

「考えすぎだよ。見たのなら、きみに話しているはずだ」

「シスター・ヘレナはピーターを抱いてたんだ。彼女がそう言ったんだよ——ピーターを抱いて子供部屋へ行ったと」

シスター・ヘレナはかならずピーターを自分のほうに向かせて抱く。だから、ピーターはいつも彼女の肩越しにうしろを見ているわけだ。

「間違いないのか？」と、レオが訊く。

電話が鳴るが、私は出ない。「ピーターは怯《おび》えてたので、警官が来たときはなにも話さなかったんだ。それ以降、私も話題にしなかった。また怖い思いをさせたくなかったからだ」

これから戻ってピーターを起こすつもりはないが、写真を手に入れて見せる必要はある。もしかすると、男の顔を覚えているかもしれない。

留守番電話の応答メッセージが流れるが、相手はなにも言わない。ドアが閉まるような音が聞こえてくるだけだ。

「行こう」と、レオに声をかける。

が、とつぜんレオが私を押し戻す。レオはアパートの入口を見つめている。大きな男の影を。

「誰だ？」と、レオが訊く。「名乗れ！」

私は一歩あとずさる。

人影は無言のまま片手を伸ばす。

明かりがつく。

年老いた男が、足を引きずりながらなかに入ってくる。男の瞳孔が収縮する。男は片手を上げて光をさえぎる。あるいは、レオが襲ってくるのを止めようとしたのかもしれない。隣りに住んでいるサミュエル修道士だ。

「戻ってらしたんですね、アレックス神父」

「ここでなにをなさってるんですか、サミュエル修道士？」

「電話で知らせようとしたんだが」

「なにかあったんですか？」

サミュエル修道士はひどく緊張していて、声には、台詞《せりふ》をしゃべっているような――あるいは、誰かの伝言を伝えているような――不自然な響きがある。

「あなたをさがしてここへ来た人がいるんです」

「いつ？」

「今朝《けさ》です。廊下で物音がしたので、なんだろうと思って出てみたんです」

「それで？」

サミュエル修道士は動揺をあらわにする。「おせっかいを焼く気はないが、あなたを見かけたら知らせてほしいと頼まれたので」

「なんの話をしてるんですか？」

「だから、知らせたんです」

私が問いただそうとすると、レオが言葉にならない声をもらす。じっと外の廊下を見つめているが、なにを見つめているのかはわからない。が、表情は凍りついている。ようやく、はっきりと聞き取れる声でつぶやく。

「まさか」

サミュエル修道士は静かにあとずさり、自分のアパートに戻ってドアを閉める。

私は外の廊下に出る。

廊下の端に誰かが立っている。階段のそばに、黒い服を着た人物が。それが誰なのかわかると、肌が引きつる。

「アレックス」

そのひとことは廊下に響きわたる。そして、斧を降り下ろしたように私の心をまっぷたつに割る。

彼女は、ためらいがちに小さく一歩前に踏み出す。「ショックだったでしょうね」

私はまばたきすらできない。まばたきをしているうちに彼女がいなくなってしまうような気がする。

「シモンのことを聞いたの」

なにも言えない。米粒に聖書の言葉を刻むように、私のすべての細胞に刻み込まれた、たったひとつの言葉しか。

「モナ」

私は、ピーターが歩けるようになってからずっと口にしていなかった妻の名を呼ぶ。

17

レオは気を利かせて、ふたりだけにしてくれる。たがいにちらっと視線を交わしてすれちがい、レオは遠ざかって、モナは近づいてくる。私の頭のなかに思い出があふれる。食料品の入った袋や家具をかかえて、あるいは、生まれたばかりのピーターを抱いて彼女と一緒にこのアパートの入口に立っていた自分の姿がよみがえる。隣人はわざわざ廊下に出てきてピーターをあやしたり可愛《かわい》い赤ん坊だとほめてくれたりした。サミュエル修道士は、なかに入れないほどドアにいくつも風船を吊り下げてくれた。

モナは入口にたたずんでいる。うながされなければ、自分の家に入ることができないのだ。

「入ってくれ」と、私が声をかける。

前を横切る彼女のにおいが、かつての気持ちをよみがえらせる。そのにおいはよく知っている。彼女がいつも薬局で買っていた石鹸《せっけん》のにおいだ。彼女の体のすみずみに染み込んでいたにおいだ。

私は、体が触れないようにうしろに下がる。それでもかすかな風が肌をくすぐって、体が敏感に反応する。だが、彼女が変わったことにはすでに気づいている。髪はずいぶん短くなって、以前のようにうしろに垂らすのではなく、顎《あご》にかかるように前に垂らしている。目の下にはうっすらとしわができているが、首や腕は以前より細くて、体の線も引き締まってている。着ているのは、シンプルなのに見栄えがする、彼女のお気に入りだった黒いノースリーブのワンピースだ。古風なのにモダンで、きちんとしているようにも開放的にも見える、ユニークな服だ。肩には、腕を隠す必要のある場所へ行くときはいつも着ていた、薄手の黒いセーターを掛けている。その服を着て来たことにどんな意味があるのかはわからない。

「座ってもいい？」と、彼女が訊く。

私は椅子をすすめて、なにか飲むかと訊く。

「お水でいいわ」

彼女は部屋を見まわして、つらそうな表情を浮かべる。部屋はなにひとつ変わっていない。飾ってある写真も以前と同じだ。部屋をそのままにしておいたのは、彼女の思い出を大事にしたかったたし、いつか戻ってくると信じていたからだ。ピーターと私は、まさに荒れ野に道を敷いて生きてきたのだ。

私がグラスに水を入れて戻ってくると、彼女は「ありがとう」と言う。私はまた、手が触れないように注意する。

私が向かい側の椅子に座ると、彼女は大きく息を吸って私の目を見る。ようやく話をしようとするが、どんなに練習しても準備が足りなかったかのように、あるいは、自分の夫だけではなく大勢の聴衆を前にしているかのように緊張している。失った多くの時間が、孤独だった長い歳月が私を取り囲み、彼女を見つめて、なにを話すのか、どんな言いわけをするのか、一緒にじっと待っている。離れていた時間があまりに長く、そのすべてを言葉で埋めることができないのは彼女もわかっているはずだ。

「私に訊きたいことがいっぱいあるのはわかってるわ、アレックス。なにがあったのかとか、いままでどこにいたかとか。答えられることはすべて答えるつもりよ。ただ、その前に話しておきたいことがあるの」

彼女はそう言って、ごくりと唾《つば》を飲み込む。目には、見つめられてとまどっているような表情が浮かんでいる。

「ここを出ていったときは、あなたにとってもピーターにとっても、そのほうがいいと思い込んでたの。ここにいたらどうなるかって考えると、怖くてしかたなかったの。私の頭のなかは恐ろしい考えでいっぱいだったから。でも、ずいぶん前から昔の私に戻ったように感じはじめて、もうすっかりよくなったの。電話をかけるかあなたたちに会いにくるかしたかったんだけど、できなかったわ。医者はぶり返す可能性は低いと言うんだけど、たとえ千に一つでも可能性があるのなら、あなたやピーターにまた同じ思いをさせるわけにはいかないから」

私が口をはさもうとすると、彼女はテーブルから手を上げて、先に最後まで話させてほしいと言う。彼女は口をすぼめている。一瞬、ひどくやつれて見える。首には何本もの縦じわが刻まれ、口をすぼめると、頬がへこんで陰ができる。それを見ると、離れて暮らしていた歳月が彼女を消耗させたような——後悔が内側から彼女を蝕《むしば》んでしまったような——気がする。私の心の底にたまった澱《おり》のなかの怒りがわずかに鎮まる。彼女がいなくなってからのピーターと私の苦しみを忘れることはできないが、苦しんでいたのは私たちふたりだけではなかったことに気づく。

「あなたとピーターがどうしているか確かめてほしいと、家族に頼んだのよ」彼女がふたたび話しだす。「みんな尋ねまわって、大丈夫だと聞かされたみたいなの。ふたりとも元気に暮らしていると。だから、こっちの都合であなたたちの生活をひっくり返すわけにはいかないと思ったの」

彼女は、はじめて目を伏せる。

「でも、シモンのことを聞いたの」一瞬、先を言いよどむ。「私はあなたがどんなに彼を愛しているか知ってるから、つらいのはわかるわ。ただ、もうすべてがひっくり返ってしまったのなら、なにか私にできることがあるかもしれないと思って」

最後のほうは声が小さくなる。力になりたいと思いながらも、自分にそんな資格があるのかどうか確信を持てずにいるようだ。彼女は大きく息を吸って両手をテーブルの上に戻すと、意を決したようにふたたび私を見る。それが、彼女が訪ねてきた理由だ。

私は消え入りそうな声で訊く。「シモンのことを聞いたのか？　誰から？」

彼女の顔に安堵《あんど》が浮かぶ。ほかの多くの質問と比べると、答えやすいからだ。

「エレナの新しいボーイフレンドが総代理のオフィスで働いてるの。それで、書類を見たらしくて」

　エレナというのは、彼女のいとこだ。シモンのことはどこまで広がっているのだろう？

「ピーターと私が元気だというのは、誰から？」

　彼女の顔から安堵の色が消えて、また先ほどと同じ目つきで私の目を見る。私は、受け入れがたい答えが返ってくるような気がして身構える。

「両親から聞いたの」と、彼女が答える。「去年、連絡を取ったの」

　私はショックを受ける。あのふたりは、それをいままで内緒にしていたのだ。

「あなたには知らせないでと、両親に約束させたの」両親を恨まないでくれと言う代わりに、彼女は手を合わせる。

　私の怒りは消える。でも、それは、私のプレゼントした指輪が見えたからだ。彼女がまだそれをはめているからだ。少なくとも、いまは。

「どこで暮らしてたんだ？」と、私が訊く。

「ヴィテルボのアパートよ。向こうの病院で働いてるの」

　ヴィテルボなら、ここから二時間で行ける。北へ向かう近距離列車の終着駅だ。彼女はよその州やよその国へ行きこそしなかったものの、私たちとばったり出くわしたりしないように、できるだけ遠くへ行ったのだ。

　だが、海辺や山へは行かなかった。ヴィテルボは敬虔《けいけん》な中世の街だ。街いちばんの名所は、かつて多くの教皇がローマから移り住んだ宮殿で、いまでもサン・ピエトロ大聖堂のごとく威風堂々とそびえ立っている。彼女がヴィテルボを選んだのには理由があったのだと、自分に言い聞かせる。私のことを思い出して自分を罰するためだったのだと。

彼女はピーターの写真を見つけ、口をゆがめて眺めている。心のなかに壁を築いて感情を封じ込めようとしているのだろうが、まばたきをすると、まつ毛の下から涙があふれて、フライパンの上で水滴が飛び跳ねるように勢いよく頬を転がり落ちる。けれども、泣きくずれはしない。感情を押し殺すことで、なんとか不安定な心のバランスを保っている。

私は両手を伸ばして彼女の手を握る。しかし、私の心も揺れる。だから、財布からピーターの写真を出してテーブルの真ん中に置く。

彼女はそれを手に取り、赤ん坊から少年に成長したピーターの姿を見て声を詰まらせる。

「あなたにそっくりね」

それは、再会してからはじめての嘘だ。ピーターは私に似ていない。やさしい顔立ちは彼女に似ている。まつ毛が濃いのも、口元に表情があらわれるのも。だが、写真のことを言っているわけではないのかもしれない。声はうわずり、目は遠くを見つめている。彼女は、ピーターがどういう少年か、自分なりに想像しているのだ。私にそっくりに見えるのは、私が服を着せて毎月髪を切り、毎朝梳《と》かしてやっているからだ。壁に貼ってある水彩画に書いた稚拙なサインも、どことなく私のサインに似ている。ピーターは私と彼女とのデュエットだ。私の声しか聞こえないのは、私がひとりでうたっていたからだ。

「モナ」

彼女は私を見つめているが、目はうつろだ。心のなかであとずさりしながら、お願いだからせかさないでと、全身で訴えている。芯《しん》の強い女性だが、想像していた以上につらいのだろう。

私には長いあいだ彼女に訊こうと思っていたことがあって、それがいま心のなかで暴れまわっている。彼女には答える義務があるはずだ。でも、訊けない。いまの彼女を見るかぎりでは。

彼女が目を閉じる。「あなたがどんなふうに感じてるのかはわかるの」そう言うと、片手を振って、自分が写っている何枚もの写真を指し示す。「でも、これは理解できないわ」とつぜん、苦しそうな荒い息をする。「私は……おかしなことを言うと思うかもしれないけど、あなたがふんぎりをつけて前に進んでいるのを願ってたの」

彼女の言葉の底には闇がうごめいている。私が忘れまいとして写真を飾っているのがうれしくないような、そして、自分自身はべつの人生を思い描くことができるような物言いだ。

「モナ」私はおだやかな口調で訊く。「誰か、いい人がいるのか？」

彼女は、私がいじめてでもいるかのように、つらそうな顔をしてかぶりを振る。

「じゃあ、なぜ――」

彼女は顔の前で両手を振る。それ以上言わないでと訴えているのだ。今日はここまでにしておいてと。

気持ちが通じない。わかるのは、たがいに傷ついているということだけだ。ひと晩でわかり合おうとするのが無理なのかもしれないが。

「それで、シモンは大丈夫なの？」と、彼女は声を詰まらせながら訊く。

私は目をそらす。彼女も彼女の家族も、長いあいだなんの連絡もしてこなかったのに、兄のことを心配するのはおかしい。

「彼は誰も殺してないんだ」

それはわかっていると言わんばかりに、彼女が大きくうなずく。かつては、なにを考えているのか、いや、なにをしでかすかもわからないと思っていた義理の兄が、とつぜん聖人君子になったらしい。

「なぜシモンのせいにされるのか、見当もつかないんだ」と、私が言う。

彼女は一瞬やさしげな表情を浮かべる。私がシモンを全面的に信頼しているのを久しぶりに目の当たりにして、それを美しいと思うのと同時にあらたな意味を見いだしたようだ。

「なにか私にできることはある？」と、彼女が訊く。

私は感情が声に出ないように気をつける。「さあ、それはなんとも。ピーターのことを第一に考えないといけないし」

彼女の顔が険しくなる。「ピーターに会うためなら、どんなことでもするわ」

彼女の真意を探ることができないうちに、言葉が口をついて出る。「それなら、会ってやってくれ」

「ええ」彼女は急に背筋を伸ばす。「うれしいわ」

そして、床に転がっているピーターのリモコンカーに、何度もちらちらと目をやる。ヴァチカンの城壁に激突した衝撃で車軸が壊れてしまった真っ赤なマセラティで、ピーターがドアに自分の名前を書いている。彼女は、そのたどたどしい字から目をそらすことができずにいる。

「ほんとうにうれしいわ」と、先ほどよりか細い声で繰り返す。

私は、自分が彼女の言葉に過度な期待をしていることに気づいて、少し距離を置くことにする。こんなに簡単に望みがかなえば、うまくいかなかったときの失望が大きくなる。

「会うのは、ピーターに心の準備ができてからにしてくれ。少し時間がかかるかもしれないが、とつぜん訪ねて来るのはやめてほしい」

彼女は、ナイフを突き刺されたような顔をして黙り込む。

私はおもむろに立ち上がる。「ピーターはいまおじのルチオのところにいるんだ。そろそろ戻ってやらないと」

「そうね」

彼女も席を立つ。立ち上がると、気丈に見える。セーターを肩に巻きつけ、椅子をテーブルの下に入れて帰ろうとするが、わざわざドアの手前で足を止めて私に別れの場面を仕切らせようとする。けれども私は、もう彼女が帰ってしまうのだと思うと、激しい孤独に襲われてほかのことは考えられなくなる。彼女が明日の朝にはもうヴィテルボに戻るのなら、ピーターに動揺を気取《けど》られないようにしなければならない。今夜のことは知られないようにしないと。

私が長々とためらっていると、彼女はガラスの壁にでも触れるような感じで片手を上げて、宙で止める。

「私の電話番号よ」彼女が手にした紙切れには、すでに番号が書いてある。「心の準備ができたら連絡して」


モナが帰ってしばらくすると、レオがそっと戻ってくる。だが、なにも言わない。そもそも、われわれの友情は、たがいに黙って見守ることからはじまったのだ。レオは、無言のまま私をルチオのところへ送り届けてくれる。

行政長官宮殿の入口で、彼は私の腕をたたいて意味ありげな視線を向けると、電話をかけるジェスチャーをする。「話したければ、いつでも」

でも、私は話したくない。

ピーターは眠っているが、体の向きが逆さまで、足が枕に触れそうになっている。もとに戻してやると、目を覚まして「バッボ」とはっきり言うが、またすぐに眠りに落ちる。私は額にそっとキスをして、腕を撫《な》でる。

近所の母親たちは、男手ひとつで子供を育てているのは偉いと私をほめてくれる。彼女たちとは、小学校へ入学する前に新入生どうしを一緒に遊ばせるプレイデートやミートアップで顔を合わせるのだが、みんな、ピーターにはいいお父さんがいて幸せねと言う。彼女たちは私が亡霊だとは思っていない。雲梯《うんてい》にぶら下がるのが大好きな少年に水面まで引き揚げてもらった難破船だとは。神はモナを連れ去ったが、ピーターを私のもとに残してくれた。モナは電話番号を教えてくれたので、かけようと思えばいつでもかけられる。けれども、かける勇気はない。

私はシモンのために祈り、ベッドはピーターに譲って床で寝ることにする。だが、床に体を横たえる前に耳元でピーターにささやく。

「ママが帰ってきたんだよ」

18

ピーターは夜明けとともに目を覚ます。ルチオもディエーゴもまだ寝ているが、キッチンでは修道女たちがこの夏最後に収穫したニンジンの皮をむいたりレタスを洗ったりしている。彼女たちは、朝の静寂を破ってキッチンに入ってきた小さなナポレオンが、舞台の袖《そで》のカーテンを押し開けてステージに出ていく芸人のように修道服をかき分けて歩いてきて、「シリアルはどこ？　どんなシリアルがあるの？」と訊いても、迷惑そうな顔をしない。誇り高きイタリア人は朝食にシリアルなど食べないのだが、マイクル・ブラックはシモンにアメリカの煙草《たばこ》の味を教える前に、まだ幼かった私にシリアルのおいしさを教えた。息子が私からそんな習慣を受け継いでいるのを知ったら、モナはなんと言うだろう？

夜明けの薄明かりのなかにもモナはいる。彼女がいなくなって以来、私はいまごろの時間に彼女の存在をもっとも強く感じていた。あたりが静寂に包まれ、夢が夜と朝のはざまを漂うこの時間に。

「甘いのがいいんだけど」ピーターは引き出しに手を突っ込んでスプーンを取り出すと、どさっと椅子に座ってシリアルが出てくるのを待っている。

シリアルは私が取りに行く。ピーターが生まれるまで、ルチオのアパートにシリアルなどなかった。私がいまのピーターぐらいの年齢だったときにクリスマスの翌日の朝食のテーブルでゆうべのケーキの残りが食べたいとルチオに頼んで、もう捨てたと言われたのはいまだに覚えている。エスプレッソを飲みながら、思わずピーターのボウルの横に置いてある牛乳のパックを見つめる。ガンドルフォ城の牧場の牛乳だ。それで、また現実に引き戻される。レオはシモンの居場所を突き止めたのだろうか？　かすかに聞こえる教会の鐘の音が七時半の時を告げる。ミニャットに会うのは二時間半後だ。

「みんなとボールを蹴りに行ってもいい？」ピーターはシリアルを食べ終えて、流しの前に立っている修道女のところへ食器を持っていきながら私に訊く。

神学予備校で学んでいる少年たちは、いつもピーターをミニサッカーのゲームに加えてくれる。学校の教師の息子だからだが、ピーターはいま何時かわかっていないようだ。

「今日は行かなきゃいけないところがあるんだ」と、私が言う。「一緒にボールを蹴りながら行こう」

ヨハネ・パウロ二世の紋章をかたどった教皇宮殿のまわりの花壇では、陽が高くなる前に仕事を終えようと、庭師たちが早くから仕事をしている。自身も子持ちの親方は、ドリブルをしながら小径《こみち》を下りていく私たちを見て、にっこり笑う。子供にサッカーを教えるには、最悪の場所だ。大雨の日には小径と小径をつなぐ階段を滝のように水が流れるほどなので、小径の傾斜はかなりきつい。ここでボールをコントロールする技を身につけようとするのは、テヴェレ川の流れに逆らって水泳の練習をするのと同じだ。

　けれどもピーターは負けず嫌いで、シモンに似て困難に立ち向かうのが好きなようだ。これまでは重力との戦いに負けて、いつもサン・ピエトロ大聖堂の下までボールを追いかけていっていたが、いまでは片方の足を前に踏み出して、もう片方の足でボールの勢いを止めながら坂を下りていけるようになっている。それを見て、べつの庭師が〝すばらしい〟という意味のジェスチャーをする。サッカー好きなのも、ここの住人の共通点だ。

「どこへ行くの？」と、ピーターが期待をこめて訊く。

　けれども、私が美術館を指さすと、うめき声をあげる。

　美術館の開館時間は九時だが、午後一時に閉まるヴァチカンのオフィスはどこも八時から開いている。学芸員がやって来るまでひとりで展示品を鑑賞できるのは三十分しかないが、ミニャットの質問に答えるためには準備の時間が必要だ。

　美術館の正面の扉は開いていないし、学芸員室から展示室へ行くドアも錠がかかっている。だが、いったん修復室のある地下に下りて、角を曲がった先にある荷物用のエレベーターで展示室へ行くという手の込んだ裏技をウゴに教えてもらっていた私は、昨日見なかった展示品を見るために、さっそくピーターと一緒に部屋をまわる。ピーターは、カラヴァッジョのとてつもなく大きな『キリストの降架』を壁に掛けるために使われたブームリフトに興味を示す。そのそばには、さらに大きな絵がある。空《から》っぽの墓のなかに残された聖骸布《せいがいふ》を見つめる弟子たちを描いたもので、高速道路のガード下の通路を封鎖できるほど大きい。壁には福音書の言葉が書いてあって、一部太字になっている箇所に目が留まる。

マルコによる福音書十五章四十六節　ヨセフは**亜麻布を買い**、イエスを十字架から降ろして**その布で巻き**

マタイによる福音書二十七章五十九節　ヨセフはイエスの遺体を受け取ると、**きれいな亜麻布**に包み

ルカによる福音書二十三章五十三節　イエスの遺体を十字架から降ろして**亜麻布**で包み

そのあとには驚くべきフィナーレが待っていて、ひと目見るなり足が止まる。ヴァチカン美術館でこのようなことが行なわれるのは、もちろんはじめてだ。イエスの死と埋葬について記されたディアテッサロンのページを展示室の壁全体に復元するのは。塗りつぶすのに使われていたインクは取り除いてあるので、ギリシャ語の文章がはっきり読み取れる。ただし、アロギ派がヨハネによる福音書を認めていなかったことを示すために、薄い影は残してある。そして、ヨハネによる福音書の言葉も書いてある。ウゴはヨハネの言葉をほかの三つとは離して書いて、べつの言葉も太字にしている。

ヨハネによる福音書十九章三十八～四十節　ヨセフは行って遺体を取り降ろした。かつてある夜、イエスのもとに来たことのある**ニコデモも、没薬《もつやく》と沈香《じんこう》をまぜたものを百リトラばかり**持ってきた。彼らはイエスの遺体を受け取り、ユダヤ人の埋葬の習慣に従い、香料を添えて**亜麻布**で包んだ。

これには驚いた。ウゴは、私と一緒に学んだことを全世界の人たちに伝えようとしていたのだ。ヨハネによる福音書で彼が太字にしたのは、ほかの福音書とは異なる箇所だ。ほかの三つの福音書はみな同じ表現を使っているが、ヨハネだけは違う。ウゴはディアテッサロンの同じ箇所を壁いっぱいに拡大することによって、アロギ派が誕生した二世紀にはすでに、ヨハネによる福音書が史実にもとづいていないことをキリスト教徒が気づいていたと言いたかったのだろう。

私は激しく動揺する。ウゴは聖骸布の歴史を調べていると言っていたので、福音書を学ぶのは、聖骸布がどのような経緯でエルサレムからエデッサに移ったのか解明するためだと思い込んでいたのだ。この展示が多くの議論を呼ぶのは間違いない。世の中には、教えを受け入れることができる人もいればできない人もいるというのが教会の考えだが、羊飼いにとってはいい教えが羊にとってもいい教えかどうかはわからない。聖書を深く学んでいない一般の信者は、ヨハネによる福音書は信用できないとか、事実をねじ曲げているのなら捨て去る

べきだと思ってこの展示室をあとにすることになるかもしれない。ウゴがここに展示してい
るのはすべて本物で、かつ真実だが、彼はそれを大勢の人に見せて、判断は各自にまかせる
という大胆な賭けに出たのだ。

私はピーターを連れて、昨日観た展示室を足早《あしばや》に通りすぎる。ウゴがほかになにを展示し
ようとしていたのか、あと二十分で突き止めなければならないからだ。

ついに、システィーナ礼拝堂へと続くエリアにたどり着く。つぎの展示室との境には、カ
ンヴァスほどの厚さの黒いビニールカーテンが吊るしてある。ピーターは、シスター・ヘレ
ナと一緒にクローゼットに隠れていたときのことを思い出したのか、サッカーボールを抱き
しめてカーテンの向こうの暗闇を覗《のぞ》く。

カーテンを開けると、埃《ほこり》っぽいにおいがする。窓の前には石膏《せっこう》ボードの壁がずらりと並ん
で陽光をさえぎり、床は埃に覆《おお》われている。おかしい。展覧会の開幕まであと三日しかない
のに、ここはまだまったく準備ができていない。

部屋のあちこちに無造作に置いてある豪華な展示ケースは、どれもガラスの上に石膏ボー
ドの粉が積もっている。しかも、その上に電気コードが置いてある。手で石膏ボードの粉を
払うと、カール大帝の二百年前の時代に生きたキリスト教史学者、エヴァグリオス・スコラ
ティカスの写本が見える。開いてあるページには、ペルシャ軍に攻め込まれたエデッサの街
がイエスの聖像によって奇跡的な勝利を収めた経緯が記してある。その横にあるのは、教会
史の父と称されるエウセビオスが西暦三〇〇年に発表した著作で、イエスがエデッサの王と

交わした書簡をエデッサの文書館で見たと書いてある。ピーターはどちらもギリシャ語で書いてあるのに気づいて、目を輝かせる。「すっごく長い単語だね！」

当時はまだ単語と単語のあいだにスペースを入れる習慣がなかったので、どのページもぎっしりと字で埋めつくされている。どちらも謎めいた神秘的な書物で、しかも恐ろしく古いので、そこに描かれている世界は現代とまったく違うが、福音書が書かれた時代とはよく似ている。それに、どちらも謎めいている。もともと、歴史とファンタジーと噂の境界線はあいまいなのだ。しかし、ウゴのメッセージは明白だ。初期キリスト教の時代には、東方キリスト教会が支配していた地域の知識人はみな、エデッサにイエスの貴重な聖遺物があるという噂を耳にしていた。

私は、ここはなぜこんなことになっているのか、なぜ準備が終わっていないのか、不思議に思ってあたりを見まわす。おそらく、とつぜん展示内容が変更されたのだろう。個々の展示品はなにも問題がないものの、テーマが変わったようで、なんとなくしっくりこない。

「行こう」ピーターに声をかけ、こんなひどい状態ではないことを願いながら、つぎの展示室のほうへ手を振る。

ところが、作業員がどこへ持っていけばいいのか迷ったのか、つぎの部屋も入ったばかりのところに展示ケースがひとつ置いてある。ケースのなかには、千年前の説教を記した、なんの特徴もない小さな写本が入っているだけだ。ただし、その説教が行なわれたのは、いわゆる〝奇跡の奪還〟のときだ。ビザンチン帝国軍（東ローマ帝国）がエデッサの城門へ進軍してイエスの聖像をイスラム教徒の手から奪い、トルコの高地と砂漠を抜けて千三百キロ離れた正教会の都、コンスタンティノープルへ凱旋したときだ。

　私は、立ち止まってじっくり写本を見る。ウゴがこんなものを見つけていたとは、知らなかった。これは、十字軍の遠征のはるか前の九四四年に行なわれた説教の記録だ。したがって、聖骸布をエデッサから取り返したのはカトリック教徒ではないということになる。カトリックの騎士たちが第一回目の聖地奪還に行く前に正教徒がイスラム教徒から聖骸布を奪い返して、エデッサから運び出していたのだ。だとすると、カトリック教会はどうやってそれを手に入れたのだろう？

　つぎは最後の展示室で、壁はダークグレーで塗りつぶしてあるが、よく見ると、絵が描いてあるのがわかる。船や兵士や、丸屋根や尖塔《せんとう》が、くっきりと浮かび上がっている。微妙に濃淡の違う黒い絵の具を使って古代の夜の街のスカイラインが描いてあるのだ。あとは小さな展示ケースがひとつ置いてあるだけで、その向こうには、その展示室と隣りの部屋を隔てる両開きの扉がある。ピーターは走っていって扉を開けようとするが、錠がかかっている。おそらく、その扉の奥にディアテッサロンが置いてあるのだろう。私は展示ケースに視線を戻す。なかに入っているのはギリシャ語の文章が書かれた羊皮紙で、赤い立派な印鑑が押してある。１２０５ＡＤと、年代も書いてある。

　いやな予感がする。年代が矛盾するのだ。ふたつ手前の部屋で見た写本はこれより古く、直前の部屋に展示してあった写本はさらに古かった。なのに、一二〇五年というのは流れが逆だ。もしかすると、ウゴはなにかあらたな説を提示しようとしていたのかもしれない。定説をくつがえすあらたな説を。一二〇五年というのが、けっして触れてはいけない東方の歴史におけるある重大な出来事が起きた年にきわめて近いのも引っかかる。

羊皮紙の説明板を見ると、ヴァチカン文書館所蔵の、ビザンチンの皇帝からローマ教皇に送られた書簡だとわかる。

全身がうずく。一二〇五年にビザンチンの皇帝がローマ教皇に書簡を送った理由はひとつしかない。

いくつかの単語が目に飛び込んでくる。〝略奪〟。〝聖遺物〟。〝許しがたい暴挙〟。あまりに衝撃が大きくて、目をそらすことすらできない。自分の目が信じられない。ようやく、ウゴがこの書簡を発見したときに驚愕し、シモンにその意味を説明してもらって恐怖におののいたにちがいない文章を見つける。

彼らはもっとも神聖な遺物を盗んでいったのです。イエス・キリストの遺体を包んでいた亜麻布《あまぬの》を。

これで、壁の絵の意味がわかる。ウゴがなぜコンスタンティノープルのスカイラインを黒で描かせたのかが。彼は十字軍の行動に疑念を抱いていたのだ。十字軍が聖骸布を持ち帰った経緯に。われわれは聖骸布をエデッサから奪還したのではない。コンスタンティノープルから略奪したのだ。

一二〇四年は、カトリック教会にとっても正教会にとっても、歴史上もっとも深刻な出来事が起きた年だ。その百五十年前にたがいが分裂したことよりはるかに深刻な出来事が。カトリックの騎士たちは一二〇四年に第四次十字軍を結成して聖地エルサレムをめざしたが、その途中でコンスタンティノープルに立ち寄った。彼らの目的は、東方のキリスト教軍の統合と正教会を偉大な宗教戦争に参加させることにあった。だが、正教会の都で彼らが目にしたのは西方のカトリック国とは大きく違う光景だった。

当時のコンスタンティノープルはキリスト教の拠点で、西ローマ帝国の滅亡後はヨーロッパ全体の砦としての役目も果たしていた。コンスタンティノープルは幾度も蛮族の攻撃を受けながら、街の周囲に築いた強固な城壁が破られたことはなく、街には千年の財宝が残っていた。古代の遺物と、世界でもっとも数が多くて、しかも貴重なキリスト教の聖遺物が。

一方、西ヨーロッパでは七百年ほど前に西ローマ帝国が滅亡して以来、蛮族の攻撃や外国による侵略が続いて、混沌《こんとん》とした状態にあった。しかもカトリック教徒は貧しく、食べるものにも事欠く状態で、みな将来に不安を感じていた。聖地に赴く船賃もなく、借金をしても返すあてはなかった。そんななかで正教会の都の豊かさを目の当たりにしたカトリックの騎士は、東西教会の分裂後の千年の歴史のなかで最大の過ちを犯した。

彼らはエルサレムへは行かずにコンスタンティノープルを攻めて正教徒の女性を陵辱し、

聖職者を殺害した。自分たちと同じキリスト教徒を手にかけて街じゅうに火を放ち、貴重な文献を保存していたコンスタンティノープルの図書館を地球上から消し去って、東方のサン・ピエトロ大聖堂とも言うべきアヤソフィアでは玉座に娼婦を座らせた。そして、街の解放と引き替えに要求した金を皇帝が支払えないとわかると――手持ちの金塊を溶かしたところで無理だとわかると――正教会の教会を破壊して街のあちこちにあった聖遺物を略奪した。

いま各地のカトリック教会にある聖遺物を全部寄せ集めても、当時コンスタンティノープルにあったもののほんの一部にすぎない。キリスト教を信奉していた東方の古い都市は、保護を求める見返りに自分たちが持っているなかでもっとも貴重な聖遺物を何世紀にもわたってコンスタンティノープルへ送りつづけていたからだ。ビザンチン帝国は東方のキリスト教徒を保護し、正教会の総主教は彼らを守りたまえと神に祈った。つまり、ビザンチン文明がその都に多くの宗教遺産を集結させて、みずからそれを守ってきたことになる。わがカトリック軍はそれを奪ったのだ。

この展示室の壁に描かれているのは、そのときの光景だ。闇に覆《おお》いつくされた、一二〇四年のコンスタンティノープルのスカイラインだ。

現代のカトリック教徒は、正教会がいまだにそのときの恨みを抱きつづけているのを知らない。だが、当時の彼らの思いを如実に示すもうひとつの歴史的出来事がある。十字軍がコンスタンティノープルから撤退した二百五十年後にイスラム軍が襲来したのだ。国の存亡の危機に瀕した正教会の主教らはやむなく助けを求めて西へ赴き、しぶしぶローマ教皇と屈辱的な協定を結んだ。だが、国に帰ると彼らは国民にそっぽを向かれた。正教徒はすでに決断を下していたのだ。カトリックに助けを求めるぐらいならイスラム教徒に殺されたほうがましだと。

かくしてコンスタンティノープルは陥落し、やがてイスタンブールが生まれて今日《こんにち》に至っている。カトリック教会との分裂を決定づけたのはなにかと正教徒に問えば、彼らは背中にナイフを隠し持ったまま歯噛《が》みして、〝一二〇四年〟と答えるはずだ。

いま目の前にある書簡は、その年に起きた恐るべき出来事をよみがえらせる。ウゴは私が想像しうる最悪の事実を突き止めたのだ。これで、聖骸布《せいがいふ》が中世のフランスにたどり着いた謎が解ける。それまでの所在が不明だったことも説明がつく。聖骸布がどこから来たのか、カトリック教徒が忘れてしまったのには理由があったのだ。正教徒から略奪したからだ。

私は、ウゴが大胆にもヴァチカンの美術館でこのようなものを展示しようとしていたことに、言葉を失う。カトリック教会が罪を告白するというのは、驚くべきことだ。ウゴが徹底的に真実を追究して、どんな代償を払おうと真実を伝えようとしてきたことは誰よりも私がいちばんよく知っているが、それでも愕然《がくぜん》とする。真実から目をそむけて沈黙を守らなければならないときがあるのなら、いまがまさにそのときだ。ウゴの勇気に感動できればいいのだが、彼の無謀さに激しいショックを受ける。

さまざまな思いが渦巻くなかで、とつぜんひとつの考えが頭に浮かぶ。私はすべてを誤解していたようだ。国務省はこの発見を闇に葬ろうとしたわけではない。むしろ歓迎したはずだ。父が十六年前に正教会の聖職者をトリノに招いたのと同じようにシモンが彼らをここに招けば、改善の兆しが見えてきた正教会との関係を五十年前の状態に戻すという、国務省の長官に就任して以来、ボイア枢機卿がひそかにめぐらせてきた策謀が実を結ぶことになる。一二〇四年に芽生えた憎しみは、これまで何千人ものキリスト教徒の命を奪ってきた。そして、ウゴもあらたにそこへ加わることになる。

だから、シモンは話そうとしないのだ。たとえ聖職権を失うことになっても守らなければならない大事な秘密だと思っているのだ。まだ準備のできていない展示室がすべてを物語っている。ウゴが悩んでいたのも無理はない。ルチオに最終的な計画案を提出しなかったのもうなずける。だが、ルチオはシモンにウゴの展示を完成させる権限を与えた。最後のいくつかの部屋の展示内容を変更する権限を。なのに、シモンはべつの展示室で作業をしていた。どうしてここはこのままにしておいたのだろう？

ピーターがカソックを引っぱっている。だが、私はしゃべれない。ひざまずいてピーターを抱きしめて、冷静さを取り戻そうとする。

「まだ？」と、ピーターが訊く。「もう行こうよ」

うなずいて、小さな声で言う。「そうだな。もう行こう」

ピーターは私の手を握り、力いっぱい引っぱって立ち上がらせようとする。「これからどうするの？」

それは私にもわからない。まったくわからない。

19

ミニャットのオフィスは、テヴェレ川の向こうのモンセラート通り一四九番地にある。私たちは、神学校と十以上の教会と、かつてはそこに聖人が住んでいたことを示すプレートのついたルネサンス様式のいくつかの建物の前を通りすぎる。このあたりにあるアパートはカトリック教会のもので、教皇庁で働く者に安い値段で貸しているので、ローマ市民もここは事実上ヴァチカンの一部だと思っている。

約束の時間より早く着いたが、ほかに行くところもないので、ピーターと一緒に教会の前の石段に座る。シモンの携帯に電話をかけるが、応答がない。電源を入れたままにしているのなら、今夜にはバッテリーが切れるはずだ。電源を切っているのなら、シモンはもう覚悟を決めたということだ。沈黙を守り抜く覚悟を。

「家に帰りたい」と、ピーターが言う。

〝家〟とは、どこのことを言っているのだろう？

私は息子を膝《ひざ》にのせる。「ごめんよ、ピーター」

息子がうなずく。

「たいへんなことになるかもしれないけど、頑張って乗り切ろう」と、言って聞かせる。

シモンが起訴されたのは、ウゴが突き止めた事実と無関係でないはずだ。シモンが展覧会に招いた正教会の聖職者が仰天するのと同時に激怒するのは確実で、結局、シモンがひとり敗北感にさいなまれることになるのだ。準備が中断された展示室も、ウゴが殺されたのは秘密が明かされるのを防ぐためだったことを示している。マイクルと私が脅しを受けたのも、理由は同じだ。

〝ノガーラがなにを隠しているのか教えろ〟

おかしなことに、なぜかモナのことが頭をよぎる。妻を失った経験が兄を失う不安をかき立てるのか、対象のない漠然とした喪失感に襲われる。

「モンシニョール・ミニャットが助けてくれるんだ。さあ、会いに行こう」と、ピーターに言う。

だが、ピーターは、「シモンおじさんに会いに行こうよ」と言う。

「それは明日にしよう」

ピーターは、シモンに見せてこつを教えてもらおうと思っているのか、石畳の道でサッカーボールをドリブルしながらフェイントをかける練習をする。「わかった」何度も何度も練習する。「明日でもいい」

ピーターの声にはがっかりしたような響きがこもっている。だが、ほんの少しだ。心のなかに網を張っておけば望みをなくさずにすむことを、五歳にしてすでに学んでいるのだろう。

一四九番地に着くとピーターがブザーを押し、ミニャットにドアのロックを解除してもらって最上階の部屋へ行く。「お早いですね、神父」ミニャットはそう言ってから、ピーターを連れてきていることに気づいて一瞬口ごもるが、「さあ、一緒になかへ」と言う。

ミニャットは、狭いアパートの一室をオフィスとして使っている。いくら教会法に詳しくても、それで金儲《かねもう》けはできないので、ミニャットのような立場の者はみな、教皇庁立大学で教えたり教会雑誌の編集をしたりして、聖職者としての威厳を保っているのだ。

オフィスは質素だが、けっしてみすぼらしくはない。絨毯《じゅうたん》も薄くなってはいるものの、もとは豪華なものだったようだ。壁際に並んだ本棚を埋めつくす法律関係の書籍も、優雅なカーブを描くロココ調の脚のついた、木目の美しい年代物の机も、格調高い雰囲気をかもし出している。もちろん、机の上にはミニャットがヨハネ・パウロ二世と一緒に写った写真も飾ってある。ただし、写真のなかのふたりはずいぶん若い。

「話をしているあいだ、息子を遊ばせておく部屋はありませんか？」と、私が訊く。

ミニャットの頬の端がほんのり赤らむ。「あるとも」

私は、ミニャットがピーターを連れていくのを見て、彼に恥ずかしい思いをさせたことに気づく。キッチンはテーブルと椅子を一脚置くスペースしかなく、もうひとつの部屋は寝室だ。どちらの部屋も殺風景で、寝室にはベッドの上に十字架が掛けてあるだけだし、キッチンの小さなテーブルにはランチョンマットが一枚とテレビが置いてあるだけだ。

「テレビを見せてもかまわないか？」と、ミニャットが訊く。

「チャンネルはいくつあるの？」と、ピーターが無邪気に尋ねる。

ミニャットはピーターにリモコンを渡して、「アンテナで見られるチャンネルだけだ」と言う。


オフィスに戻ると、私が切り出す。「じつは、ここへ来る前に美術館に寄ってきたんです。ウゴが準備していた展示について、お話ししておいたほうがいいことがあるんですが」

私はミニャットにすべてを話す。まだ準備が終わっていない展示室があることも、ウゴが聖骸布《せいがいふ》の帰属に大いなる疑問を投げかける発見をしたことも。

「私は勘違いをしていたようです」と、打ち明ける。「国務省が展示にストップをかけるはずはないんです。まったく逆で、彼らは展示を奨励するはずです」

「じゃあ、シモン神父の動機がわかったわけだな」と、ミニャットが沈んだ声で言う。

「いいえ。兄がウゴを殺すわけがありません」

示された事実を天秤《てんびん》にかけているのか、ミニャットはゆっくりと頭を振る。「猊下《げいか》から、シモン神父は正教会との関係改善に心血を注いでいたと聞いているのだが」〝猊下〟とはルチオのことだ。

「しかし、兄のためならウゴはどんなことでもしたはずです。兄がひとこと頼みさえすれば」

そう言いながらも、ほんとうにそうだったのか、自信が持てなくなる。ウゴは、なにを発見したのか私に知らせようとした。だが、先にシモンに知らせた可能性もある。もしシモンが公《おおやけ》にしないでくれと頼んだのなら、ウゴが展示の準備を中断したのも、ウゴの気が変わった理由に国務省が興味を示したのも説明がつく。

ミニャットは時間をかけて紙になにやら書き込むと、それをフォルダーにはさみ込む。

「その話はあとまわしにしよう。先に、いくつか大事なことを訊いておきたいのだ。まずは、シモン神父の行方だ。私のところにはなにも情報が入ってこないのだが、なにかわかったか？」

「いいえ。でも、手を尽くしてさがしています。裁判まで、どのぐらい時間があるんですか？」

「普通なら数週間か数ヵ月先になることもあるが、今回は異例の早さでことが動いているようだ。せめて一週間の準備期間があればいいのだが」驚いたことに、ミニャットが笑みを浮かべる。「昨夜以来、ちょっとした動きがあったので」

ミニャットは話をやめて書類の山に手を伸ばす。私は彼の言葉に期待を寄せる。もちろん、いい話であってほしいが、昨日はいい話だったとしても今日はそうでなくなっていることもある。

ミニャットは私に開封した封筒を差し出す。「国務省にあるシモン神父の人事ファイルが証拠として提出されているのに、私のところに届いた書類のなかには含まれていなかったので、請求したのだ。すると、一時間ほど前にこれが届いた」ミニャットが手を振ってうながす。「見るといい。代理人として、きみには見る権利がある」

封筒のなかには便箋《びんせん》が一枚入っている。

敬愛するモンシニョール・ミニャット

シモン・アンドレオ神父の人事ファイルの開示請求を受理したことを謹《つつし》んでご報告申し上げます。しかしながら、ご請求のファイルは国務省の一般記録のなかに存在せず、したがって開示請求に応じることができません。

敬具

神の忠実な僕《しもべ》

ステファノ・アンニーバレ

私は、まだなにか書いてあるかもしれないと思って便箋を裏返す。「わけがわかりません」

「ファイルが消えたのだ」

「そんなことって、あるんですか?」

「いや、ない。誰かが隠しているのだろう」

私は便箋を机にたたきつける。「証拠も見せてもらえないのに、どうやって弁護するんですか？」

ミニャットが人差し指を突き立てる。「ファイルがなければ、判事も見ることができないはずだ」

「でも、人事ファイルに兄の助けになるようなことが書いてあったら？」

ミニャットが古めかしい万年筆を唇の上で転がす。「私も同じことを考えていたのだ。二十分前に裁判所の書記官から電話がかかってくるまでは。行方不明になっている証拠は人事ファイルだけではないらしい」

ミニャットは目を輝かせて起訴状のコピーを私の前へすべらせる。中指は、証拠物件が記された行の上に置いたまま、動かそうとしない。

「まさか」と、私が言う。

ミニャットはもう片方の手を振る。「監視カメラのビデオも消えたようだ」

起訴状を見つめていると、めまいに襲われる。

「ビデオのことは気がかりだった」と、ミニャットが続ける。「シモン神父の証言と食い違う事実が出てくれば、厄介なことになるので」

「で、ビデオはいまどこに？」

「もちろん、向こうも必死にさがしているが、おそらく、ガンドルフォ城からこっちへ運ばれてくるあいだに消えたのだろう」ミニャットは私の反応を探るように眉を上げる。

「ビデオが消えたのは、いいことですよね？」私もそう言ってミニャットの反応を探る。

ミニャットが含み笑いを浮かべる。「ああ、まあ」

だが、笑みはすぐに消えて目つきが険しくなる。

「いまから私の考えを話すので、それに対するきみの率直な意見を聞かせてくれ」

「わかりました」

「シモン神父にはかなり地位の高い友人がいるような気がするのだ。守護天使のように彼を守って、しかも証拠にアクセスできる友人が」

「それは誰ですか？」

「わかっているのなら教えてほしい。誰が味方か知っておくのは非常に大事だ」

「私には、そんなことをする人物がいることすら信じられません」

ミニャットは、耳たぶを引っぱりながら私が先を続けるのを待っている。

「おじだと思ってらっしゃるんですか？」

「きみはどう思う？」

私は絶句する。

「ガンドルフォ城の庭師は彼が雇い入れているのではないのか？」と、ミニャットが迫る。

「たぶん。でも、おじに国務省のファイルを盗み出すことなどできるはずがありません。おじがいまどんな状態か、昨夜ご覧になったじゃないですか」

ミニャットは、きみのおじは狡猾《こうかつ》な男だと言いたげに肩をすくめる。「まあ、もう少し考えてみよう」

私は起訴状に目をやる。人事ファイルもビデオもないのなら、シモンの容疑を立証するのはむずかしい。三つの直接証拠のうちのふたつが消えてしまったのだから。

「それでも裁判を開く理由があるんですか？」と、私が訊く。

ミニャットの表情がますます険しくなる。「残念ながら、昨夜からの進展は好ましいものばかりではないのだ。ノガーラがアンカラの教皇大使館に残した伝言が起訴状に証拠として挙げてあったのは、きみも見たはずだ。私はその伝言をまだ聞いていないのだが、公益保護官は——つまり訴追人は——シモン神父の有罪を立証する重要な証拠だと考えているようだ」

「なぜまだ聞いてらっしゃらないのですか？」

「それがほんとうにノガーラの伝言かどうか、裁判所に科学的な分析を要請したからだ」

「なぜですか？」

「裁判の開始を数日遅らせて準備の時間を確保するためだ。伝言はおそらくノガーラが残したものだと思うが——」

「もしそうなら、なんの心配もいりません。ウゴと兄は親しくしていたので」

ミニャットが顔をしかめる。「だが、気になる点があるのだ」

「というと？」

ミニャットは机の手前の縁に両手の親指を這《は》わせて、ほんの一瞬目をそらす。「伝言は、大使館内にあるシモン神父の寝室の電話に残されていた。それが、なぜかテープに録音されていたのだ。電話が盗聴されていたらしい」

急に冷や汗が噴き出す。「モンシニョール……」

「誰かにはめられたのではないかと、きみが疑念を強めるのはわかっている。だが、あわてて結論を下すのはよくない。国務省の内部のことはよくわからないが、電話での会話はつねに録音しているのかもしれないし、実際、国務省の人間が電話で話をすることは少なくて、直接会って話をするのを好むのはきみも知っているはずだ。詳しいことがわかるまで、このことはあまり心配する必要はないと思うが」

「伝言の録音は証拠として採用しないよう、判事に要請してください。不法な手段で入手したものに証拠能力はないはずです」

「いや、不法な手段で入手したことにはならないかもしれないのだ。電話機はもちろん、留守番電話や録音装置も大使館のものなのだから。それに、判事はすでに録音テープを証拠として認めている。したがって、伝言自体も認められるはずだ」

私は啞然《あぜん》とする。「なぜですか?」

ミニャットは、落ち着けと言わんばかりに両手で空気を押さえつけるようなしぐさをする。

「刑事裁判ではないことを忘れないようにしないとな。教会裁判所の審理でもっとも重要なのは、被告人の権利を守ることではなく真実を追究することだ。たとえ不法に入手したものでも、証拠能力があれば認められるだろう」

「じゃあ、彼らは兄に対してほかになにができるんですか? なんだって好きなようにできるんですか？　それでもあなたは、これが公正で正常な裁判だと思ってらっしゃるんですか？」

「ああ、公正だと思っている。教会裁判所で殺人事件が裁かれるのは正常なことではないが」

「いったい、誰が伝言を録音してたんですか？」

「それは、かならず突き止めてみせる」

たしかマイクルは、大使館からローマカトリックの司祭にあとをつけられて襲われたと言っていた。多くの糸のどれもが国務省へ行き着く。

「この件は私にまかせてくれ」ミニャットはそう言って話を先に進める。「もうひとつ、話し合わなければならないことがあるのだ。昨夜も話したように、裁判所は弁護人による証人尋問を認めていないが、一応、証人申請を行なおうと思っている。シモン神父の聖職権が剝《はく》奪《だつ》される可能性もあるわけだから、性格証人の出廷を認めるよう、判事を説得するつもりだ。そこで、きみに候補者をリストアップしてもらいたいのだ。インパクトのある人物のほうがいいのだが」

私は即座にひとりの男の名前を挙げる。「マイクル・ブラック」

ミニャットが万年筆を持ち上げる。「もう一度言ってくれないか？」

「マイクル・ブラック神父」

「できれば、司教以上の人物が望ましいのだが」

「マイクル・ブラックは性格証人ではありません。彼は同じ者たちに脅されてるんです。暴行を受けてるんです」私は財布からあの写真を取り出して渡す。

ミニャットは真剣に写真を見つめる。「この男はいまどこにいる？　話がしたい」

「シモンと同じくトルコの大使館に赴任してるんですが、雲隠れしているようです」

「どうすれば連絡が取れる？」

携帯の番号は知っているが、直接ミニャットが電話をかければ裏切ったと思われるおそれがある。

「まず私に話をさせてください」

マイクルは、自分を襲った者たちに私のアパートのスペアキーの在処《ありか》を教えたのだ。公衆電話に電話を一本かけてきたぐらいでは罪を償《つぐな》ったことにならない。

「もしその男に証言させるのであれば、できるだけ早くローマに来させないと」

「それはなんとかします」

私は、ミニャットが無言でうなずくのを見てほっとする。マイクルの傷のむごたらしさを見て、私の懸念を理解したようだ。ディエーゴも性格証人候補のリストを届けてきたようで、ミニャットと一緒に目を通すが、私はマイクルが最適だと思っている。彼が証言すれば、警察も不法侵入に対する考えを変えるかもしれない。そうなれば、あとひとつ証拠があればいい。

「じつは、話しておかなければならないことがもうひとつあるんですが」と、ミニャットに言う。「ピーターが、うちのアパートに押し入った男を見てるんです」

ミニャットの表情から完全に笑みが消える。「息子さんとその話をしたのか？」

ミニャットの声には、ピーターがそんなに都合よく男の顔を覚えているはずがないという、警告にも似た辛辣《しんらつ》な響きがこもっている。

「いいえ、してません。息子の面倒を見てくれている修道女と話をしろとあなたに言われて、気がついたんです」

ミニャットが顔をしかめる。「息子さんはまだ幼いし、いやなことを無理やり思い出させないほうがいい」そう言って、人のよさそうな笑みを浮かべようとする。「もちろん、話してくれたことには感謝しているが、弁護の方針はもうあらかた固まったので」

私は、急にばつが悪くなって黙り込む。

ミニャットは書類をかき集める。「とにかく、あきらめずにシモン神父をさがしつづけることにする。もしなにかわかったら、すぐに知らせてくれ」

これは予想外の展開だ。私を見送ろうと、ミニャットはすでに机のこちら側に出てきている。

「そうします。ありがとうございました、モンシニョール」

ピーターを呼びに行こうとすると、背中にミニャットの視線を感じる。私を値踏みしているのだ。そして別れぎわに、これまで誰も口にしたことのない話をする。

「きみのおじ上は神学校一の秀才だったんだ。きみは彼にそっくりだよ」

「そうですか？」

ミニャットが私の手を自分の両手で包み込む。「だが、今後は私にすべてをまかせてほしい。おじ上にもそう伝えてくれ」

20

ピーターを公園へ連れていって、ひとりで遊ばせているあいだに、先ほど聞かされたことの意味を考えようとする。ミニャットは、ウゴが突き止めた事実の重大さを理解しているのだろうか？　それが、カトリック教会と正教会の関係にどれだけの打撃をもたらすかを。ウゴが死んだすぐあとでシモンと私がおじのルチオと交わした話を思い出すが、やはりシモンの行動は不可解なことに気づく。彼は、展示の内容を変えるべきではないと言い張った。展覧会のテーマを聖骸布《せいがいふ》からディアテッサロンに変えるべきではないと。変えれば、すべての問題が解決したはずだ。一二〇四年の真実を隠して、誰にも不愉快な思いをさせることなく正教会の聖職者の一団に展示を見せることができたはずだ。だが、ルチオが展覧会の仕上げの準備をまかせると言っても、シモンは最後の展示品を撤去しなかった。展示ケースをいくつか動かして壁に漆喰《しっくい》を塗りさえすれば、最後の展示はなかったことになるのに。

ピーターは木に登り、枝の付け根にちょこんと腰かけて幹にもたれている。私が見ているのに気づくと、にっこり笑って手を振る。ミニャットはなにを思って私がおじにそっくりだと言ったのだろう？　ピーターが怖い思いをしたのに、アパートに押し入ってきた男の特徴を訊く気があるのかどうか、探りを入れるためだったのだろうか？

私たちはまっすぐルチオのところへ帰るのではなく、私の勤めている学校に寄る。夏学期と秋学期のあいだの休みも寮に残っている生徒たちがいるので、ピーターに彼らとサッカーをさせてやるためだ。寮の脇にある土のグラウンドでピーターも一緒にミニサッカーをはじめると、私は家庭の事情で休講が増えるかもしれないことを伝える、校長のヴィターリ神父宛ての手紙を置きにいく。生徒に慕われているので、校長も大目に見てくれるだろう。

グラウンドに戻ると、生徒のひとりが近づいてくる。私を待っていたらしい。

「神父、お尋ねしたいことがあるんですが」

教師たちが〝うぬぼれ屋のジョルジョ〟と呼んでいる少年だ。ウェーブのかかった黒い髪をぶどうの房のように耳のまわりに垂らした彼は、ヴァチカンの司教の親戚だということで、自分はほかの生徒より一段上だとうぬぼれているのだ。

「なんだ？」

ほかの生徒はみな緊張していて、うつむいている者もいる。ひとりがジョルジョを肘《ひじ》でつつくが、ジョルジョはそれを無視する。

「あれはほんとうなんですか、アンドレオ神父？　神父のお兄さんのことは？」

歯を食いしばるが、一瞬にして鳥肌が立つ。「誰に聞いた？」

ジョルジョは両手をピストルの形にして、それをまわりの生徒に向ける。「みんな知ってます。それで、ほんとうなのかどうか知りたくて」

ピーターは、生徒たちが黙り込んでいるのを不思議に思ってきょろきょろとまわりを見ている。噂が広がる前に食い止めたほうがいい。私は、それ以上言うなと生徒たちを視線で制する。ピーターを動揺させたくないからだ。

いちばん体が大きくて力も強いが、心のやさしいシーピオという名の少年が身を乗り出してジョルジョの前に立つ。ほかの生徒はたがいに顔を見合わせて沈黙を貫くことに決めたようだが、目は好奇心に満ちている。ジョルジョの言ったとおり、みな知りたがっているのだ。

私には自分に課した誓約がひとつある。生徒に聖書の真実を教え、けっして美化したり貶《おとし》めたりしないという誓約だ。この学校で教師も生徒もいちばん大事にしているのは、真実を尊ぶ姿勢だ。

だが、生徒はまだ子供だ。彼らにシモンのことを話すわけにはいかない。

「悪いが、そのことは話せないんだ」

それでも彼らは待っている。彼らは私にビデオゲームやガールフレンドの話をする。今年の春に姉が交通事故にあって瀕死の重傷を負ったとか、いとこに先天的な障がいがあって生死の境をさまよっているというような話もする。イエスはほんとうに湖の上を歩いたのか、教皇はけっして間違いを犯さないのかといった質問をしても許されるのなら、シモンのことだって訊いてもいいはずだ。

「個人的なことなので、ここで話すわけにはいかないんだ」

ジョルジョが鼻を鳴らす。「じゃあ、ほんとうなんだ」

私は重大な決断を迫られていることに気づく。ここにいる生徒はみな、ヴァチカンで暮らしてサン・ピエトロ大聖堂のミサで侍者《じしゃ》を務めるためにイタリアじゅうからやって来たのだ。けれども、彼らの記憶にもっとも強く残るのは、私がいまこの寮の脇の土のグラウンドで話すことかもしれない。

「座ってくれ」と、私はジョルジョに言う。

ジョルジョはとまどっている。

「頼む」

ジョルジョがグラウンドにしゃがむ。

「ほかのみんなも座りなさい」

私は頭をすばやく回転させて骨組みをつくる。これからする話の骨組みを。伝えたいことは決まっている。ぜひ伝えておきたいと思っていることは。問題は、それをどう伝えるかだ。

「ひとりの男が裁きにかけられようとしている」と、話しはじめる。「その男は重い罪に問われている。彼が罪を犯すのを見たと言う者もいるが、本人は沈黙を続けている。まったく弁明しない。そのために、親しい友人も彼を信用しなくなって離れていく」

そこまで話して、しばらく間を置く。

「この話はみんなも知っているはずだ。イエスが裁きを受けるときの話だ」

数人がうなずく。

「彼は無実だったのだろうか？」

「はい」と、全員が答える。

「彼について人がなんと言おうと、私は真実を知っている。自分が彼のことをどう思っているかもわかっている。それは、誰がどんな証拠を持っていると言おうが変わらない」

これが私の正直な回答だ。なにがあろうと、私はシモンを信じつづけるつもりだ。どのような証拠が出てきてどのような判決が下されようと。

しかし、私は生徒に対して責任を負っている。彼らに自分の信じることを話すだけでは責任を果たしたことにならない。

「きみたちの両親が息子をこの学校へ来させたのは、ひとりの教師の考えを探るためだろうか？」と、問いかける。「そうではなくて、自分で考える力を身につけるためではないのか？」

喉《のど》の奥からしみじみとした感慨が込み上げてくる。

「他人の言うことを簡単に信じるような人間は聖職者にならないほうがいい。誰もそのような聖職者を求めてはいない。きみたちは自分で判断しなければならないのだ。人は嘘をつくし、それぞれ異なった主張をする。過ちも犯す。真実を見極めるには、真実をさがし求める方法を知ることだ」

私が声を震わせながら自分の思いをありのままに伝えたことで、生徒はなにかを感じ取ったようだ。全員が真剣な面持ちで耳をかたむけている。話をどっちの方向へ持っていけばいいのかはわかっている。何日も頭のなかにもやもやと漂っていた思いがあるのだが、ようやくそれが鮮明になった。

「かつて、われわれの教会にはディアテッサロンと呼ばれていた第五の福音書が存在した。ディアテッサロンというのはギリシャ語で〝四つからなる〟という意味で、そう呼ばれていたのは、実際、そのようにしてつくられたからだ。著者が、四つの福音書を紡《つむ》ぎ合わせてひとつにまとめたからだ。そのために、ディアテッサロンには重大な欠陥がひとつある。それがなんだかわかるか？」

ウゴが隣りにいて、一緒に古い写本を見つめているような気がする。

「欠陥があるのは、四つの福音書の記述がしばしば食い違うからだ。マタイによる福音書にはイエスが十の奇跡を行なったと書いてある。十の奇跡を連続で行なったと。だが、マルコによる福音書に〝連続で行なった〟とは書かれていない。べつのときにべつの場所で行なったことになっている。となると、われわれはどっちの福音書を信じればいいのだろう？」

誰も手を上げようとしない。

「時間をかけて、ゆっくり考えてほしい」と続ける。「そして、自分で答えを導き出してほしい。もちろん、私も手助けする。ほかに、十の奇跡を連続で行なったユダヤ人の名高い指導者をひとり挙げてみろ」

前のほうに座っていたブルーノという名前の少年が──彼は、いずれ立派な聖職者になると思うが──「モーセは十の災いを乗り越えます」と、小さな声で言う。

「そのとおりだ。では、モーセとイエスの関係は？　マタイによる福音書はなぜわざわざ話を変えてイエスをモーセになぞらえたのだ？」

誰も答えない。彼らはまだ気づいていない。だが、あと一歩だ。

「思い出してほしい。イエスが行なった十の奇跡のうちのひとつは嵐を鎮めたことだったはずだ。それを見た弟子のひとりは、〝いったい、この方はどういう方なのだろう。風や海も従うではないか〟と言った。モーセも同じようなことをしたのではなかったか？」

「モーセは海を割りました」今度は、ジョルジョがブルーノより先に言う。

「だんだん結論に近づいてきたぞ。マタイによる福音書になにが書いてあるかはもうわかったので、つぎに考えなければならないのは、なぜそう書いてあるかだ。もうひとつヒントを出そう。マタイには、イエスがまだ赤ん坊だったときに、ヘロデという名の王がイエスを殺すためにベツレヘムの幼子《おさなご》を皆殺しにしたと書いてある。似たような話を聞いたことはないか？　王がユダヤ人の子供を殺したという話を？」

生徒たちは知っている話を思い出し、気づいた者は勇気を出して私の目を見る。

「モーセの生い立ちが語られているところで、ファラオが同じことをしています」と、べつの生徒が言う。

私は彼を見つめてうなずく。「ここでもまた、マタイではイエスの生涯をモーセの生涯になぞらえている。ほかの福音書もそうなのか？　違う。だが、マタイによる福音書はわれわれになにかを教えようとしているのだろう。モーセとは何者だったのか考えてみるといい。モーセはイスラエルの偉大な指導者で、シナイ山で神と会い、十戒を授けられて山を下りてきたとされている。モーセはわれわれに十戒を刻んだ石板をもたらしたのだ」

するとと、とつぜんみんなの頭のなかの堰《せき》が切れて、二、三人が手を上げる。「モーセは古い戒律を、イエスは新しい戒律をもたらしたんです」と、そのうちのひとりが言う。

「それが、マタイによる福音書がわれわれに教えているもっとも大事なことだ。イエスは新しい、そして、より偉大なモーセだということが。イエスはどこであらたな戒律をもたらすことになる？　イエスが、〝柔和な人々は、幸いである〟、〝憐れみ深い人々は、幸いである〟、〝平和を実現する人々は、幸いである〟と言うのはどこだ？　〝だれかがあなたの右の頰を打つなら、左の頰をも向けなさい〟、〝敵を愛し、自分を迫害する者のために祈りなさい〟、〝わたしが来たのは律法や預言者を廃止するためだ、と思ってはならない。廃止するためではなく、完成するためである〟と言うのはどこだ？　イエスは、どれも同じときに言っている。イエスが山に登ったときの話だとマタイによる福音書に書いてあるので、われわれが山上の垂訓《すいくん》と呼んでいる教えのなかで。神がモーセに十戒を刻んだ石板を渡したのも山の上だった。ほかの福音書はマタイと違って、たとえば、ルカにはイエスが同じ説教を〝平らな所〟でしたと書いてある。だが、マタイによる福音書には意図があったのだ。福音書はどれも意図を持って書かれている。

そこで、また最初の疑問に立ち返ることになる。もしきみがディアテッサロンを書くとしたらどうする？　四つの福音書をまとめて第五の福音書を書くとしたら、どの福音書の話を選ぶ？　イエスが十の奇跡を立て続けに行なったことにするのか？　それとも、べつのとき地か？」

にべつの場所で行なったことにするのか？　イエスが説教をしたのは山の上か、それとも平地か？」

生徒たちは、あらたな考え方に接して目を輝かせているように見える。私はしばしマジシャンになる。けれども、いつまで続くかはわからない。

「それが、ディアテッサロンが人々に受け入れられなかった原因だ。四つの福音書をひとつにまとめると、できあがったものはもとの福音書と違ったものになって、個々の福音書に書かれていた真実が失われてしまうからだ。言い換えると、なんらかの出来事を目撃した者にはそれぞれ考えや動機があるということだ。われわれが耳にしたり目にしたりすることも、すべてが真実だとは限らない。その点に関しては教会も独自の見解を示している。教会裁判所の判事は、証人の証言が食い違った場合にどうするかわかるか？　食い違う証言をひとつにまとめるべきだと思うか？」

生徒は私の話に引き込まれ、なにも考えずにかぶりを振る。

「もちろん違う。そんなことをするのは明らかに間違いだ。それなら、判事はどうすればいいのだろう？　教会法には、それぞれの情報を個別に吟味《ぎんみ》して冷静に真実を見抜かなければならないと書いてある。要するに、人の話を額面どおりに受け取ってはだめだということだ」私はジョルジョをにらみつけないように注意する。「善良な人間に悪い噂が立っても鵜《う》呑《の》みにしてはだめだということだ。福音書が教えてくれているように、無実の人間を悪人だと決めつけるおそれがあるからだ」

私はそこで言葉を切って、生徒に意味ありげな視線を投げかける。低学年の生徒にはなんの話をしているのかわからないかもしれないが、高学年の生徒はわかっているようで、何人かはばつの悪そうな顔をしている。あとの生徒は、同感だと言わんばかりにうなずいている。するると、とつぜんピーターが泣きだす。

ピーターはジョルジョの隣りに座っているので、最初はジョルジョがピーターになにか言ったのだと思う。

私は、しゃくり上げながら駆け寄ってくるピーターを抱き上げて、「どうした？　なにを言われたんだ？」と訊く。

ジョルジョのほうに向き直ろうとすると、遠くになにかが見える。狭い通路の向こうに背の高い女性が立っている。庭園の銅像の陰に隠れるように立って、こっちを見ている。体が凍りつく。ピーターを抱いたまま目をこらすと、彼女が両手を口にあてるのが見える。彼女はあとをつけてきたのだ。気持ちを抑えることができなかったのだ。どうしても息子の姿を見たくなったのだろう。

私はかすれた声で言う。「話はこれで終わりだ。さあ、部屋に戻りなさい」

何人かは、私がなにかに目を留めたのに気づいて彼女のほうを見る。けれども、ブルーノにせきたてられて、ひとり、またひとりと寮へ向かう。

私はモナがなにをしたのか考える。なぜピーターが彼女を見て泣いたのかを。それにしても、彼女が約束を破ったことが信じられない。

ピーターは涙で潤《うる》んだ目を大きく見開いて、私の耳元でなにか言う。最初はなにを言っているのかわからない。

「どうした？」と、もう一度訊く。「なにがあったんだ？」

ピーターは荒い息をしているので、言葉がとぎれとぎれになる。

「シモンおじさんは刑務所に入れられてるとジョルジョが言ったんだ」

私はあわてて目を上げる。だが、もうジョルジョの姿はない。

「そんなことはない」とピーターに言って、毒を絞り出そうとでもするかのように強く抱きしめる。「ジョルジョはなにも知らずにいいかげんなことを言ってるだけだ」

ところが、ピーターは叫ぶように言う。「シモンおじさんは人殺しだとジョルジョが言うんだ」

「ジョルジョは嘘をついてるんだ」と、私が言う。「それぐらい、おまえにもわかるはずだ」

生徒たちがいなくなると、モナがそっと近づいてくる。顔には苦悩の色が浮かんでいる。ピーターが泣いているからだ。

私は手を振って来ないでくれと伝えるが、彼女はすでに足を止めている。わかっているのだ。

「ジョルジョの言うことは気にしなくていい」と、ピーターにささやく。「おまえを困らせようとしただけなんだから」

「シモンおじさんに会いたい」

私はピーターに額をすり寄せる。「会えないんだ」

「どうして？」

「出ていくときにおじさんがなんと言ったか覚えてるか？　おまえはおじさんと約束しただろ？」

ピーターはうなずくが、つらそうな顔をしている。

ピーターと話をしながらも、私は寮に戻って噂を広めている生徒たちの姿を想像する。この国の何人がすでに噂を聞いているのか、知りたくなる。

モナは三百メートルほど離れたところに立って、まだこっちを見ている。私が腹を立てたところでおかしくはない。彼女はここに来るべきではなかったのだ。会うのは、ピーターに心の準備ができてからにしてくれと頼んだのだから。しかし、どうしても会いたくてここへ来た彼女の気持ちもわかる。私たちはピーターの肩越しにしばらく見つめ合う。まるで、坂の上にあらわれた蜃気楼《しんきろう》を見つめているような気がする。だが、彼女はこのまま帰ることにしたようで、小さく片手を上げる。

私はピーターを地面に下ろして、ファンタオレンジを飲みに行こうと誘う。ここにいるよりヴァチカンの城壁の外に出たほうが安全だ。ここにいれば、出くわす人の大半はシモンの噂を耳にしているはずだ。

なのにピーターは、「大おじさん《プロッツィーオ》のところにもファンタオレンジがあるから、宮殿に帰りたい」と言う。

宮殿とは、ルチオのアパートのことだ。私が子供のころもっとも恐れていた場所だ。

「それでいいのか？　どこかほかに行きたいところはないのか？」

ピーターがこくりとうなずく。「帰って、ディエーゴとスコーパがしたいんだ」

そう言いながら、私の腰に腕を巻きつけてしがみつく。

「わかった。じゃあ、そうしよう」

ピーターは、木の下に置いていた自分のサッカーボールを取ってくる。ほかの少年たちと同じく、行方不明にならないように彼もボールに名前を書いている。彼は私のとまどいに気づいていない。長年慣れ親しんできた環境が百八十度変わって、モナが近くに、シモンが遠くにいることのとまどいに。

「行こう」私はルチオが住む坂の上の建物を指さす。「あそこまで競争しよう」

21

子供の心は不思議なもので、ピーターはジョルジョのことなどすっかり忘れてディエーゴと楽しそうにスコーパをしている。

「ねえ、シモンおじさんはどこにいるの？」ピーターはスコーパのカードを見つめたまま、一度だけ私に尋ねる。

「展覧会のことで、相談をしに行ったんだ」と、私が言う。

ピーターは、大事な話を聞いたあとのように大きくうなずく。「もう一度配り直してよ、ディエーゴ」

私は、ふたりがゲームをしているあいだにレオに電話をかけて、シモンの居場所がわかったかどうか訊く。レオは、「一時間待ってくれ。なにかつかめそうなんだ」と、含みのある口調で言う。待っているあいだにあることに気づいた私は、シモンが使っていた部屋へ行ってなにか残していないか調べる。

部屋はがらんとしていて、ドレッサーの上にも机の上にも、なにものっていない。財布や携帯電話は持っていったのだろう。クローゼットのなかにも、かつて父が使っていた古い旅行鞄《かばん》がぶら下げてあるだけだ。その鞄には、〝空港へ迎えに行った車のなかにお忘れでした〟とディエーゴが書いたメモが貼りつけてある。兄はそのまま放っておいたらしい。私は、外側のポケットに教皇の冠と鍵をあしらった金色の紋章のついた茶色い小さなノートのようなものが入っているのに気づいて取り出し、下のほうに〝外交官用パスポート〟と書いてある表紙を開く。

右のページには、カソックを着たシモンの写真が貼ってあって、〝国務省外務局〟と書いた赤いスタンプが押してある。私は、その下に書かれた美しいラテン語の文字に視線を移す。

シモン・アンドレオ 国務省外務局二等書記官
本旅券は五年間有効で、二〇〇五年五月三十一日に失効する。

そしてその下に、国務省長官のボイア枢機卿がサインをしている。

ページをめくって、入国および出国のスタンプが押してあるところを開くが、あらたな発見はない。押してあるのは、ブルガリアとトルコとイタリアのスタンプだけだ。ほかの国のスタンプはないし、日付も私の記憶と一致する。

鞄のファスナーを開けると、内側のビニールポケットにシモンのスケジュール帳が入っている。そして、そのなかには、見覚えのある字でシモンの宛名を書いた封筒がはさんである。消印の日付は三週間前だ。ウゴは、私に最後のメールを送る数日前にトルコの大使館に宛ててこの手紙を投函したのだ。

手紙は、左の欄に聖書の引用箇所をメモできるようになった説教原稿用の紙に書いてある。福音書の文章を比較するときに便利だからと言って、私がウゴに一冊渡したもので、彼はそれを使ったらしく、手紙の本文の左には福音書の書名と章節番号が書いてある。あわてて手紙を書いたので、手近にあった紙を使ったのかもしれないが、なぜか気になる。


ウゴの声がよみがえって、喉の奥に熱いものが込み上げてくる。この手紙のなかの彼はいきいきとしている。興奮し、使命感にあふれ、今後の展開に期待を寄せている。最後に私に送ってきたメールは不安と緊迫感に満ちていたが、この手紙は違う。講演の原稿はシモンがどこかへやったようだが、この手紙だけで充分だ。

やはり、ウゴが劇的な発見をしたというのはほんとうらしい。この手紙には、私から福音書の講義を受けて、それとはべつに自分でディアテッサロンを読んだ成果だと書いてあるが、残念ながら、私はなにひとつ発見していない。彼が発見したと言っているのは、一二〇四年に十字軍が聖骸布《せいがいふ》を略奪したことにちがいないが、説教原稿用の紙に福音書の章節番号をメモしながらどうやってそれに気づいたのかはわからない。ウゴ自身も、彼の基調講演を聴く人たちにとって一二〇四年がどれほど大きな意味を持っているのかわかっていなかったはずだ。聖骸布が以前の放射性炭素測定によって判明した年代より古いことを証明しようとすると昔日の恨みが再燃することも気づいていなかっただろう。

２００４年８月３日
親愛なるシモン

マルコ14章44～46　　きみは、数週間前から言っていた。
ヨハネ18章4～6　会議を延期するのは無理だと。たとえ
マタイ27章32　遠方への出張で都合がつかなかったと
ヨハネ19章17　しても、延期はできないと。ようやく、
きみは本気だったのだとわかった。
　私も準備は整っていると言いたいが、
ルカ19章35　それは嘘だ。じっくり振り返って考え
てみると、きみは、ひと月以上前から
ヨハネ12章14～15　こっそり遠くまで足を運んでいた。た
いへんだったと思うが、私も大きなプ
レッシャーを感じながら展覧会の準備
に全力を注いできた。カシーナでの会
議を成功させるためだと言われても、
いまさら展示内容を変更するのは無理
だ。講演も予定どおり行なう。私とて、
マタイ26章17　正教会に対して特別な配慮をしてきた
ヨハネ19章14　つもりだ。
マルコ15章40～41　　この２年間というもの、私は今回の
展覧会に文字どおり命を懸けてきた。
それなのに、きみに奪われてしまった
ヨハネ19章25～27　ような気分だ。もちろん多くの人が観
に来てくれればうれしいが、私の講演
に過大な注目が集まると、いちばん大
事なものを手放さなければならなくな
る。はなばなしい注目と引き替えに、
マタイ27章48　〝私の命〟を。

だから、きみがこっちにいないあい
だに私がなにをしていたのか、説明し
ておきたい。私の望みはただひとつ、
ヨハネ19章28〜29 それが、カシーナでの会議の目的と合
致することだ。私はアレックスに教え
てもらって真剣に福音書を学んだ。毎
日、徹底的に読み込んだ。ディアテッ
サロンも読み解いた。その結果、大き
な成果を得た。いまさらなにを言いだ
すのだと呆れ返るかもしれないが、私
にはひそかな楽しみができた。それは、
マルコ15章45〜46 きみの驚く顔を見ることだ。

私は、重大な発見をしたのだ。その
発見は、これまで私がトリノの聖骸布
について知っていると思っていたこと
を完全に否定するものだ。当然、伝え
ようとしていたメッセージも変わる。
ヨハネ19章38〜40 きみが招いた人たちに驚きを、いや、
衝撃を与えるのは確実だ。

ルカ24章36〜40 なぜなら、今回の私の発見は聖骸布
の暗い真実を暴くことになるからだ。
ヨハネ20章19〜20 16年前に行なった放射性炭素による
年代測定は1300年以前の聖骸布の来
歴に関する研究結果を完全に葬り去っ
たが、私の発見はそれ以上に受け入れ
がたいと思う人もいるだろう。当時、
ルカ23章46〜47 聖骸布が偽物だとわかったときは天地
がひっくり返るような衝撃を受けたが、

私はディアテッサロンを読んで、われわれが大いなる誤解をしていたことに気づいたのだ。その誤解が聖骸布の真実を教えてくれた。

　私が発見したことの概要は、同封した原稿にまとめてある。カシーナできみの友人たちに講演をする際の原稿なので、よく読んでほしい。マイクルによろしく伝えてくれ。彼はきみの熱烈な賛同者になったようだ。

ヨハネ19章34

友情をこめて
ウゴ

ウゴから話を聞いたときのシモンの反応は、考えるまでもない。講演の原稿がこの封筒のなかに入っていないのは当然だ。私もシモンと同じ立場だったら即座に破り捨てていたはずだ。だから、その四日後に最後のメールを送ってきたときのウゴは取り乱していたのだ。一二〇〇四年の出来事の衝撃の大きさと、今回発見したことを公表したらどのような混乱が起きるか、シモンから聞かされたのだろう。ひょっとすると、私のような東方カトリック教会の人間にセカンドオピニオンを求めたいと思っていたのかもしれない。

ウゴの手紙には、さらに大きな驚きが隠されている。マイクル・ブラックが言っていたとおり、シモンは正教会の聖職者をローマに招いていたのだ。ウゴはそれを知っていたようで、シモンが遠くまで足を運んでいたことに触れ、自分も正教会に特別な配慮をしたと書いている。しかし、最大の驚きは、ウゴが手紙の最後の行で、彼とシモンがマイクルもまじえて展覧会の準備をしていたことをにおわせていることだ。ウゴに協力していた者のなかで、そういった裏事情を知らなかったのは私だけだったようだ。

私は、部屋のドアを開けてディエーゴに調べてほしいことがあると頼む。

「ここ数週間のカシーナの使用状況を知りたいんです」

ウゴが正教会の聖職者たちに展覧会の基調講演をすることになっていたカシーナというのはヴァチカンの庭園内にある別荘のことで、私のアパートからなら、歩いて十分ほどで行ける。ピウス四世が教皇の座についていたときに別荘として建てられたために〝ピウス四世の小別荘〟とも呼ばれているが、ヨハネ・パウロ二世がその別荘を使うことはほとんどなく、教皇庁の科学アカデミーがときどき会議に使っているだけだ。

そこに正教会の聖職者を招いて会議を開くつもりだったというのも、ひとつのヒントになるかもしれない。教皇庁の科学アカデミーは国際的な研究者や学者八十人がメンバーで、ノーベル賞の受賞者も十人以上いる。したがって、彼らが今回の展覧会の内容に太鼓判を押せば、例の年代測定が聖骸布に背負わせた汚名が完全に払拭《ふっしょく》されることになる。現在の科学技術が過去の検査結果をくつがえしたことを世間に伝えるのに、彼ら以上の適任者はいない。シモンが正教会の聖職者を科学アカデミーの会議に招いたのは、父がトリノで演じた失態を繰り返さないためなのだろう。

ディエーゴが調べてくれているあいだに、私はシモンのスケジュール帳のページをパラパラめくる。書き込みの大部分は私にも理解できる。ローマへ戻る予定を書き込んだ欄には黒い×印がついていて、その上に赤で〝アレックス&ピーター！〟と書いてある。シモンは週末になると姿を消すとマイクルが言っていたが、たしかに、週末にはいつも人と会う約束をしていたようだ。だが、それ以上のことはわからない。たとえば、七月の第三土曜日の欄には鉛筆で〝RM‐10AM〟と書いてある。おそらくRMは師、つまり司教のことだろう。だが、司教の名前や会う場所は書いていない。そのつぎの週末の欄には、〝SER8：45AM〟と書いてある。SERは閣下、つまり大司教のことだと思うが、ここにも名前と場所は書いていない。

だが、ふとページをめくる手を止める。スケジュール帳の前のほうに住所録があって、名前の欄にRMと書いてあるのを見つけたのだ。おそらく司教のことだろうが、そこにも名前はなくて、やたらと長い電話番号だけが書いてある。トルコ国内の番号ではなく、国際電話の番号のようだ。

自分の携帯でその番号にかけて、相手が出るのを待つ。

「ブナ・ジウア」男の声だ。「パラートゥル・パトリアルヒエイ」

トルコ人とは何度も電話で話をしたことがあるが、トルコ語ではない。

「イタリア語を話せますか《パルラ・イタリアーノ》？」と訊く。

返事はない。

「英語は話せますか？」

「ほんの少し」

「私はどこの国に電話をかけているのでしょう？　そこはどこですか？」

相手はなにも言わずに電話を切ろうとしているようなので、あわてて「そこはどこですか？」と繰り返す。

「ブクレシュティです」

「ありがとうございました」

もう一度、スケジュール帳の書き込みに目をやる。RMというのは、司教のことではなくルーマニアのことだ。兄はブカレストの誰かと会っていたのだ。

とすると、SERも大司教のことではなく――

「ベオグラードです」つぎに電話をかけた相手はそう言った。

セルビアだ。

信じられない。ルーマニアもセルビアも正教会の国だ。シモンがそんなに多くの国の正教会関係者とコンタクトを取っていたとは思っていなかった。シモンは、トルコ、ブルガリア、ルーマニア、セルビアといった東ヨーロッパの正教会国とイタリアとのあいだに太いパイプをつくっていたのだ。それらの国の聖職者をヴァチカンに招いていたのなら、カトリック教会と各国の正教会の総本山とのあいだに架け橋を築こうとしていたことになる。

自分の財布を取り出して、血まみれになったマイクル・ブラックの写真を見る。体の下に空港の案内ボードがうっすらと写っていることは、最初にその写真を見たときから気づいていた。〝PRELUARE BAGAJE〟と書いてあるようだが、なんのことかわからない。

ヴァチカンラジオ局に電話をかけてスラブ語の翻訳者と話をしたいと言うと、イエズス会の神父が電話口に出る。声を聞いたかぎりでは、そうとう歳をとっているようだ。私がわからない言葉の意味を尋ねると、向こうはくすっと笑って、「それはルーマニア語で、手荷物受取所のことです」と教えてくれる。

ということは、マイクルはルーマニアへ行ったのだ。彼がシモンを手助けすることなどありえない気がするものの、ウゴが手紙の最後に〝マイクルによろしく伝えてくれ〟と、さも親しげに書いているのは、私が知らなかっただけで、三人がそうとう親しかった証拠だ。ウゴはマイクルのことを〝熱烈な賛同者〟と呼んでいる。マイクルが最初に心変わりをしたときも、その理由は想像することしかできなかった。マイクルの心境にふたたび変化があらわれたのは、ウゴが聖骸布《せいがいふ》のことを調べていたからだろうか？

発信履歴を見てマイクルの番号にかけてみるが、応答がない。

「マイクル、アレックス・アンドレオです」私は弾んだ声で伝言を残す。「電話をください。ルーマニアの話がしたいんです」ふと、ミニャットに頼まれていたのを思い出して、付け加える。「シモンがたいへんなことになっていて、あなたの助けが必要なんです。この伝言を聞いたらすぐに電話をください」

マイクルに私の番号を伝えるが、ローマへ来てほしいと思っていることは言わない。ことは考えていた以上に複雑なので、早まったことはしないほうがいい。数週間前まで兄と仲よく仕事をしていたのなら、空港で襲われたことがすべてを変えたのかもしれない。電話で話したときのマイクルはシモンに対して批判的で、シモンのせいでみんなが迷惑をこうむっていると言いたげな口調だった。

ディエーゴが、ラップトップを本のように開いたまま、両手の上にのせて持ってくる。

「予定表を見つけました」

私はラップトップの画面に目を走らせる。「これだけですか？　ほかにはなにも？」

ディエーゴがうなずく。

おかしい。今年の夏は一度もカシーナが使われていない。

「科学アカデミーのつぎの会合はいつですか？」と、ディエーゴに訊く。

「来月、世界の水問題について話し合うために作業部会が開かれるようですが」

そのときにはもう展覧会がはじまっている。

念のために、「出席者の名簿はありますか？」と訊く。

「明日までに手に入れておきます」と、ディエーゴが言う。

「すみません」

ディエーゴが出ていくと、私の携帯電話が鳴る。

マイクルがかけ直してくれたのだと思う。

だが、ローマの番号だ。

「アンドレオ神父ですか？」と、相手が言う。

ミニャットだ。動揺しているような声だ。

「どうかしたんですか？」と訊く。

「いま連絡があったのだが、裁判は明日開かれるそうだ」

「明日？」

「誰が決めたのか知らないが、とにかくシモン神父をさがし出してくれ」

22

ディエーゴがピーターを見ていてくれると言うので、私は急いで衛兵隊の宿舎へ向かう。だが、おじのルチオのアパートを出て階段で一階へ下りようとしている途中で、レオとぶつかりそうになる。

「行こう」と、レオが言う。「情報が入ったんだ。ついて来てくれ」

外は西陽が照りつけていて、ローマの夏の強烈な陽射しがカソックを焦《こ》がす。スイス衛兵は、細い帯状に裁断した三色の生地を一部は縫《ぬ》い合わせて、一部はそのままモールのように垂らした制服を着て、腰に太いベルトを巻いている。三、四キロはあるというその重い制服を着たレオが、ベレー帽を手になぜ走れるのか、私には理解できない。だが、レオは、もっと速く走れと私を急《せ》かす。「ちょうど交代の時間なんだ。いなくなる前に行かないと」

「誰が」と、私が訊く。

「行けばわかる」

私たちはヴァチカン市国を半分ほど横切って、一般職員やヴァチカンの住人がローマと行き来する際に使っている聖アンナ門の近くまで行く。そこは教皇宮殿の東の端で、ヴァチカン銀行の塔が長い影を投げかけている。私たちは、その手前で足を止める。

分厚い壁で囲まれた目の前にある建物は、ヴァチカンでもっとも謎めいた場所だ。ヴァチカンの住人でさえ、たいていの者はなかを見たことがないその建物のいちばん奥の翼棟の最上階には教皇聖下のアパートがある。車でそこへ行こうとする者は、ここから一・五キロほど西にある衛兵のいる門から市国内に入って、いくつかのトンネルと検問所を通り、スイス衛兵がパトロールをしている国務省の中庭を抜けて、いま私たちがその前に立っている錠のかかった木製の扉の向こうの中庭へ入っていくことになる。私も行ったことがないので、そこから先のことは知らない。

だが、百年ほど前に教皇宮殿の出入口付近が敵の兵士に占領されたことがあって、時の教皇、ピウス十世は、中庭の壁の下からいま私たちが立っているところへ通じるトンネルを掘った。宮殿内で働いている者たちが家へ帰れるようにするためだったのか、教皇自身が逃げるためだったのかはわからないが、いまはそのトンネルが教皇の身辺警備における最大の弱点になっている。トンネルの内側には鉄の扉が設けられて、衛兵が二十四時間体制で監視にあたっている。私たちはそこから宮殿のなかに入るのだろう。

「こっちだ」レオが私をトンネルへと差し招く。

トンネルのなかは暗くて、ひんやりしている。奥の階段の上に目をやると、鉄格子の扉の前に立つ四人の衛兵の影が見える。レオは私が奥へ入っていこうとするのを手で制し、ともに暗がりのなかで待つ。

階段の上では、衛兵ふたりがべつのふたりと交代の儀式をしている。これから夜勤がはじまるのだ。仕事を終えたふたりが階段を下りてくると、レオが声をかける。「ちょっといいか、エガー伍長」

衛兵は、ふたりともぴたりと足を止める。「なんでしょう?」先に歩いてきた衛兵が鋭く訊き返す。

「こちらはアンドレオ神父だ」レオが私を紹介する。

衛兵は懐中電灯のスイッチを入れて、私の顔に光を向ける。エガー伍長とおぼしき衛兵がレオを見て、「いや、違います」と言う。

光が反射して、一瞬、エガー伍長の顔が見える。そのとたん、名前を思い出す。レオが私をここへ連れてきた理由もわかる。

「兄と勘違いしてるのでは」と、私が言う。「兄のシモンと。私はアレックス・アンドレオです」

長い沈黙が流れる。「シモン神父はあなたのお兄さんなんですか?」

六年前に衛兵が支給されていた銃を使って宿舎で自殺をしたときに、シモンは動揺している衛兵のカウンセリングを買って出た。エガー伍長は上官に情緒不安定だとみなされて、シモンが一年以上カウンセリングを続け、レオの話によると、いまではヨハネ・パウロ二世のためだけでなくシモンのためにも命を投げ出す覚悟でいるという。

「なるほど」と、エガーが言う。

彼の声には感情がこもっていない。ほかの衛兵は軍人特有の歯切れのいいしゃべり方をするが、彼の声はうつろだ。

「ゆうべ、駅で警戒にあたっていた警官がアンドレオ神父が行政長官宮殿の近くで車に乗り込むのを見たんだ」と、レオが話しだす。「車はサン・ピエトロ大聖堂のほうへ走っていったと、その警官は言った。門を出るには右に曲がらないといけないのに、曲がらなかったので、フォルノ広場のほうへ向かったと思ったらしい」

それは、シモンを勾留場所へ連れていった車にちがいない。レオは、シモンがどこへ連れていかれたか探ってくれていたのだ。

「ルステンバーガー大尉は、昨夜、ここの第一門で警備についていたのはきみだと言った」と、レオが続ける。「そうなのか？」

エガーは唇の端のイボを掻《か》いてうなずく。

レオが咳払いをする。「きみが第一門にいたのなら、フォルノ広場のほうへ向かった車はきみの目の前を通ったはずだ」

エガーが私に向き直る。「おれはあんたを知らないし、シモン神父が車に乗っているのも見ていない」

「いいかげんにしろ」レオはそう言って、エガーの胸をつつく。「シモン神父はその車に乗ってたんだ。見たのか、見なかったのか？　時間は……」ポケットから紙を取り出して自分の懐中電灯で照らす。「午後八時十分だ」

「八時七分に車が一台通りました」と、エガーが言う。

レオがちらっと私を見る。「で、その車はどこで停まった？」

レオが言わんとしていることはわかるので、自分で言う。「旧刑務所へ行ったのか？」

ヴァチカンが主権国家として独立した際に、時の教皇は、レオが話しているフォルノ広場に三つの房を備えた刑務所をつくった。以前は窃盗犯やナチの戦争犯罪人を収容していたこともあるが、いまは倉庫になっている。まさか、シモンがそこにいるとは誰も思っていない。

「日誌を調べたらわかると思いますが」と、エガーが言う。

レオが歯噛《が》みする。「すでに調べたんだよ。きみは乗用車が門を通ったとは書いていないので、刑務所のそばで停まったかどうか訊いてるんだ」

「兄はきみを助けたはずだ」と、私が言う。「だから、兄を助けてやってくれ」エガーと目を合わせようとするが、真っ黒な虚空を見つめているような感じがする。シモンはいつも、群れの羊より迷える羊のことを気にかけるのだ。

「車は停まりませんでした」と、エガーが小さな声で言う。「門を抜けていきました」

「宮殿に入っていったのか？」レオが怒りをぶちまける。「じゃあ、なぜその記録がないんだ？」

エガーがゆっくりとレオに向き直る。「記録をつけないように言われたからです」

レオがエガーの制服をつかむが、私はレオを引き戻して、「たぶん、どこかに記録されているはずだ」と言う。

レオはエガーから視線をそらそうとしない。「いや。昨夜の日誌はすべて調べたが、どれにも車のことは書いてなかった。伍長、いったいどういうことだ？」

答えはエガーの目に書いてある。間違いない。彼はもう充分に助けてくれた。

「レオ」と、耳打ちする。「おれは彼の言うことを信じるよ」

だが、レオは片手でエガーの顎《あご》をつかむ。「車が三つの検問所を通ったのになんの記録もないというのはどういうことなのか、説明しろ」

エガーの相棒がはじめて口を開く。「やめてください」そう言いながらレオの手をつかんで、エガーを引き離す。レオは、ふたりが出ていくのを阻《はば》もうとトンネルの入口に立つが、彼らがこれ以上しゃべらないのは明らかだ。しかし、大事な情報は聞き出せた気がする。

「行かせてやれ」と、レオにささやく。「必要なことはわかった。ここから先はおれが調べる」

サン・ピエトロ広場の衛兵詰め所でレオと別れると、私は子供のころからよく知っている入り組んだ道を歩きはじめる。サン・ピエトロ広場とヴァチカン・ヴィレッジのあいだにはもともと壁があったものの、公《おおやけ》の空間と私的空間の境界が変更されたことによって数百年前に壁の一部が取り壊されて、狭い空き地ができている。ベルニーニが設計した柱廊の奥のひっそりとした暗がりのなかには、壁と壁のあいだにほんのわずかな隙間《すきま》があいている場所があるので、私はそこを抜けて空き地へ向かう。

おじのルチオは、数年前からヴァチカン内の遺跡をひそかに取り壊す仕事をしている。ヴァチカンの住民はわずか八百人だが、毎日、約三千人の職員と一万人の観光客がやって来るので、悲しいかな、古代の遺跡を壊して駐車場をつくるしかないのだ。真っ先に犠牲になったのはベルヴェデーレの中庭だった。ルネサンス期の教皇たちが闘牛や騎士の馬上槍試合を見物した中庭に、いまは教皇庁の職員がフィアットや原付自転車《ヴェスパ》を駐めている。つぎに犠牲になったのは、ヴァチカンでもっとも古い教会の隣りのローマ時代の寺院で、ルチオはその下を二百五十台分の駐車スペースを持つ駐車場に変えた。ついこのあいだは、二世紀に建てられた別荘を壊して八百台の普通車と百台の観光バスを駐められる駐車場をつくり、パルメザンチーズのようにこなごなになった瓦礫《がれき》を山積みにしたトラックがヴァチカンから出てくるのを見た人たちは大騒ぎした。だが、いちばん古い遺跡があったのは、私がいま向かっている場所だ。

一九五〇年代に、ヴァチカン美術館と私のアパートとのあいだの細長い土地を掘り返して教皇の車を駐める屋根付きの車庫をつくる計画が持ち上がった。ところが、一メートルほど掘ったところで、作業員がローマ皇帝の側近の遺体とペンとインク壺《つぼ》を発見したのだ。現在、その側近の墓の上には、自動車整備工場と送迎車および教皇の車の車庫兼運転手の控え室が建っている。防空壕かと見まがうような造りの建物で、床は地面より低くて、なかは暗く、屋上には木が植わっている。なかへは、車が出入りするときに数秒間だけ開く跳ね上げ式の扉から入るしかない。陽はまだ沈んでいないが、建物に囲まれているのであたりは薄暗く、扉の下から洩れ出た車のオイルが、電灯に照らされて銀色に光っている。

「なにかご用ですか、神父？」扉をたたくと、男が出てくる。

黒いズボンに白いシャツ、黒いネクタイという、ヴァチカンの運転手の制服を着ている。

「シニョール・ナルディをさがしてるんだが」と、私が言う。

男は、忙しいときに来られては迷惑だと言わんばかりにうなじを掻《か》く。ここの車を使う高位聖職者はみな日が暮れたら床につくので忙しいはずはなく、それでも夜勤を置いているのは、高齢の聖職者を病院に運ぶためなのかもしれない。

「悪いが、またにしてくれませんか？」

「大事な用があるんだ。頼むから呼んできてくれ」

男はちらっとうしろを見る。誰か訪ねてきているのだろうか？　ガールフレンドが夜勤の運転手を訪ねてくることはよくあるらしい。

「待っててください。いるかどうか見てきます」

しばらく待つとふたたび扉が開いて、ジャンニ・ナルディが出てくる。

「アレックス」

このあいだジャンニと会ったのは一年以上前だが、それからずいぶん太ったようだ。シャツはしわだらけで、髪は伸び放題になっている。握手をして、やけに長く頬を寄せ合う。しばらく会っていないと、挨拶《あいさつ》が大げさになるのだ。そのうち、たがいの顔を忘れてしまうほど疎遠になってしまうかもしれない。

「どういう風の吹きまわしだ？」ジャンニは、パレードが通りのどのあたりまで来ているか確かめるかのように、あたりを見まわす。アレックス・アンドレオがわざわざ会いにくるなんて、信じられないと思っているのだろう。彼には、相手が真剣だとわかるとわざと茶化す悪い癖があるのだ。

「ふたりだけで話ができないか？」と、私が言う。

「わかった。ついて来てくれ」

理由を訊かないのを見て、真っ先に尋ねようと思っていた質問の答えがわかる。すでにシモンのことを聞いているのだ。

私たちは階段を上って、木が植わった屋上に出る。

「電話もせずに、悪かったよ」私が口を開く前に、ジャンニが謝る。「おまえもピーターも大丈夫か？」

「ああ。誰から聞いた？」

「誰からも彼からもないよ。警察がおれたちを放っておくわけがないだろ？」ジャンニは指を下に向けて、半地下になった駐車場を指し示す。「いま、三人話を聞きに来てるんだだから、なかへ入れてくれなかったのだ。「なんの話を聞きに？」

「ガンドルフォ城から引っぱってきたアルファロメオの話だ。警察の押収車専用スペースに駐めてあるよ」

ウゴはアルファロメオに乗っていた。

「力を貸してほしいんだ、ジャンニ」

私とジャンニは幼なじみで、ここで友情を育《はぐく》んだ。ある夏、私たちは、駐車場をつくるために作業員が地面を掘ると、そこには地下通路が張りめぐらされていて、ローマ時代の墓石がずらりと並んでいたという噂を耳にした。それはつまり、私たちヴァチカン・ヴィレッジの住人は、かつてキリスト教徒に滅ぼされるわけがないと豪語した異教徒の墓の上で暮らしているということで、ジャンニも私も、それを自分の目で確かめたくなった。

地下墓地へ行くのは簡単だった。下水道にもぐり込めば、たいていどこへでも行けるのだ。ところが、ある晩、ジャンニと私が石を敷きつめた地下の通路を恐る恐る歩きまわっていると、真新しい鉄格子の扉ができているのに気づいた。その扉の向こうは物置で、物置の向こうは車庫で、教皇が乗るリムジンが置いてあった。

イタリアで運転免許が取れるのは十八歳で、私たちは十三歳だった。だが、そこに置いてある八十台の高級車のキーは壁のボードに掛けてあった。シモンは、その前年にそうとう古いわが家のフィアット500で父に運転を教えてもらっていたが、私はその夏、後部座席に教皇が座る防弾仕様のメルセデス500で運転の練習をした。

私は女の子を呼ぼうと言ったが、ジャンニが止めた。それなら、トランクに隠れてヨハネ・パウロ二世と一緒にドライブに行きたいと言ったが、それもジャンニが反対し、じゃあ、リムジンで庭園を走りまわりたいと言うと、欲張ってはいけないとジャンニに諭《さと》された。おまえは多くを望みすぎだと。私はそのときはじめてジャンニの真の姿を見たような気がした。

　数年後、彼は欲張らないことをみずからの信条とした。多くを望まないことを。高校を卒業すると私は大学へ進学したが、ジャンニはサーファーになると言い、目の不自由な人がルルドの泉へ行くのと同じようにサーフィンのメッカのサンタ・マリネッラへ行った。一年後、彼の父親は自分と同じ用務員の口を見つけて息子を呼び戻した。広いサン・ピエトロ大聖堂の清掃も用務員の仕事なのだが、そのうち、壁になすりつけられたガムをはがしたり作業車に乗って大理石の床を磨いたりするのに飽きたジャンニは、自分はなにをしたいのかと真剣に考えた。その結果、送迎車の運転手になることにしたのだ。

　彼が運転手になったのは偶然ではない気がする。これまでの人生でなにがいちばん楽しかったか考えたときに、あの夏以上の楽しい思い出はなかったはずだ。運転手になったジャンニを見かけるたびに、われわれヴァチカンで育った子供のなかに城壁の外へ出ていく勇気を持った者が何人いただろうかと、私はいつも思う。

「シモンは拘束されてどこかへ連れていかれたんだが、スイス衛兵が彼を乗せた車が教皇宮殿に入っていくのを見てるんだよ」と、ジャンニに事情を説明する。「その車がどこへ行ったか突き止めたいんだ」

　衛兵は知らないかもしれないが、車の運転手なら知っている。

「箝口令《かんこうれい》が布《し》かれてるんだよ、アレックス」と、ジャンニが言う。

　それは私がもっとも恐れていたことだ。エガーも同じことを言った。衛兵にも箝口令が布かれているのだ。

「なにかしゃべれることはないのか？」

ジャンニが声を落とす。「あの男が殺されてから、なんだか様子がおかしくて、おれたちはなにもしゃべっちゃいけないことになってるんだ」そう言って、昔と同じ茶目っ気のある笑みを浮かべる。「だから、ここだけの話にしておいてくれよ」

私はこくりとうなずく。

「ゆうべ、車をよこしてほしいという依頼があった。誰の依頼かは知らないが、配車係はおれが親しくしているマリオを行かせた。で、マリオはおまえのおじさんのアパートへ行ってシモンを乗せたらしい」

「で、どこで降ろした？」

「エレベーターの前だ」

「どこのエレベーターの？」

「あのエレベーターだよ」

教皇宮殿はかなり古く、近代的な設備はほとんどない。ジャンニは、国務省の中庭にある、もともとは水力で作動するようになっていた古めかしいエレベーターのことを言っているのだろう。外国の大統領や首相が訪ねてきたときに乗るエレベーターのことを。

だが、そうなのかと訊くとジャンニはかぶりを振り、爪先《つまさき》で地面に絵を描く。「聖ダマススの中庭にあるエレベーターだ」

国務省のオフィスの奥にある中庭のことを言っているのだ。私は黙ってうなずく。

ジャンニは、最初に描いた箱の横に小さな箱を付け足す。「シクストゥス五世宮殿だ」

サン・ピエトロ広場を見下ろす、あの有名な書斎のある宮殿だ。

つづいて、箱と箱をつなぐ線を描く。「ここと ここのあいだには通路があるんだ。両方の一階を結ぶアーチ形の通路が。で、その通路を進むと、限られた者しか乗れないエレベーターがある。マリオはそこでシモンを降ろしたんだ。なぜだかわかるか？」

わかる。これですべて合点がいく。それにしても、シモンはなぜ教皇宮殿での勾留を受け入れたのだろう？ どこへ連れていかれるか、最初からわかっていたのだろうか？

「どうした？」と、ジャンニが訊く。

シクストゥス五世宮殿は四階建てで、ルネサンス期に建てられた宮殿はみなそうだが、一階には使用人の部屋や厩《うまや》がある。三階と四階は教皇の住まいになっているが、教皇自身が勾留を命じたのなら、シモンの居場所を隠す必要はない。二階は国務省長官の住まいだ。

「ジャンニ」私は両手に顔をうずめる。「シモンはボイア枢機卿のアパートへ連れていかれたんだ」

これは大きな障害だ。シモンがボイア枢機卿のところにいるのなら、たとえルチオでもシモンと連絡を取るのは無理だ。自宅勾留に応じたときは、シモンも命令を下したのは教皇総代理だと思ったはずだ。自分の上司の命令だとは夢にも思っていなかったはずだ。

「そのあとは？」と、ジャンニに訊く。「そのあと、マリオはシモンをどこかほかの場所へ連れていったのか？」

ジャンニはゆっくりかぶりを振る。「おれの知るかぎり、そのあとシモンを見かけた運転手はいない。もしどこかへ行ったのなら、歩いていったんだろう」

だが、あのあたりには衛兵が大勢いる。もしシモンがどこかべつの場所へ連れていかれたのなら、レオの耳に入っているはずだ。

「解《げ》せないな」と、ジャンニがひとりごとのように言う。「やつらはなぜシモンをあそこへ連れていったんだろう？」

それは私もわからないとジャンニに言う。だが、察しはつく。身柄を拘束したのは、シモンが美術館に行ってウゴが準備していた問題の展示物を撤収しないようにするためだ。一二〇四年に起きたこととの証拠を。

「ほかにおかしな電話はかかってこなかったか？」と、私が訊く。

ジャンニは弱々しい笑みを浮かべ、「時間はあるのか？」と訊いて、声を落とす。「あの男が殺された日の話なんだが、あんなことはこれまで一度もなかったよ。あの日は朝の五時に家に電話がかかってきたんだ。今日は正午から夜の八時までのシフトで働いてくれという電話だった。おれは、二時に医者に予約を入れてるし五時間前にシフトを終えたばかりだと言って断わろうとしたんだが、医者の予約はキャンセルしろと言われた。で、しかたなく十二時にここに来ると、全員が来てたんだ。みな、おれと同じように電話で呼び出されたんだ」

「なぜ？」

「配車係は、教皇宮殿の誰かにできるだけ多くの車を確保してほしいと頼まれたのだとしか言わなかった。最初は、ヴァチカンの庭園内で開かれるイベントの出席者をピストン輸送するってことだったんだが、とつぜん会場が変わったようで、新入りふたりを通常の依頼のために残して、残りの者はガンドルフォ城まで人を送り迎えすることになったんだ。ただし、なんの記録も残さずに」

「どういうことだ？」

「出勤簿も乗務記録もつけるなと言われたんだよ。ガンドルフォ城へ行ったのはほかの日のように見せかけたかったらしい」

ふと見上げると、空は目がくらみそうになるほど高い。ジャンニの話は、衛兵も記録をつけていなかったというエガーの話と一致する——車がなんの証拠も残さずに門を出入りしていたという話と。謎は深まるばかりだ。

「考えてみると、おかしな話だよな」と、ジャンニが言う。「おれたちは、客にドアを開けてやるとき以外は車の外に出ちゃいけないと言われたんだ。客を名前で呼んではいけない、片道四十五分のあいだ客と言葉を交わしちゃいけないと」

「なぜだ？」

「客はイタリア語が話せないし、ローマのことはなにも知らなくて、運転手と世間話をするのも嫌いだったからだろう」

「どんな客だった？」

ジャンニは、顎《あご》ひげをしごくようなしぐさをして私を指さす。「聖職者だよ。おまえの仲間だ」

急に脈が速くなる。シモンが展覧会のために招いた正教会の聖職者だ。

「何人いた？」

「はっきりとはわからないが、二、三十人じゃないか？」

私は言葉を失い、無言でジャンニを見つめる。父は、年代測定の結果を発表する場に正教会の司祭を九人トリノに招いて、そのうちの四人が出席した。

ジャンニがうなずく。

「彼らの服装を覚えてるか？　首に十字架を掛けてたか？」

それがわかれば、どこから来たのか察しがつく。正教会はギリシャ系とスラブ系に分かれていて、スラブ系は首に十字架を掛けているが、ギリシャ正教会ではそれが許されていない。

「おれが乗せた客は十字架を掛けてた」と、ジャンニが言う。

ということは、セルビアかルーマニアだ。

ジャンニがうなずく。「帽子にな」

どきっとする。「確かか？」

ジャンニは指先をくっつける。「小さいやつだった。爪ぐらいの大きさの」

それは、スラブ系の主教のしるしだ。いや、もしかすると、正教会では二番目の地位にあたる府主教かもしれない。その上は、かつてはローマ教皇と同列だった総主教だ。

「首にメダルをぶら下げている者はいたか？」と、私が訊く。「模様のついたメダルを」

ジャンニがうなずく。「聖母像のメダルだろ？　ああ、ひとりいたよ」

それなら、帽子に十字架をつけていたというのも見間違いではない。聖母像のメダルも正教会の主教のシンボルだ。私は驚きを押し隠そうとする。正教会の主教がシモンの招きに応じたのは画期的な出来事だ。シモンにそのようなことができたとは、信じられない。

しかし、シモンが外交手腕を発揮すればするほど、ウゴが発見した一二〇四年の真実の衝撃は大きくなる。訴追側の主張の要旨が見えてくるような気がする。

「話を戻すが、イベントの会場はガンドルフォ城へ変更されたと言ったよな」と、ジャンニに確かめる。「最初はどこで開かれることになってたんだ？」

「ここの庭園だ」

「庭園のどこで？」

私の推理が正しければ、すべてがひとつにまとまる。

「カシーナだ」

なるほど。ウゴの手紙にはカシーナで開く会議のことが書いてあった。同じ会議だ。ガンドルフォ城で開かれた会議はウゴが数週間前にシモンに出した手紙で触れていたもので、ウゴはそこで自分がなにを発見したか話すつもりだったのだ。場所は直前になって変更されたものの、会議自体はかなり前から計画されていたのだ。

「ガンドルフォ城へ行ったのは、みんな神父だったのか?」

ジャンニがうなずく。

ということは、ディエーゴが調べてくれたとおり、科学アカデミーの会議ではなかったのだ。科学アカデミーのメンバーは一般人だ。しかし、問題の会議の出席者は正教会の聖職者だけだったようだ。

だが、場所が変更された理由はまだわからない。

「カシーナで二、三十人の会議を開くのは無理なのか?」

「そんなことはない」

じゃあ、変更の理由は人数ではない。それに、大きな会議場はいくつもあるのに、車で四十五分もかかる場所をわざわざ選ぶはずがない。ガンドルフォ城の唯一の利点は人目につかないことだ。

「記録をつけるなと言われたのはなぜだ? 誰か、特定の人物に知られないようにするためか?」

それにしても、ずいぶん用心深い。乗務記録の存在を知っている者は少ないし、会議の会場を突き止められないように記録はつけるなと命令できる者はもっと少ない。

ジャンニは片手を上げて頭の上で空を切る。つまり、上層部からの命令だということだ。

しかし、時系列が気になる。頭のなかを整理すると、マイクルが襲われたのは、ウゴがシモンに手紙を書いたのとほぼ同じころのようだ。それ以降の出来事はすべて——聖骸布《せいがいふ》がこっそりヴァチカンへ運び込まれたのも、とつぜん会議の場所が変わったのも、ウゴの殺害容疑をかけられる前からシモンがしゃべらなくなったのも——マイクルが襲われたことと関係があるのかもしれない。マイクルが襲われたのは、シモンが正教会の関係者を招いていることが洩れて、それに対する警告だという可能性もある。シモンの電話は盗聴されていたとミニャットが言っていたのを思い出す。もし洩れたのなら、電話だ。ウゴとシモンはなんの警戒もせずにカシーナで開く会議の話をしていたのだ。

ジャンニは、私が黙り込んでいるのを見て不安になってきたのか、ミントキャンディーを口に放り込んで「シモンは大丈夫なのか？」と訊く。

私は急にわれに返る。「ああ。シモンが誰も殺してないことはきみもわかってるはずだ」

ジャンニがうなずく。「シモンがそんなことをするはずないからな。同僚にも、もしそばにいたのなら、殺された男を守るためにみずから銃弾の前に身を投げ出していたはずだと言っておいたよ」

それを聞いてほっとする。たとえたったひとりでも、この国にシモンのことを理解してくれている人間がいるのはうれしい。ジャンニもシモンがボクシングをしているのを私と一緒に見ていたので、腕っぷしが強いのは知っているが、人を殺すような人間ではないこともわかっている。

「ガンドルフォ城から運ばれてきたアルファロメオのことを教えてくれないか？」私は、シモンのことから話題をそらそうとする。

「向こうでなにかあったみたいで、警官が整備士に運転席のシートのことを尋ねてたよ」

ミニャットはいい顔をしないだろうが、それでも私はジャンニに頼む。「ちょっと見てきてくれないか？　どんなことでもわかればありがたい」

「ここにはないんだ。シャッター付きのべつのガレージに置いてあるんだ」

ウゴの車も人目につかないところに隠してあるのだ。ガンドルフォ城がブラックボックスになりつつあるような気がしてならない。あの丘の上でなにが起きたのかわからなければシモンの嫌疑を晴らすことはできないのに。

「訊いてまわるよ」と、ジャンニが言う。「アルファロメオが運び込まれてからそのガレージへ行った者がいるはずだから」

だが、ジャンニにそんなことはさせられない。それに、人の話を鵜呑《うの》みにすることはできない。

「ついでに、もうひとつわがままを聞いてくれ。できれば、自分の目で確かめたいんだ」

ジャンニは、信じられないと言わんばかりに私を見つめる。

「頼む」

「そんなことをしたらクビになるよ」

私はジャンニの目を見つめる。「わかってる」

そして、彼がなにかを要求するのを待つ。報酬か、保証か、おじのルチオの引き立てか。

だが、私はジャンニを誤解していた。ジャンニは、ミントキャンディーの最後のひと粒を手のひらにのせて、それを見つめる。「まったく、情けないよな。シモンが神父をやめなきゃいけないかもしれないってときに、くだらない仕事を失う心配をするなんて」そう言うと、ミントキャンディーを闇のなかに放り投げて立ち上がり、シャツをズボンのなかにたくし込む。「ここで待っててくれ。車を取ってくるから、一緒に行こう」

訳者略歴　青山学院大学文学部英米文学科卒，英米文学翻訳家　訳書『死への旅』クリスティー，『虚栄』パーカー，『フランケンシュタイン　対決』クーンツ，『真紅のマエストラ』ヒルトン（以上早川書房刊）他多数

HM=Hayakawa Mystery
SF=Science Fiction
JA=Japanese Author
NV=Novel
NF=Nonfiction
FT=Fantasy

第五《だいご》の福音書《ふくいんしょ》
〔上〕

〈NV1411〉

二〇一七年五月二十日　印刷
二〇一七年五月二十五日　発行
（定価はカバーに表示してあります）

著者　イアン・コールドウェル
訳者　奥《おく》村《むら》章《あき》子《こ》
発行者　早川浩
発行所　株式会社　早川書房
郵便番号　一〇一 - 〇〇四六
東京都千代田区神田多町二ノ二
電話　〇三 - 三二五二 - 三一一一（大代表）
振替　〇〇一六〇 - 三 - 四七七九九
http://www.hayakawa-online.co.jp

乱丁・落丁本は小社制作部宛お送り下さい。
送料小社負担にてお取りかえいたします。

印刷・三松堂株式会社　製本・株式会社明光社
Printed and bound in Japan
ISBN978-4-15-041411-5 C0197

本書は活字が大きく読みやすい〈トールサイズ〉です。